不可能犯罪诊断书

2

[美]爱德华·霍克 著

黄延峰 译

Edward D. Hoch

湖南文艺出版社
HUNAN LITERATURE AND ART PUBLISHING HOUSE

博集天卷
CS·BOOKY

More Things Impossible

Copyright © 2006 by Edward D. Hoch

Individual stories copyright © 1978,1979,1980,1981,1982 by Edward D. Hoch

著作权合同登记号：图字18-2022-126

图书在版编目（CIP）数据

　　不可能犯罪诊断书.2/（美）爱德华·霍克著；黄延峰译.-- 长沙：湖南文艺出版社，2023.2
　　书名原文：More Things Impossible
　　ISBN 978-7-5726-0836-0

　　Ⅰ.①不… Ⅱ.①爱… ②黄… Ⅲ.①推理小说—小说集—美国—现代 Ⅳ.① I712.45

　　中国版本图书馆 CIP 数据核字（2022）第 156417 号

上架建议：畅销·外国文学

BU KENENG FANZUI ZHENDUAN SHU.2
不可能犯罪诊断书.2

著　　者：［美］爱德华·霍克
译　　者：黄延峰
出 版 人：陈新文
责任编辑：匡杨乐
监　　制：于向勇
策划编辑：布　狄
特约编辑：罗　钦　　张文龄
版权支持：王媛媛
营销编辑：时宇飞　黄璐璐
封面设计：潘雪琴
版式设计：利　锐
出　　版：湖南文艺出版社
　　　　　（长沙市雨花区东二环一段 508 号　邮编：410014）
网　　址：www.hnwy.net
印　　刷：三河市天润建兴印务有限公司
经　　销：新华书店
开　　本：680 mm×955 mm　1/16
字　　数：219 千字
印　　张：18.25
版　　次：2023 年 2 月第 1 版
印　　次：2023 年 2 月第 1 次印刷
书　　号：ISBN 978-7-5726-0836-0
定　　价：59.80 元

若有质量问题，请致电质量监督电话：010-59096394
团购电话：010-59320018

导读

二○○六年五月的某一天，我联系爱德华·霍克先生询问翻译授权事宜。那时，他的作品尚未被系统性地引进中国，国内知道这位推理小说大师的读者寥寥无几。在回信中，他表示这是他第一次收到来自中国读者的邮件，非常开心，并且答应了我的请求。十六年过去了，这位世界短篇推理小说之王笔下的角色终于再次来到中国读者的案头。

生平

霍克全名为爱德华·丹廷格·霍克，一九三○年二月二十二日出生在纽约罗切斯特市，父亲埃尔·G.霍克是银行的副行长，母亲爱丽丝·丹廷格·霍克是家庭主妇。霍克从小喜欢阅读推理小说，他阅读的第一本推理小说是埃勒里·奎因的《中国橘子之谜》，虽然霍克自己也认为这并非奎因最好的作品，但这并不妨碍他喜爱上这种独特的类型文学。霍克在高中时就开始尝试撰写推理小说，这个习惯一直延续到他就读罗切斯特大学的两年时光。

一九四九年开始，他在罗切斯特公共图书馆担任研究员，同时还加入了美国推理作家协会分会，不时去纽约参加聚会。次年年底，他应征加入美国陆军，并被分派至纽约服役。这无疑给他参加美国推理作家协会的活动制造了便利，这两年他和许多当时响当当的人物成了朋友，其中就包括弗雷德里克·丹奈（埃勒里·奎因的缔造者之一）、密室之王约翰·狄克森·卡尔、悬念大师康奈尔·伍尔里奇、美国推理作家协会首位女性主席海伦·麦克洛伊，以及魔术师作家克莱顿·劳森等人。也是在此期间，霍克与名编辑汉斯·斯特凡·山特森建立了良好的关系，这为霍克今后的专职创作之路埋下了伏笔。

退伍后，霍克先是在纽约的口袋图书公司找了一份核算货物账目的工作。一年后，周薪仅涨了三美元，他便于一九五四年一月回到罗切斯特，并在哈钦斯广告公司找了一份版权和公共关系管理的工作。这些工作经历，比较明显地投射在霍克塑造的第一个侦探——"西蒙·亚克"系列的故事叙述者"我"的身上。

一九五五年九月二十六日，霍克的短篇《死人村》在《名侦探》杂志上发表，这是他第一次正式发表推理故事，灵感源于一九五三年夏天他和女友的一次约会经历，正是这个故事里的西蒙·亚克此后成了霍克笔下最重要也最"长命"的侦探。

一九五六至一九六七年间，霍克发表了二十二篇小说。一九六八年，他的《长方形房间》获得美国推理作家协会颁发的埃德加·爱伦·坡奖，同时他还获得了一份长篇小说合同，并于第二年完成了《粉碎的大乌鸦》。由此，霍克决定转向全职写作。一九七三年起，霍克作品开始在主流推理杂志如《埃勒里·奎因推理》和《阿尔弗雷德·希区柯克推理》上发表。

此后三十多年间，霍克笔耕不辍，为世界留下了近千篇短篇推理故事。二〇〇一年，他获得美国推理作家协会终身成就奖，这是该领域的最高荣誉之一。

系列

在不同的系列故事中，霍克塑造了众多侦探形象，其中最具代表性和知名度的是以下七人。令人惊叹的是，他们的职业竟然全都不同。

西蒙·亚克：具体年龄不详，活了两千年以上，是纪元初期埃及的基督教教士，在世上的主要任务是寻找并消灭魔鬼。"西蒙·亚克"系列多与玄学、撒旦、巫术或各种匪夷所思的事件有关，不过到故事终了时，案件都会以合乎逻辑的方式得到解决，共计六十二篇，最后一篇为二〇〇九年一月号《埃勒里·奎因推理》刊载的《圣诞节鸡蛋》。

萨姆·霍桑：新英格兰诺斯蒙特镇的执业医生，专攻密室以及不可能犯罪，首次登场是在一九七四年十二月号《埃勒里·奎因推理》刊载的《廊桥谜案》中。"萨姆·霍桑医生"系列故事背景设定在二十世纪二十至四十年代，共计七十二篇，最后一篇为二〇〇八年五月号《埃勒里·奎因推理》刊载的《秘密病人之谜》。

尼克·维尔维特：专业窃贼，只偷各种奇怪的东西，比如用过的袋泡茶、褪色的国旗、玩具老鼠，甚至一个空房间的灰尘，首次出场是在一九六六年的《偷窃云虎》中。"尼克·维尔维特"系列共计八十七篇，最后一篇为二〇〇七年九月号《埃勒里·奎因推理》刊载的《偷窃被放逐的鸵鸟》。

本·斯诺：西部快枪手侦探，因为人物设定的关系，读者经常可以在书中看到枪战描写，初次登场是在一九六一年《圣徒》杂志刊载的《箭谷》中。"本·斯诺"系列背景设定在一八八〇至一九一〇年间，共计四十四篇，最后一篇为二〇〇八年七月号《埃勒里·奎因杂志》刊载的《辛女士的黄金》。

杰弗瑞·兰德：杰弗瑞·兰德是一位密码专家，退休前是英国秘密通信局的特工，初次登场是在一九六五年五月号《埃勒里·奎因推理》刊载的《无所事事的间谍》中。"杰弗瑞·兰德"系列洋溢着异域风情，共计八十五篇（含合著一篇），案件多与密码或谍报有关，最后一篇为二〇〇八年十二月号《埃勒里·奎因推理》刊载的《亚历山大方案》。

麦克·瓦拉多：罗马尼亚一个吉卜赛部落的国王，口头禅是"我只不过是个贫穷的农民"。一九八四年，霍克受比尔·普洛奇尼（二〇〇八年美国推理作家协会大师奖得主，塑造了著名的私家侦探"无名"）之邀，为《民俗侦探》杂志撰稿，发表了瓦拉多的登场作《吉卜赛人的好运》。"麦克·瓦拉多"系列共计三十篇，最后一篇为二〇〇七年十二月号《埃勒里·奎因推理》刊载的《吉卜赛黄金》。

利奥波德：康涅狄格州某市警察局重案科队长，霍克短篇系列小说中登场次数最多的主角，初次登场是在一九五七年三月号《犯罪与公正推理》刊载的《嫉妒的爱人》中。"利奥波德"系列的早期作品大多具有刑侦小说特征，后期则趣味性增强，不可能犯罪数量上升，共计九十一篇，最后一篇为二〇〇七年六月号《埃勒里·奎因推理》刊载的《卧底利奥波德》。

创作

霍克一生共创作了九百多个推理故事，平均两周完成一个，就算称之为"故事制造机"恐怕也不为过。尽管如此，霍克的作品却令人惊叹地保持了一贯的高水准，每个故事在满足充分意外性的同时，都具有鲜活的地域或时代特色。从独立战争时期的美国，到改革开放后的中国，您都能发现霍克笔下的侦探们活跃的身影。

他是怎么做到这一切的？

霍克是一位求知欲强烈，同时保持着童心的作家。朋友们说，从他的眼神中能看到他对世界的好奇。霍克每天都会在固定的时间阅读报刊或网络新闻（当然是在电脑普及之后），这让他积累了丰富的素材，创作时可以信手拈来。

一次，他在《纽约时报》上看到一则报道，说现在有年轻人通过帮货运公司运货，可以享受超低折扣的机票。于是，斯坦顿和艾夫斯的侦探组合便诞生了。两人是情侣，从普林斯顿大学毕业后想去欧洲旅行，但又负担不起高昂的机票费用，恰在此时，免费机票这样的好事出现了，代价就是要在他们的行李中加入委托人的一件货物。

除了新闻，霍克还有阅读旅行指南的习惯，他尤其偏爱那些配有生动插图的画册。虽然他一辈子都没学会开车，也很少出远门旅行，但因为脑海中已经有了世界各地的画面，他笔下的角色行动起来便不再受到地域限制。从中东到南亚，再到远东，侦探们的足迹遍布全球。

值得一提的是，霍克从未来过中国，但他创作的角色至少来过两次。一九八九年，杰弗瑞·兰德在香港完成了一次冒险之旅，故事的名字是《间谍和风水师》。二〇〇七年，斯坦顿和艾夫斯千里跋涉，在《中国蓝调》中前往黄河边的农村，故事刚一开场，两人便已身处北京首都国际机场了。

除了长期扎实的素材积累工作，霍克需要面对的另一个挑战是短篇小说创作本身的难度。创作十万字以上的长篇小说固然费时费力，但不少作家都有一个共识——优秀的短篇较长篇更难驾驭，原因就在于篇幅的限制。推理小说是欺骗的艺术，作者通过文字布下陷阱，令读者因为思维定势而忽略近在眼前的真相，从而在揭晓谜底时，产生最为强烈的冲击力。一个故事的字数越少，可供作者布置陷阱的空间就越少。

在长篇小说中，误导线索可以平均地塞进十几个不同的章节，这些"雷区"的密度被"安全"的文字大大稀释，即便是有经验的读者，在长时间的阅读后，也难免放松警惕，结果不知不觉着了作者的道。反观短篇小说，读者通常能够一口气读完，从头到尾都保持高度的警觉性，如果作者像在长篇小说中那样设置误导线索的数量，那么很容易就会被识破。您也许会问，把"红鲱鱼"的数量降低到长篇小说的十分之一不就行了吗？但新的问题随之而来：人的思维要被植入某个观念，其摄取的信息量不能太低，正所谓一个令人信服的谎言需要十个不同的谎言来圆。因此，短篇小说的核心挑战便在于用最少的笔墨，最大程度地操控读者的思路。短篇推理小说的字数没有统一标准，东西方差异明显，欧美作品的篇幅普遍短于日本和中国作品，霍克的短篇小说篇幅多为一万字上下，要想做到意料之外，情理之中，难度可想而知。在这一点上，霍克的作品将为您展示教科书级别的推理小说创作（误导）技巧。

灵感

既然霍克这么能写，为何只写短篇呢？据霍克本人说，这是因为他缺乏耐心。能用一万字就让读者感到惊奇，就没必要用两万字。笔者却认为，更深层的原因在于霍克无法抑制的创作灵感。挂历上的插画，偶然听到的广播，生活中的所见所闻都能随时刺激他开启一段新的故事。

从某种意义上说，创作短篇小说比长篇小说更依赖灵感。一个巧妙的点子，离开了复杂的人物关系和丰满的社会背景，就很容易导致故事后劲不足，可用于人物较少的短篇小说却刚刚好。

霍克的很多作品从开头到结尾，都保持着情节的高速推进，始终牢牢抓住读者的胃口。名作《漫长的下坠》，不仅入选了一九六八年的经典密室推理选集《密室读本》，还被改编为二十世纪七十年代美国热门电视剧《麦克米兰和妻子》中的一集。故事讲述了一起匪夷所思的坠楼案，一个男人从一栋摩天大楼的窗口跳了下去，可楼下的街道却人来车往，一切如常，正当人们以为发生了凭空蒸发的灵异事件时，跳楼男子却在四小时后"砰"的一声着陆身亡！

将这种贯穿全文的悬念发扬到极致的代表，是"尼克·维尔维特"系列，该系列标题格式统一，均为"偷窃××物品"，这些物品毫无经济价值，却有人花大价钱雇佣主角下手。读者光是看到标题，就已经好奇不已——这个小偷为什么要偷空房间的灰尘？他要怎么偷一支球队？

霍克本人曾告诉我，他总是先构思故事大纲，然后再思考符合大纲设定的解答，这也从侧面验证了他依靠灵感驱动的写作模式。他用自己的职业生涯证明了这一模式的高效与持久，可以说，霍克完全就是为短篇推理小说而生的。

《不可能犯罪诊断书》在美国结集出版时，霍克将献词留给了《埃勒里·奎因推理》的专栏书评撰稿人史蒂文·斯泰恩博克。据斯泰恩博克回忆，他第一次见霍克是一九九四年在西雅图的一间宾馆里。当时，霍克正站在一部扶手电梯上。这个画面长久地停留在他的记忆中，他对我说："相信我，如果你在他刚刚走上电梯的时候丢给他一个密室，他能在电梯到达下一层之前想出至少三个不同的诡计。"

读完这套书，您也会相信的。

吴非
二〇二二年于上海

作者序

  在布彻大会和其他书迷聚会上，我遇到过一些读者，他们称我写的系列小说中的某个人物是他们的最爱。每当这种时候，我总是非常开心。对我来说，他们提到哪个人物其实并不重要。这么多年下来，我意识到读者的意见存在分歧。有一些人最喜欢尼克·维尔维特，以他为主人公的系列小说让我赚钱最多；有一些人则更喜欢萨姆·霍桑医生，他的故事都与复杂的密室犯罪和不可能犯罪有关。利奥波德探长是我另一个系列小说的主人公，尽管这位善良的探长多年来一直想退休。我如果很长时间没有发表新作品，通常会收到读者来信询问是否有创作新的故事。有些老书迷差不多从一开始就喜欢阅读西蒙·亚克的故事，坚持写并不容易，因为到这个月，这个角色和我的职业生涯已经有五十年了。

  基于两个原因，我相信萨姆·霍桑医生的故事仍然很受欢迎。首先，当然是大家对密室犯罪和不可能犯罪的持久迷恋。弗雷德里克·丹奈是《埃勒里·奎因推理》杂志的著名编辑，当他提出萨姆医生的所有故事都以涉及某种不可能犯罪为特色时，我欣然同意了。这个系列现在已经发表了六十八篇作品，而且我没有重复过某个想法或解谜方案。事实上，有时我觉得为萨姆医生设计一个不可能罪案比为尼克·维尔维特设计一次毫无价值的行窃容易得多。

总的来说，这些故事持续受欢迎的第二个原因是它们讲述了主人公的生活，向读者介绍了他所处的时代和世界的一些东西。第一册《不可能犯罪诊断书》从一九二二年一月这位好医生抵达诺斯蒙特镇开始，一直讲到一九二七年九月。本册收集了十二个故事，始于一九二七年的秋天，结束于一九三〇年的夏天。

我确实很喜欢写萨姆·霍桑医生和诺斯蒙特镇发生的不可能犯罪故事，而且打算只要我和我的电脑还能用，就会继续写这个系列。在后来的故事中，美国陷入第二次世界大战，萨姆终于找到了一个妻子。他的第六十八次冒险故事发生在一九四三年九月。

对于那些想知道萨姆医生退休后做了什么的读者，结局是这样的：

嗯，他给自己倒了一小杯酒，然后把这些故事讲给他的朋友们听。

爱德华·霍克

纽约州罗切斯特市

二〇〇五年九月

DIAGNOSIS:
IMPOSSIBLE

CONTENTS
目录

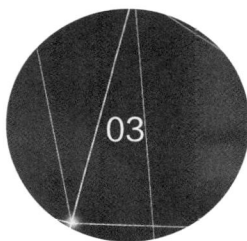

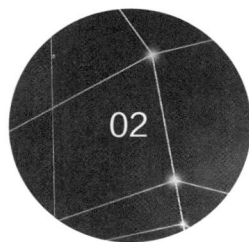

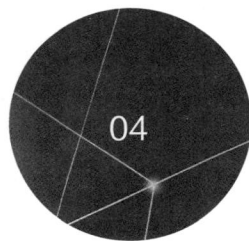

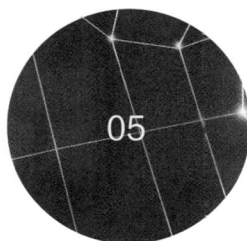

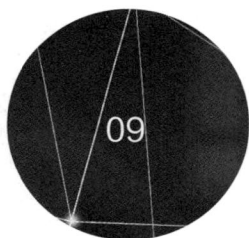
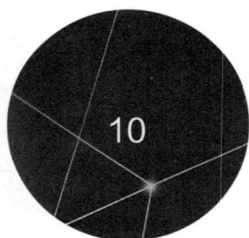
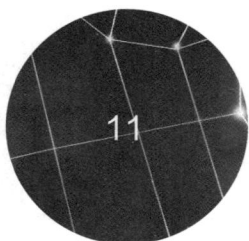

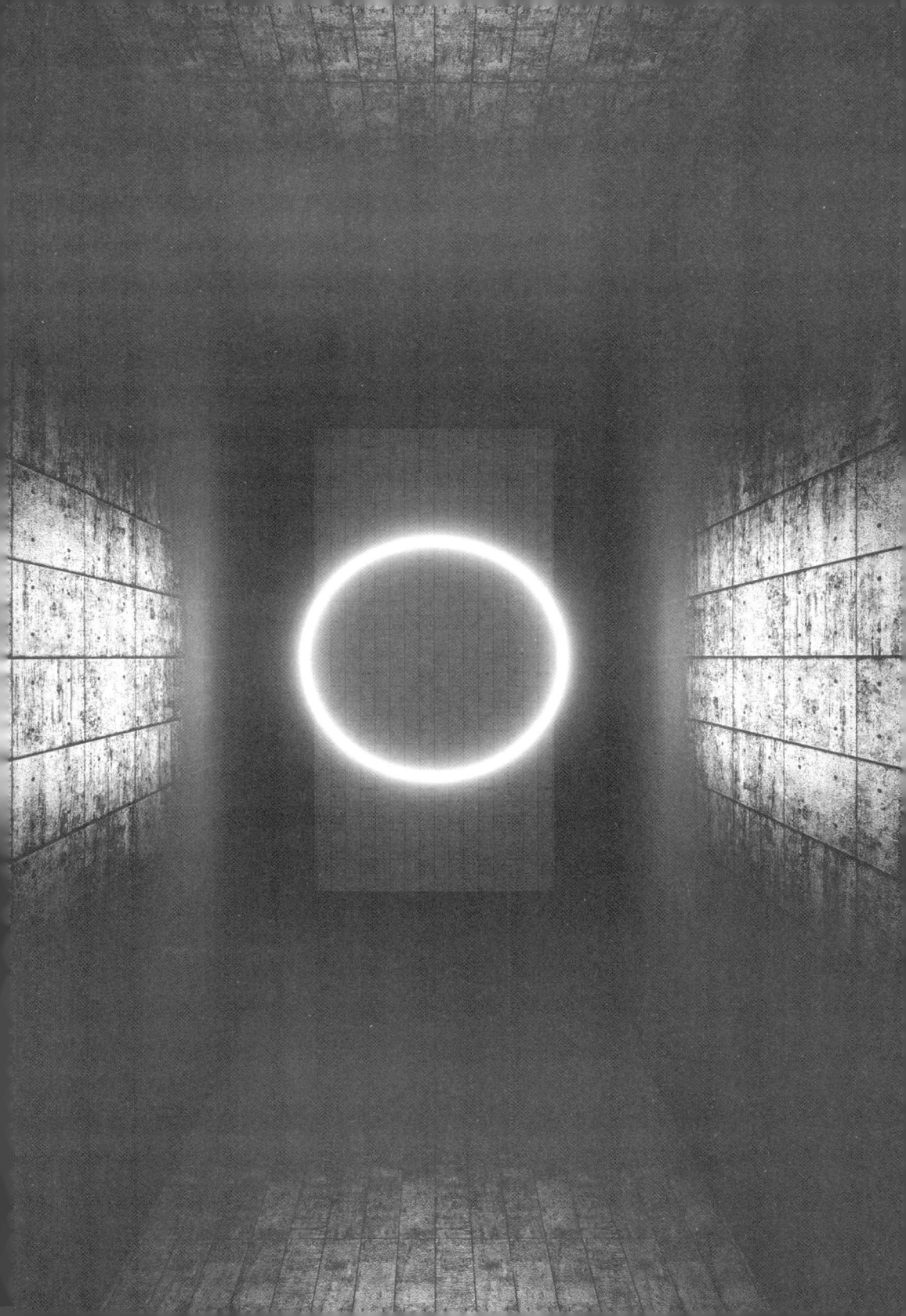

01

奋兴会帐篷

"有一次我差点因谋杀罪被捕，这事我没给你讲过吗？"萨姆·霍桑医生伸手把架子顶层的白兰地酒瓶拿下来，开始说道，"它真的很特别！不过也不能怪警长，因为谋杀发生时看起来只有我一个人和被害人待在一个大帐篷里。帐篷？嗯，那是为奋兴会搭建的。或许我从头讲起比较好……"

我想事情在谋杀发生前一周就已经开始了，那是我第一次听说奋兴会的事。哈穆斯·麦克劳克林是一位退休的大学教授，他正在写一本关于美国生活仪式的书，邀请我去他家。麦克劳克林非常健谈，也很自负，不知道为什么，我觉得我是那天唯一的客人。因此，在前门廊遇到玛奇·米勒时，我有点惊讶。她怀里正抱着一本厚厚的剪贴簿。

玛奇是一位教师，一九二七年秋天刚满二十九岁。由于我们年龄相仿，而且都未婚，有人想撮合我们，但乡下人的方式比较笨拙，几次下来都不成功。她年轻又漂亮，身材匀称，但我们就是没有一见如故的感觉。我猜是缺少化学反应。今天的人不都这样形容这种感觉嘛。那天晚上在麦克劳克林教授家的门廊上看到她时，我立马想到这又是一次试图撮合我们的行动。

"你好，玛奇。最近可好？"

"萨姆医生！想不到会在这儿遇见你！"她紧张地移动了一下剪贴簿，"你也是哈穆斯·麦克劳克林研究项目的一员吗？"

"好像是的。"

"他一直在做访谈，为他的书收集素材。老实说，他是一位聪明的老绅士，不过真的吓到我了！有一次他到我们学校参观，走进了我的教室，我愣在那里。自从在返校日游行上坐了联谊会的花车后，我就没有那么一动不动地站着过。我只是……"

门开了，哈穆斯·麦克劳克林突然站在了我们面前。我想我们都觉得自己像是一对在课堂上交头接耳被逮住的小学生。我首先反应了过来，伸出了手。

"很高兴再次见到你，教授。你的腿怎么样了？"

"好多了，谢谢。"他有点关节炎，饱受折磨，但当他带我们进客厅时，看不出他此前腿脚不方便。

"我带了我在大学时保存的剪贴簿，"玛奇·米勒说着，把剪贴簿放在桌子上，"如果你想的话，可以把它留下来看看。"

教授朝她笑了笑。他知道如何哄年轻的女孩子。"我会妥善地把它放进我的书桌，需要的时候就看，玛奇。我在哈佛大学教了一辈子书，但这并不意味着我已经为写普通美国校园的学生生活做好了准备。"

"跟你能够了解的一样，俄亥俄州立大学的情况也没有什么特别的，"她说，"无非就是联谊会、社团、橄榄球、返校日游行之类的。和我一起去的那个男孩带着一把尤克里里和一个扁平的小酒壶，那可是实行禁酒令的第一年！"

麦克劳克林教授浏览了一下剪贴簿，把它塞进了书桌的抽屉里。"大学生活的仪式……我觉得它很吸引人。"他转向我说，"你知道，这将是我书中的一个章节。另一章写关于富人的仪式。伦斯警长正帮我完成法律仪式的那一章。霍桑医生，在病人和临终者的仪式方面，我需要你的帮助。"

"我不知道我能不能……"

"我认为生命是由仪式构成的，是从一套仪式过渡到另一套仪式的过程。我说的不仅是体系完备的宗教仪式，婚礼仪式、商业仪式甚至体育仪式，这些都需要研究。"

我说："听起来任务量很大啊。"

"确实如此！我的出版商设想这书有五百页，甚至可能更厚。我已经收集了成堆的研究资料。"他用一只手在书房里指了一圈。我第一次发现，原来屋里堆着那么多马尼拉文件夹，等待回复的信件，以及用字条标出重要内容所在页的厚书。

"恐怕那个剪贴簿里大部分都是我的照片。"玛奇说着，对这些学术性的书流露出敬畏之情。

"那我就更有理由借来看一看了。除了用于研究，它还能带来快乐。"

"我没有剪贴簿可以提供，"我告诉他，"你想从我这儿得到什么呢？"

哈穆斯·麦克劳克林从办公桌上拿起一张小广告卡片。"你们在镇上见过这东西吗？下周四晚上在露天集市的帐篷里有一次奋兴会。有个叫乔治·耶斯特的男人带着妻子和七岁的儿子到了我们这个地方，他声称只要自己的孩子将手按在人身上就能让人从疾病中康复。"

"太荒唐了吧！"玛奇·米勒脱口而出，"你相信这种蠢事吗，萨姆医生？"

"当然不信。"

"应该把这个人抓起来！"

"我相信伦斯警长会盯着他的。但是，教授，我能干什么呢？"

麦克劳克林在椅子上换了个姿势。"我想让你陪我去奋兴会，霍桑医生。我想让你对发生的事有一个直观印象。照我的理解，届时很多人会因这种活动产生高涨的宗教热忱。"

"我又不是教士。"

"但你是医生，这正是我需要的。你可以告诉我这些所谓的康复到底是不是真的。你认识这里的每个人，尤其是那些生病的人。"

"如果它们是真的呢？"

"那就可以支持我书中的论点，即美国的仪式会对人的心理产生巨大的影响。"

"你们谈论的东西已经超出我的理解范围了，"玛奇承认道，"要是没有别的事，教授，我就先走了。"

他最后对她笑了笑。"谢谢你，玛奇。我认为你的照片和剪报会对我很有帮助。"

她离开时瞥了我一眼，对我流露出了些许爱慕之情，但我没有给出回应。"再见，玛奇。再见。"

"很不错的姑娘，"只剩我和哈穆斯·麦克劳克林时，他主动挑起话题，"她会是一个好妻子。"我权当没有听见。

于是，在下周去哈穆斯·麦克劳克林家时，我开车带上了我的护士阿普丽尔同行。"想象一下我们要去的热闹聚会，萨姆医生，"她说，"人们看到你在那里，会以为你在寻找新的治疗方法。"

"我努力不抱成见，阿普丽尔。上天知道，只要能治好菲尔·拉弗蒂或波莉·阿伦斯等人，什么治疗方法我都可以接受。"

"我听说他们两个今晚都会去。"

"我认为那会让他们瞎高兴一场。"拉弗蒂六十多岁了，患有某种血液病。因为腰椎病，波莉·阿伦斯几乎瘫痪。我没有能力帮助这两个人，也不认为一个七岁的孩子可以做到。不过，我还有麦克劳克林的仪式理论需要考虑。

"我们到了，"阿普丽尔说，"哎呀，你要开过房子去了！"

"我在想别的事。"

"也许在想米勒那姑娘吧？我听说前几天晚上有人看见你们在一起。"

"在麦克劳克林家的前门廊上？那可不是个约会的地方。"我下车去找教授，但没有把我的皮尔斯利箭熄火。

我按了一下门铃，他就开门了。"好，好！我很高兴你能这么早就过来了，医生。这样我们就有机会在耶斯特开始表演前和他聊聊了。"

我的车只能容纳两个乘客，而阿普丽尔已经习惯坐在单人的凹背座椅上了。"这很惬意啊，"她确定地说，"两个英俊的家伙。"

麦克劳克林咯咯地笑道："霍桑医生，你的护士能让一个老头重新变得年轻。"

"她会说着呢，"我附和道，"说到会说话，镇上有什么耶斯特和他儿子的传闻吗？跟我们说点八卦吧，阿普丽尔。"

她喜欢这个。"嗯，我听说他现在的妻子不是那孩子的生母。他的第一任妻子在孩子出生后就离他而去了。他现在的妻子看上去可是个人物，满头红发，浓妆艳抹，还穿华丽的纽约服装。但收钱的时候，他就不让她打扮成那样了。"一谈起八卦，阿普丽尔就完全变成了另一个人。

帐篷映入眼帘，让我吃惊的是，离奋兴会开始还有整整一个小时，满是车辙的停车场里竟然停着这么多汽车。把车停在后面后，麦克劳克林教授带着我们坚定地走进了那个大帐篷。里面一点也不热闹，只有几个当地人在一排排地摆椅子，还有一个瘦瘦高高的小伙子，留着铅笔般细的八字胡，正在摆一座真人大小的银色持剑裸女雕像。

看到我们靠近，他招呼道："你们好。"

"乔治·耶斯特？"

"是我。"他比我想象中年轻，也更英俊，衣冠楚楚，却是那种油头滑脑的城里人，是我们这些乡下人永远要小心提防的那种人。这种人怎么可能会治病呢？除非钱多得花不出去，否则根本不应该有人会找他看病。然后，我想起了那个男孩。

哈穆斯·麦克劳克林为我们所有人做了介绍后，我和耶斯特握了手，并问道："你儿子在吗？"

"不在，他不在，在为人治愈疾病前他必须休息。那事会消耗他很多精力。你一会儿就能见到他的。"他退后几步看了看雕像，然后把它往左边移了一点。"喜欢吗？我把它称为健康天使。这是我第一任妻子摆的造型。"他轻轻地拍了一下雕像的左肩。"它是用石膏做的，上面涂着银色油彩，放在卡车后面运输很方便。不过那把剑是真的。"

我摸了摸那把兵器。它握在雕像的右手中，不过握得不紧，剑尖抵在了我们站着的木台上。这的确是一把真剑。"她不是应该把剑举过头顶吗?"我问道,"与疾病做斗争?"我没打算把这些废话当真。

但耶斯特严肃地回答了我。"我那样试过,但剑的重量会让雕像失去平衡。所以我让她朝下握剑,这样剑还可以起到支撑作用。托比喜欢它。有时我会让他耍耍剑。"

"我觉得他可能举不起来它。"

"他都八九岁了,已经是个大男孩了。"

麦克劳克林教授转过身来,从台上望着一排排还没有人坐的木椅,问道:"预计会来很多人吗?"他似乎正在感受这个地方,想象那个男孩站在这个位置看下面会是什么样子。

"我们会让人坐满的,"耶斯特立即答道,"托比真的把他们召唤来了。上帝之子,健康天使。我们在镇上贴过广告,你们看见过吗?"

"我们看见过。"我冷淡地答道。我能理解为什么他的第一任妻子会离开他,但无法想象为何会有理智的女孩愿意嫁给他。"请原谅,我对此有点怀疑。"

"医生总是这样的,"他说着,挥手打发了我,"托比和我,我们带来了你无法做到的治疗奇迹。"

"还有仪式。"教授补充道,"霍桑医生如果像个非洲巫医那样表演,成功的可能性也许更大。我说这话是认真的。"

"我不能告诉你托比是怎么做到的,"耶斯特说,"我做这事很多年了,但直到去年冬天,我才让这个男孩加入,让他来提供服务,完成整个表演。他天生就是干这事的人。现在他穿着一套白色的小西服,看起来就像个天使。"

"你有没有他的照片?"麦克劳克林问道,"就像广告上的那张一样。我想用在我的书中。"

耶斯特瞥了一眼手表。"事后找我。他甚至会给你签名照。现在他们来了。"

我们退到前排的座位上，这样麦克劳克林教授就能比较清楚地看到活动的整个过程。耶斯特刚从台上下来，就被一个衣着华丽的边说边挥手的红发女人拦住了。"那是他的妻子。"阿普丽尔在我耳边低声说道。

我"嗯"了一声表示明白，心里纳闷这个女人遇到了什么问题。也许她和那个男孩有什么麻烦。也许男孩把白西服弄脏了。

诺斯蒙特镇的居民陆续进入大帐篷，几乎把这个地方挤满了。有几个人不无内疚地朝我这边看了看，仿佛他们的现身是对与我竞争的那个医治者的支持。我笑着挥了挥手。这是个表演场所，不是教堂。

不一会儿，悬挂在帐篷顶上的电灯暗了下来。表演即将开始。乔治·耶斯特出现在木台上，一侧的篷布飘了起来。他朝天高举双手，宣布道："今天……是耶斯特日！"

没有人笑。

我不知道他是不是在人们排队时用什么办法将大家催眠了。他才刚露面，观众就已经被他迷住了。上帝啊，救救我们吧，太可怕了。

在进行了一番陈腐的介绍后，他将我们的注意力引向了健康天使银色雕像。聚光灯打在它的身上，木台的其他部分一片漆黑。然后，一个穿白衣的男孩突然令人惊讶地从雕像后面走了出来。帐篷里顿时响起了热烈的掌声。这就是他们来的目的。

"承认你们的罪过吧，"男孩缓慢而严肃地说道，"我会让你们恢复健康。"

留声机开始播放唱片，风琴音乐响起，为当下的活动营造了合适的氛围。我很想知道聚光灯和手摇留声机等设备是否由耶斯特的红发妻子控制。

然后，我看到观众走到了中间的过道上，瘸的，跛的，病的，老的，什么人都有。他们是我的病人，现在却来到这个孩子身边，寻求我无法为他们提供的治疗服务。他们边走边唱。

一种前所未有的愤怒在我身上表现出来了。我感觉到阿普丽尔的手正拽着我的胳膊。"现在不行，萨姆医生。"她轻声说道。

菲尔·拉弗蒂是第一批上台的人之一。他跪了下来，让男孩把手放在他的身上，然后又费力地站了起来。我不清楚那让他虚弱不堪的血液病是否突然消失了。人们陆陆续续地走了过来，甚至有些人我都不认识，他们来自附近的城镇。我看到了波莉·阿伦斯，她因疼痛而一直弯着腰。当托比·耶斯特的手碰到她时，她尖叫了一声。

然后，她就直起了身子来。

虽然动作缓慢，显得有些犹豫，但她真的直起了身子。观众为之兴奋不已。

我身边的麦克劳克林教授正忙着做笔记。"不必大惊小怪，"在人群的欢呼声中，他说道，"他们总能'治好'一两个人吧。"

男孩对自己的表现一点也不奇怪，继续向排队的人走去，把手放在他们身上。很快，又传来一阵尖叫声，一个女人晕倒了。音乐声越来越大。

最后，托比完成了治疗。他一言不发，僵硬地鞠了一躬后走下台去。乔治·耶斯特再次出现，呼吁大家捐款，从而"让这项出色的疾病治疗活动继续下去"。然后，乔治和他的红发妻子拿着募捐篮逐排从人们身前走过。我扔进去一枚一角硬币。

我想它就值这么多。

帐篷外面，人们转来转去，就他们看到的情景交换看法。我挤过人群，把阿普丽尔和教授甩在身后，想去找波莉·阿伦斯。不管帐篷里发生了什么，她仍然是我的病人。

当我找到她时，她正靠在一棵树上，垂着头，身边围着几个朋友。"怎么了，波莉？哪里不舒服吗？""我……我的背。没治好，萨姆医生！它只好了几分钟，然后又不行了。我还不够虔诚啊！"她开始哭泣。

"瞎说，波莉！他根本没有治好你。他只是让你兴奋，让你产生期待，从而让你忘记疼痛，直起腰来。但这只是暂时的。"

"我想再像其他人一样走路，萨姆医生。"

"你会的，我确信，但不是靠那个孩子的帮助。"此时，阿普丽尔找到了我们。我让她留下来安慰波莉。

"你要去哪儿？"麦克劳克林教授问我。

"去找乔治·耶斯特。我也许不能让他被捕，但可以告诉他我是如何看待帐篷里的表演的。"

"冷静。"

我挣脱他的手，快步穿过车辙凌乱的停车场。随着人们的离开，汽车和马车都开始陆续移动了。伦斯警长在路边提着提灯，指挥车辆驶入漆黑的街道。我没有停下来跟他闲聊。大帐篷的后面停着一辆小型拖车和一辆帕卡德牌汽车。我径直走到亮着车灯的拖车前，敲了敲门。

红发女人立刻出来了。"什么事？"她问道。在她身后，男孩托比正将当晚募捐到的硬币和钞票堆在一起。"我要见你的丈夫。"

"乔治在帐篷里收拾东西。你找他干什么？"她似乎很害怕，但我就是要明显地表现出我的愤怒。我二话没说，转身朝帐篷走去。

乔治·耶斯特独自一人在那里收拾着表演时用的留声机和聚光灯。健康天使雕像还在台上，他站在台前，转过身来，面对着我说："医生，喜欢这表演吗？"他的表情让我很想揍他。

"不是特别喜欢。"

"哦？那太遗憾了。观众很虔诚。"

"对募捐篮虔诚吧？"

耶斯特回答说："你看到了的，有个女人被治好了。"

"刚才我看见她在外面的空地上痛苦地扭动着身体。你根本没有彻底治好她。"

"也许是她还不够虔诚。"

"我真希望你因为在这里的所作所为而被捕！"

"被捕？就因为给这些无知的人带来了一点希望和安慰？"

然后，我真的打了他。我抡起右拳击中他的下巴。他向后倒去。摔在地上时，他显得很惊愕。我没再说话，转身沿着过道朝帐篷后面走去。

快到门口时，我听到了他的尖叫声。我转过身，想看看究竟发生了什么，却发现他躺在台前，胸膛被雕像手上的银剑刺入。

帐篷里没有其他人啊！

我不假思索地冲向他，拔出他身上的剑，然后试图用手帕为他止血。然而，他眨了眨眼就咽气了。

我跪在那里，不敢相信所发生的一切。除了一排排空座椅，这里什么也没有。没有东西移动，也没有除了从死者胸膛发出的呼哧呼哧声外的任何声音。我仔细看了看剑，意识到我的指纹已经留在剑柄上了。

除了去叫伦斯警长，我别无选择。我希望他还在停车场里提着提灯。

我又一次走到帐篷后面，掀起篷布。是的，提灯还在，伦斯警长正挥手送走最后一批离去的观众。除了我，没有人听到耶斯特临死前的尖叫。"伦斯警长，"我喊道，不想离开帐篷，"到这边来，快！"

"医生，怎么了？"他回喊道。

"到这边来我再告诉你。很重要的事。"

他小跑着过来，动作比平时快。"什么事？"

"乔治·耶斯特被杀了。"

"快带我看看！"

"你自己看。"我掀开篷布让他进来。当看到台前的耶斯特的尸体时，他轻轻地润了润嗓。

"这是怎么发生的，医生？"

我把自己知道的所有事情都告诉了他，从奋兴会本身开始，一直到我陪麦克劳克林教授参加奋兴会。

"教授现在哪里？"他问。

"我想还在外面，和阿普丽尔在一起。"

"有没有可能在你打倒耶斯特的时候，剑受到撞击，从雕像上掉了下来？"

"你的意思是，意外？我倒希望是这样。但剑尖是抵在台上的，如果它掉下来，那也应该是剑柄砸中他呀。剑尖不可能意外刺进他的胸膛。要知道，是我把剑拔出来的，它几乎穿透了他的身体。"

"那你是说雕像活了过来，并杀死了他？"

"怎么可能！但一定是有人在他躺在那里时，将剑取下刺进了他的身体。"

"嗯，上面有你的指纹。"

"我告诉过你的。是我把剑拔出来的，我想救他的命。"

"可你对他有一肚子火。你承认你打了他，还把他打倒了。"

"是啊。"

"帐篷里也没有其他人。"

"没有。"

伦斯警长摇了摇头。我能看出他在想什么。他走到台上，双臂环绕银色雕像，把它抱到了硬实的地面上。"比我预想中的轻。"

"是涂了银色油彩的石膏。耶斯特告诉我们的。你要干什么？"

"唯一能藏人的地方就是这个木台底下。我要看一眼。"

木台大约十二英尺①见方，十八英寸②高，四面是封闭的。它只是搁在地上，所以警长很容易就把它抬了起来。下面什么也没有，只有更加坚硬的泥土。"我应该告诉你那里肯定没藏人，"我说，"凶手怎么可能从里面钻出来，而不把台上的雕像弄倒呢？"

他站了起来，四下打量，木台两侧的篷布引起了他的注意。"会不会有人躲在这里呢，医生？"

"我承认我没有检查，但即使他藏在那里又怎么样呢？从我

① 英美制长度单位，1英尺约合0.30米。——编者注
② 英美制长度单位，1英寸约合2.54厘米。——编者注

走过过道，到耶斯特尖叫，前后不过大概十五秒钟。我转身转得很快，并没有看到人。在十五秒内，凶手要从藏身之处出来，穿过木台，从雕像手中取下剑，再刺死耶斯特，这是不可能的。而且在我转身的时候，他是绝对不可能凭空消失的。"

伦斯警长咕哝了一声，弯下腰检查地面。"地面都被踩结实了，看不出脚印。也许耶斯特是自杀，医生。"

"用这么长的剑？即使他能做到，也不可能将剑刺入身体那么深。不会，一定是有人站在他的上方向下刺的。"我一边说一边望向帐篷的顶部，但除了几根用来悬挂暗淡灯泡的电线外，那里什么也没有。

"医生，你没看出来我是在给你找生路吗？见鬼，我可不想逮捕你！"

"逮捕我！"直到那一刻，我才开始认真思考自己的处境。

"你有动机，也有机会，医生。按你自己说的，其他人是做不到的。"

"但我是清白的！我没有杀……"

乔治·耶斯特的妻子突然出现，打断了我的话。她急匆匆地走进帐篷，显然是在找自己的丈夫。"乔治！"看到尸体后，她顿时尖叫了起来。

"乔治，他们对你做了什么？"

"对不起，夫人，"伦斯警长说，"我们正要告诉你。有人杀了你丈夫。"

她倒在尸体旁抽泣，我不得不轻轻地拉了她一把。"我们无能为力，"我轻声说，"他当场就死了。"

她瞪着我，棕色的眼睛闪着光。"你们无能为力，也许吧。但他的儿子可能有办法！托比能让他复活！"我们还没来得及阻止她，她就从帐篷里跑了出去。

"拦住她，警长！我们不能让她把孩子带进来。"

"跟我来。"

伦斯警长在帐篷外面挡住了他们。小托比站在那里瑟瑟发抖，没有完全明白发生了什么事。最后，红发女人冷静下来，带着男孩回到了他们的拖车上。

现在没人能让乔治·耶斯特复活。

"好吧，警长。"我叹了口气说，"如果你想逮捕我，现在就逮捕吧。"

但他没有逮捕我，还没到那个时候。我们一起经历了许多，他不相信我会杀人。他告诉我案子会提交给县里的大陪审团，在正式起诉之前我是自由的。这至少给了我几天时间，尽管我不知道在此期间我要干些什么。与此同时，有嫌疑的人既很多又很少。观众中的任何一个都可能溜回帐篷杀死耶斯特，但他是如何下手的呢？又为什么要这么做呢？

我首先想到的是菲尔·拉弗蒂，因为他没有出现在帐篷外面的人群中。菲尔在镇上的邮局工作，他的血液状况还没有让他虚弱到动弹不得的地步。谋杀案发生的第二天早上，我在邮局见到了他。

他有些不好意思地看着我说："萨姆医生，我真的不相信昨晚的那些胡说八道，但我妻子坚持要我去。"

"你今天感觉怎么样？"

"差不多还是那样。我还能干活，对此我很感激。"

"告诉我，你在那期间或之后有没有注意到什么异样？有没有发现什么与这事有关的线索？"

"当然有了！事实上，我今天本来打算告诉警长的。最后一辆离开停车场的四轮马车就是我们的，因为我想让汽车先走。我们的马内莉容易让开车的人惊着。总之，在我们走上大路前，我看见一个人影从帐篷里跑了出来，跑向了树林。"

"男人还是女人？"

"分不清。那人披着一条长及地面的斗篷，头上戴着兜帽。你知道的，像是僧人穿的那种。"

"蒙头斗篷。"

"是的，我想是的。我觉得很奇怪，今天早上我听说谋杀案时还以为警长已经知道这件事。"

"那你去告诉他吧，菲尔。谢谢你提供的信息。"

我离开的时候一直在想，一个身披蒙头斗篷的僧人鬼鬼祟祟地出现在帐篷周围，这和谋杀本身一样蹊跷。不过，菲尔·拉弗蒂肯定看到了什么。

回到诊所，我和阿普丽尔聊了聊，得知她那天晚上跟麦克劳克林教授走散了。和波莉·阿伦斯待在一起后，她就再也没见过他。"我应该找他谈谈，"我决定道，"他一直观察着周围，还做了笔记，也许发现了些其他人没有留意的东西。"

我应该更早一些去找麦克劳克林教授的。不到十分钟，玛奇·米勒打来了电话。自从那晚在麦克劳克林家见面后，我就没见过她了。现在她的声音很高，而且听起来十分不安。"萨姆医生，我在教授家！他被人袭击了，快来！"

"袭击？"

"他失去了知觉，血流不止，屋子里乱七八糟的！"

"我马上来。给伦斯警长打电话。"

警长和我同时到达教授家。在书房里，玛奇正用冷毛巾清洁教授被划了一个大口子的前额。他现在有意识了，但还是晕乎乎的。"我来看他的时候，前门是虚掩着的，"玛奇说，"我发现他的时候他就这样了。"

我扫了一眼四下散落的纸和拉开的办公桌抽屉。攻击他的人显然是在找什么东西。"你现在能说话吗？"我问道，他微微睁了睁眼。我看得出来他的伤势并不是很严重。

"我……我想可以。现在几点了？"

"十点半。你昏迷多长时间了？"

"今天一大早，天还没亮，我听到一阵响声。我正要下去看看是怎么回事，就被人打了头晕倒了。我只知道这些。"

"你看到他的样子了吗？"伦斯警长边问边做笔记。

"完全没有。那人是从背后攻击我的。"

"可你的额头上有伤口，"我说，"可能是你摔倒时划破的。"我发现他头发下面肿了个包，"你最好躺到床上去，让我给你检查一下。"

"他拿走什么东西了吗？"伦斯警长盯着散落一地的纸问道。"我不知道。也许什么都没有。可能是因为他没有找到想要的东西。"

伦斯警长把麦克劳克林扶了起来。"医生，你认为这和谋杀案有关吗？"

"有可能。"不过，当时我没有看出其中的联系。教授发现了什么不利于凶手的东西吗？难道有什么是他看到了而我没看到的？

我们把哈穆斯·麦克劳克林扶到床上，然后我让他喝了一杯私酿威士忌。还好，尽管遭遇小偷袭击，但他的身体并没有大碍。伦斯警长留了下来，检查那扇小偷闯入时打碎的侧窗。

在回诊所的路上，我顺道看望了波莉·阿伦斯。她正在休息，但从奋兴会上获得的短暂康复没有再次出现。她的背还是老样子。我离开她转而驱车去了案发现场。

耶斯特太太正忙着收拾拖车，显然她和自己的孩子很快就要离开此地。"昨晚我们没有正式认识，"我说，"我叫萨姆·霍桑。"

她木然地看着我，红发乱蓬蓬的，显然没有梳理。对她来说，昨晚是非常难熬的一夜。"我叫休·耶斯特，不过，我想你已经知道了，有人说是你杀了我丈夫。"

"不，我没有杀他。"

"你是医生，嗯？"

"是的。我能和你谈谈乔治吗？"

男孩托比来到拖车门口，但被她撵了回去。"他没有什么要听的。他已经听得太多了。你有什么问题？"

"你知道这附近有谁想让你丈夫死吗？"

"只有你这样的人。遇到乡村医生，我们总会有麻烦。"

"你们做这事多久了？"

"在我认识他之前，他一直在搞奋兴会。他是从俄亥俄州开始的，那时孩子才刚出生。四年前我开始和他搭班子，但托比直到去年才参与其中。托比很受欢迎，这让乔治十分欣慰。"

"你相信托比能治愈人的疾病吗？"

"我想昨晚我还是相信的。我相信他能让乔治复活。但我从来没有真正这么想过。托比只是个小男孩，和其他孩子一样。他没有治愈任何人。那些人只是在一时的兴奋之下短暂地得到了被治愈的感觉。"

她是个聪明女人，比我预想中的还要聪明。我没有问题要问她了。她给了我破解谜团的最后一块拼图。

"我们得再去一趟麦克劳克林教授家，"我告诉伦斯警长，"答案就在那里。"

他深吸了一口气。"医生，我收到了很多关于你没被逮捕的投诉。这件事不尽快查个水落石出的话，我可能就不得不逮捕你了。"

"今天中午就会真相大白的。"

我们到达时，教授坐在椅子上看着玛奇·米勒，而她正试图收拾散乱的文件，让书房恢复如初。"还不知道丢了什么，"他告诉我们，"大部分文件都是我没来得及处理的研究资料，到底谁会想得到它们呢？"

我坐在他对面。"教授，我想我知道杀死乔治·耶斯特的人是谁了。我来是想先讲给你听，因为昨晚你和我都在那里。"伦斯警长不安地换了一个姿势。"讲下去，医生。"

"嗯。我心中最大的疑惑是，凶手是如何做到这一切的？那把剑怎么会几乎就在我眼前刺死了耶斯特？如果我想通了这一切，也就知道凶手究竟是谁了。凶手必须离得足够近，这样他才能取下剑来刺杀耶斯特，并在我转身前躲回他藏身的地方。他本可以等我离开再下手，但他看到我打倒了耶斯特，便决定在我离开之前下手，这样我就成了现场唯一的嫌疑人。"

"可那里并没有可以藏身的地方，"伦斯警长坚持道，"你自己告诉我的。"

"有一个地方被我遗漏了。银色雕像后面！凶手绕过雕像，取下剑刺入倒在地上的耶斯特的胸膛，然后迅速退到雕像后面。趁我去叫你的时候，他逃走了，警长。"

"雕像后面？"伦斯嘲笑道，"那后面根本藏不了人！他是什么……一个侏儒？"

"不是，一个七岁的男孩。"

"托比！"

"正是。还记得吗，教授，昨晚表演时他是怎么从雕像后面现身的？还记得耶斯特告诉我们他是怎么耍银剑的吗？这孩子是在反抗强加在他身上的生活，反抗一个根据每晚敛钱多少来给予他爱的父亲。没有其他可能，就是托比·耶斯特躲在雕像后面杀死了自己的父亲。"

然后我转过身，直视玛奇·米勒苍白的脸。她抿了抿嘴，说不出话来。"你想说点什么吗，玛奇？"我提示道，"在警长去逮捕托比之前？"

"该死的，萨姆！"她尖叫道，"你知道！"

"知道什么，玛奇？"我轻声问道。

"不是托比干的，是我杀了乔治·耶斯特。"

回到诊所后，我把事情告诉了阿普丽尔。"在她说出真相时，我没有任何胜利的感觉，阿普丽尔。我为我们所有人感到难过。"

"萨姆医生，你是说她认罪只是为了不让那个孩子受到指控？我不理解。"

"首先，她是为他而杀人的，因此，我知道她会为了救他而认罪。要知道，玛奇·米勒是托比的母亲。"

"我的上帝！你是怎么发现的？"

"很多都是推测，阿普丽尔。托比真正的母亲，也就是耶斯特的第一任妻子，在孩子出生后就离开了他们。休·耶斯特今天告诉我那事发生在俄亥俄州，而我知道玛奇是在俄亥俄州上的大学。时间也能对得上，因为玛奇刚满二十九岁，所以，她的孩子出生时玛奇应该是二十一岁或二十二岁。她跟乔治·耶斯特交往时可能是大四的学生。我想，她无法忍受耶斯特对她孩子的所作所为。尽管她离开了他们，但她觉得自己必须拯救托比，而她唯一能做的就是像复仇天使一样杀死乔治·耶斯特。"

"怎么会，萨姆医生？你可是在场的。她怎么可能在你没有看到她的情况下杀了耶斯特？"

"哦，我看到她了，阿普丽尔。我一定是跟她打过照面，只是我没意识到是她。昨晚，伦斯警长问过我银色雕像能否活过来，这提醒了我。这就是所发生的事情，在关键的几分钟里，玛奇·米勒变成了那座雕像！"

"萨姆医生！"显然，她不相信我。

"这很奇怪，阿普丽尔，但并非不可能。有一次在波士顿，我看到模特在百货商场的橱窗里摆好姿势，一动不动站了二十分钟。我想起了玛奇上周刚告诉我的事情。麦克劳克林教授去过她的教室，让她着实吃了一惊，愣在那里。她说，自从在返校日游行上坐了联谊会的花车后，她就没有那么一动不动地站着过。我后来想起这一点，觉得很奇怪，因为在游行中乘坐花车的人通常会向观众挥手。如果她在花车上静止不动，那她可能就是在模仿雕像。我读大学时看到过这样的事情，为了模仿雕像，漂亮的女学生会往自己身上涂上金色或银色的油彩。有时油彩会堵塞她们的毛孔，让她们感到难受。"

"但是，耶斯特和你肯定可以区分一个真正的女孩和一座雕像！"

"我们可以吗？聚光灯关掉了，记得吗？帐篷顶上只有几串昏暗的灯泡，而且我们没有理由盯着雕像看。至于雕像的大小和外观，耶斯特告诉我他的第一任妻子是雕像的模特。也就是说，健康天使就是玛奇·米勒。我猜，耶斯特当初在联谊会的花车上看到了她，所以才产生了为她塑雕像的想法。"

"这些都是她告诉你的吗？"

"她告诉我们的已经够多了。在麦克劳克林家，她知道了耶斯特会在诺斯蒙特镇出现。我依然记得听到这个消息时，她不安和愤怒的样子。想必过去的整整一周，她都在思考怎么杀了前夫，让托比摆脱充当假救世主的生活。在她的大学纪念物中，她保留着那管她在游行时用过的银色油彩。虽然雕像的脸看起来不太像她了，但她的身材比例没有发生什么变化。她确信在表演结束时自己可以伪装成雕像，因为她知道耶斯特会独自回来收拾设备。她想以这种方式杀了他，就像复仇天使，让人觉得是雕像活过来了。她想看到他死去时的表情。我想，她一想到孩子，一想到自己把孩子丢给了耶斯特，就已经有些精神失常了。

"总之，她用银色油彩涂满全身，然后在表演结束时溜进了帐篷。她披了一件带兜帽的长袍，以掩盖她近乎裸体的银色身体。拉弗蒂所看到的，就是她逃跑时的样子。她轻易地把真雕像搬到了篷布后面，然后握着剑站在那里。她还没来得及杀耶斯特，我就进去和他吵了起来。当我把他打倒时，她看到了机会，把剑刺进了他的身体。当然，他尖叫了一声，因此当我转身时，她不得不再次摆出雕像姿势站在原地。

"她当时肯定焦虑过，但我想的是救耶斯特的命，所以没仔细检查那座雕像。当我去喊伦斯警长时，她把真雕像搬回了台上，然后逃跑了。"

"那麦克劳克林教授呢？她也袭击了他吗？"

我点了点头。"在她留给教授的剪贴簿里，有返校日游行的照片，其中有一张她站在花车上的照片。教授还没开始看照片，但她必须在教授看到那张照片并将之与谋杀案联系起来之前把它拿回来。教授在书房里听到了声音，于是她只好把教授打晕。然后她把书房弄得一片狼藉，让它看起来好像是小偷在翻找什么东西似的。但她不想伤害教授，所以今天回去看了他，并打电话向我求助。"

阿普丽尔坐在那里直摇头。"男孩托比呢？"

"最好不要让他知道这件事。休·耶斯特不是坏人，也许她能让他回归正常生活。"

"……这就是整个故事的来龙去脉，"萨姆·霍桑医生总结道，"托比·耶斯特长大后改了名，成了一名成功的夜总会艺人，他始终不知道自己的父亲死于自己的亲生母亲之手。玛奇认罪后身体就垮掉了，精神状况再也没有恢复到可以接受审判的程度。诺斯蒙特镇再也没有举行过奋兴会了。有趣的是，你知道菲尔·拉弗蒂吧？在那之后，他的血液病基本消失了。我一直不明白原因何在。

"再来吧，随时都可以。下次我要给你讲一个真正的鬼故事，闹鬼的房子什么的！走之前，也许你应该再来一杯……啊……小酒？"

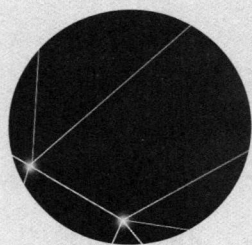

02

鬼语屋

　　"我答应过你，这次给你讲一个真正的房子闹鬼的故事，"跟往常一样，老萨姆·霍桑医生倒上酒，开始说道，"我要给你讲的故事是这样的！它发生在一九二八年二月，差点成了我经手的最后一个案子，既涉及医学知识，又涉及神秘事件。不过，我还是先给你讲一下捉鬼师的事吧，因为这个故事实际上是从他到诺斯蒙特镇那天开始的……"

　　捉鬼师名叫撒迪厄斯·斯隆，这样一个名字会让我以为这是一个胡子花白、戴着厚眼镜、拄着手杖的老教授。但恰恰相反，这是一个三十多岁的男人，比我大不了多少，他上来就说道："叫我撒迪吧。"

　　"我叫萨姆。"我和他握了握手。他比我高，但骨瘦如柴，瘦削的下巴上留着一撮山羊胡子。再加上眼窝深陷，目光深邃，给人的感觉很像仁慈状态的撒旦。"你知道我为什么来诺斯蒙特镇吧，萨姆。"

　　我挠挠头，笑了笑。"嗯，但不确定。当然，我们这附近经常闹鬼。几年前，有人说镇上广场的舞台闹鬼，结果是有人装神弄鬼。然后就是……"

"我对布赖尔家的房子很感兴趣。"

"哦，是的。我应该猜到的。"波士顿一家报社最近对这栋老房子进行了一次周日特别报道，讲了很多大多数诺斯蒙特镇居民都不知道的事。

"这栋房子会低声说话，这是真的吗？里面有一间密室，人一旦进去就再也出不来了？"

"说实话，我从来没有进过布赖尔家的那栋老房子。自从我开始在诺斯蒙特镇生活，它就一直没有人住，而且我只会去有病人需要我的地方。"

"你一定听过那些传说吧！"

"在看到波士顿那家报社的特别报道之前，它对我来说只是一栋空荡荡的老房子。记者可能发挥了一点想象力。"听了我的话，他显得很沮丧，我不得不补充道："不过，我确实听人说过那里闹鬼。有时风会弄出声音，仿佛房子在低声说话。"

这番话似乎让他十分兴奋。"当然，我跟记者聊过这次报道，他说大部分信息都是从在诺斯蒙特镇生活过而现在住在波士顿的人那里获得的。"

"这很有可能。"

"有人提到你的名字，说你把破解当地的谜案作为自己的业余爱好。"

"我可没那么说，"我反驳道，"这里发生的事跟其他地方的没什么两样。有时我会发现一些别人忽视的线索，从而协助伦斯警长破案而已。"

"尽管如此，你仍是唯一能帮我的人。我需要一个熟悉这个地方的人当向导。我打算在布赖尔家的老房子里过一夜，希望你可以和我一起。"

"捉鬼超出了我的能力范畴。"我说，"鬼可不需要医生。"

这时，我的护士阿普丽尔拿着早晨的信件进来了。看到撒迪厄斯·斯隆，她犹豫地对他笑了笑，说："萨姆医生，安德鲁斯太太打来电话，说她的儿子比利从干草棚上摔了下来，伤了腿。"

"告诉她我马上就过去。"我对我的访客笑了笑，"如果你想去，那就跟我来。你会看到一个乡村医生是如何行医的。安德鲁斯太太就住在布赖尔家所在的街道上。"

他跟着我到了外面，爬进了我那辆黄色的皮尔斯利箭敞篷车。"对乡村医生来说，这是一辆相当不错的车。"

"这是我的毕业礼物，七年了，现在有点旧了，但跑起来还不错。"

我走的是北路，先去了安德鲁斯家。安德鲁斯太太急匆匆地出来迎接我，脸上的不安十分明显。"萨姆医生，真高兴你能过来！比利摔在了一把干草叉上！血哗啦啦地往外流。"

"先别担心，安德鲁斯太太，带我去看看他吧。"

她带路穿过谷仓前的院子，那里仍然残留着一些二月的雪。我能理解她为什么不安。她的丈夫以前是游艺场的一个小摊贩，去年因心脏病去世，导致经营农场和照料牲畜的担子落在了二十三岁的比利身上。如果这个家中唯一的壮丁受了重伤，农场的未来就会受到致命的打击。

我发现比利躺在谷仓地板上，一条简陋的止血带紧紧地缠在他的左腿上。他沾满鲜血的工装裤被人从伤口处撕开了一个口子，干草叉的叉尖刺穿了他小腿上的肌肉，一片血肉模糊。"还不算太糟，"我检查了一会儿后安慰他说，"流血有助于清洁伤口。"

比利·安德鲁斯咬紧牙关。"我在给牛叉干草时失足掉了下来。该死的叉子刺穿了我的腿。"

"还好，本可能会更糟的。"说完，我想起撒迪厄斯·斯隆还站在谷仓门口，便把他介绍给了比利和安德鲁斯太太。他点头致意，但眼睛一直盯着我，显然对我的医治很感兴趣。

"现在先给你打一针止痛药，"我告诉比利，"然后再把你腿上的伤口缝上。"我用杀菌剂为他清洁好伤口后开始缝合。在给他包扎好之前，我没有必要把他搬到屋里去，他就这样躺着似乎也很舒服。

为了在忙活时不至于太尴尬，我介绍道："斯隆先生是个捉鬼师。他来是想看看布赖尔家的老房子。"

"哦，那里没有鬼！"安德鲁斯太太摆了摆手说，"那只是传说而已。"

此时，撒迪厄斯·斯隆的目光越过田野，望向半英里①外的一栋房子。"就是那栋房子？"他问道。

"就是它。"我肯定地说，"处理完比利的伤口，我就把你送到那里去。"

捉鬼师转向安德鲁斯太太。"你是说你从没有发现过那里有什么奇怪的事发生吗？夜间没有奇怪的灯光或诡异的噪声吗？据说，有人听到过那栋房子低声说话。"

"确实没发现过，这种事不可能发生。比利小时候常在那边玩。比利，你听到过布赖尔家的房子低声说话吗？"我处理好比

---

① 英美制长度单位，1英里约合1.61千米。——编者注

利的伤口后，他在谷仓地板上换了个姿势。"除了有一次发现几个流浪汉外，我从没在那里听到过任何动静。但那次可不是低声说话，他们追着我跑了好远呢！"

"来吧，"我把他扶了起来，"不要让受伤的腿使劲，你很快就会没事的。回屋吧。"我走到他的左侧，用胳膊搀扶着他回屋。到了楼上的房间，他便被安置在自己的床上。我嘱咐他这段时间躺着别动。"你这几天会疼得没法走路，但好在伤势并不重，你很快就会痊愈的。"

安德鲁斯太太送我们到门口。"萨姆医生，你能及时赶来，真是太感谢了。"

"应该的。"

"我该付你多少钱？"

"不着急。阿普丽尔会寄账单过来，你方便的时候再付我钱也行。"

回到车里后，我立刻沿土路颠簸着驶向布赖尔家。撒迪厄斯·斯隆说："我以为像你这样的乡村医生只会在书本中出现。"

"现实中还是有那么一些的。"

到了夏天，通往布赖尔家的车道会杂草丛生，但当前由于融雪，它变得泥泞难行。我看了一眼路况，决定把车停在路边，步行前往那栋房子。从外面看，即使是近距离看，七十年过去了，那栋房子也仍然保持着非常好的状态。百叶窗似乎没人动过，虽然灰色油漆已经褪色，但没有剥落的迹象。

"我想我们进不去。"我说。

他朝我笑了笑。"如果锁没坏，我们就能进去。有家波士顿房地产商挂牌出售这栋房子，我从他们那里拿到了钥匙。"

"那你真的要在这里过夜？"

"当然了。"

直到那一刻，我才相信他是来真的。"如果这栋房子被卖了，是不是意味着布赖尔家的所有成员都死了？"

"还有一些表亲，但他们想把它出手。"他用钥匙轻松地打开了大门。我跟着他走进昏黑的屋子里。

"打开几扇百叶窗，让阳光照进来吧。这里一直没有通电。"

撒迪厄斯·斯隆从口袋中掏出手电筒。"我宁愿用这个。这里有很多蜡烛，应该够我们用了。阳光可不会让鬼显形。"

房子里的大部分家具早就被搬走了，我惊讶于竟然还剩了几件家具。客厅里有一张被虫蛀过的破旧扶手椅，此外还有一个空柜子立在大的旧壁炉旁边。两把直椅被留在可能是饭厅的地方。在厨房的角落里，我们发现了一个燃尽的蜡烛头和一个私酿威士忌空瓶。我说："比利·安德鲁斯没说假话，确实有流浪汉来过。"

"但没有最近的活动迹象。这些东西可能已经放在这里好多年了。"

一楼的其他房间还有几件不值得运走的家具。在斯隆的袖珍手电筒以及从几扇没装百叶窗的上层窗户射入的阳光的指引下，我们踩着嘎吱作响的楼梯上了二楼。

"什么也没有。"最后我说道，"没有鬼，满意了吧？"

"鬼不会在大白天坐在这里迎接访客的到来。如果有鬼的话，也要到晚上才会出现。"

"我也没有听到它低声说话。你提到的人一旦进去就再也出不来的那个密室呢？"

撒迪厄斯·斯隆叹了口气。"我不知道。今晚我们必须再来一趟。"

时至今日，我仍然没想明白当初我为什么会答应一个捉鬼师在一栋传言会闹鬼的房子里一起过夜。就是因为年轻时的愚蠢吧，但在当时，这一切显得并不疯狂。我可能是想向撒迪厄斯·斯隆证明些什么，也可能是想向自己证明些什么。没办法，我生活在诺斯蒙特镇，如果此地确实有鬼，那我参与驱鬼也没什么好奇怪的。

因此，那天晚上快十点的时候，我们开车回到了布赖尔家。斯隆带了充足的蜡烛和火柴，以及一些让我有些困惑的设备。"你知道的，"他解释说，"有些程序必须遵守。有些捉鬼师会用七根人的头发封住门窗，并戴上一条大蒜穿成的项链。我不搞那些复杂玩意，我带了把左轮手枪……"

"为了鬼？"

他对我笑了笑。"以防万一而已。"

我们进入楼下最大的一间房间，撒迪厄斯·斯隆拿着一支粉笔走到房间中央。他一句话也没说，在木地板上画了一个大圈，又在圈内画了一个五角星。"一个五角星，据说待在里面就会很安全。"

"一把左轮手枪和一个五角星！"我大为震惊，"看来你完全准备好了。"

他还有其他设备——一台照相机和一个闪光灯，他把它们安装在一个带旋转头的三脚架上。"如果今晚有鬼来，我们得做好一切准备。"

我安顿下来，准备度过这漫长而无聊的夜晚。我真希望来时带上了最新的医学杂志，这样的话就可以趁机好好读一读了。

大约过了一个小时，也就是快到午夜的时候，我们听到了诡异的声音。起初我以为是吹过屋顶的风声，但很快它就变成人说话的声音了。

"想保命的话，你们就从这里滚出去……"

"你听见了吗？"斯隆惊叫道。

"嗯，但不太确定。"

"滚出去……"诡异的声音再度传来。

"这是骗人的把戏，"我立刻有了判断，"有人想要我们。"

"来吧，萨姆。让我们瞧瞧去。"他拿起左轮手枪，走到五角星外面。我跟在后面，多少有些虚张声势。

"你想怎么做？"我问他，"上楼？"

"去看看。"

我们迅速上楼，然后再次听周围的声音。外面确实有刮风的声音，但诡异的声音消失了。

就在这时，楼下的门突然开了。我们愣住了，斯隆示意我躲起来。我走进一间开着门的房间。

有人正在上楼。一个人提着一盏提灯上来了，他身材瘦削，留着胡子，身穿一件破旧的冬衣，戴着一顶毛皮帽子。他走得很快，却很谨慎地提着提灯照路。尽管这个人很熟悉这栋房子，但我肯定自己此前从未见过他。

然而，当这个身影从我身边走过，离我不到五英尺远的时候，我对他开始有一种似曾相识的感觉。

我以为斯隆会从藏身的地方出来，但是他和我一样，更想看看这个人要走去哪里。很快我们就知道了。他走到走廊尽头一面光秃秃的墙前，摸了摸门框旁边的一个地方。随即传来一声脆响，然后他便把墙推开了。这是我第一次见人使用真正的秘密墙板。

这道隐秘的门在他身后关上了，楼上的走廊再次陷入黑暗之中。我等了一会儿，然后回到客厅。撒迪厄斯·斯隆看到我，也从他藏身的地方走了出来。我问他："你怎么看？"

"我想我们找到密室了。"斯隆轻声回答。

"那个从来没有人出来过的密室？"

"我们很快就会知道了。他进去了，还没有出来。"

等待是漫长的，尽管实际上半个小时都没过去。我们随时准备着，一旦墙板打开，就立即躲回藏身的地方，可是墙板始终关着。

到了午夜，斯隆说："我下楼去拿相机，然后我们就打开那扇该死的门，跟他正面对峙吧。"

"可能存在另一个出口。"我指出。

"但它会通向哪里呢？如果他从这层楼的其他地方出来，我们就会看见他的。"很快斯隆就下楼把相机和三脚架扛上来了。"你还记得他是按了哪里才打开门的吗？"

我在门框周围一阵摸索，发现一处装饰嵌条松动了。"我想就是这里了。"

斯隆摆好三脚架，使相机对准墙壁。他给闪光灯装满粉，然后将手放在快门键上。"好了，"他说，"打开它吧。"

我把手往嵌条上一按。墙上的门咔嚓一声，旋即打开。我以为我们会看到一个惊愕的人或者一个空荡荡的密室。

结果两者都不是。

那个人还在里面，直挺挺地坐在我们对面的一张桌子旁，没有为我们的突然出现感到丝毫惊恐。"我想他……"我边说边朝密室中的人走去。

"死了？"撒迪厄斯·斯隆接了我的话。他按下快门，片刻之间，闪光灯发出的亮光充满了整间密室。这足以让我们看清密室里既没有其他人，也没有其他出口。

"他是被刺死的，"我说着拉开了那个人的外套，只见他的心脏部位深深地插着一把猎刀。"这里有东西。"我指了指地板，那是一把点二二口径的微型自动手枪，显然是从死者的手中滑落到地上的。

斯隆快速扫视了四周坚实的墙壁，甚至连敞开的密室门的背后都检查了。"没有可以藏人的地方，也没有可以让人逃走的出口！"

"嗯。"

"萨姆，他是被鬼杀死的？"

检查完尸体，我直起身来。"不，比这还要不可思议。我很了解人死后尸僵之类的事，但这具尸体已经是冷冰冰的了。这说明他不是半小时内死的，而是已经死了十五到二十个小时了。"

"怎么可能！我们刚才看到……"

我点了点头。"杀死他的不是鬼，但今晚走进密室的肯定是鬼。"

我留下来守着尸体，撒迪厄斯·斯隆则跑向安德鲁斯家打电话。按照我的吩咐，他给伦斯警长打了电话。于是，当晚剩下的大部分时间都被用于警方的调查。我们没有了解到新的情况，只知道在那几个小时里很多进密室的人都安然无恙地出来了。

伦斯警长对那扇密室门的工作原理很感兴趣。"这栋房子建于十九世纪五十年代末，"他说，"据说它是通往加拿大地下铁路的一个车站。那条铁路专为奴隶逃跑而建，你知道的。"

"这是有可能的。"我表示同意。我们一直敲击墙壁和地板，但一无所获。我甚至试过一个人待在密室里，让撒迪厄斯·斯隆和伦斯警长在外面等待，结果发现根本没法从里面打开密室门，这让我十分惊恐。

"这下你相信了吧，"斯隆显然对捉鬼的结果感到兴奋，"进去就出不来！从来没有人从里面出来过！也就是说，这间密室里的人即使饿死也不会被人发现。"

"这些墙壁很厚。"我说，"你可能是对的。"

伦斯警长正在检查那把微型自动手枪。"这把枪开过火了。看来他向凶手开了一枪。"

我想起木桌腿上有个洞。"我敢说子弹是射向这里的。你有小刀吗，警长？"不一会儿，我就从细长的桌腿上将子弹取了出来。它虽然有些变形，但很明显是一颗子弹。

"这能告诉我们什么？"斯隆问。

"死者的枪法很烂。"

"子弹可能从鬼身上穿过了。"

"鬼可不用猎刀，"伦斯警长说，"我从来不信有鬼，现在也不打算信。"

"那我们所看到的一切如何解释？"撒迪厄斯·斯隆问道，"一定是有鬼！"

警长伦斯哼了一声。"那是你的问题，不是我的。"

"知道死者是谁吗？"我问警长。

"从没见过。他的口袋是空的，没有现金，没有身份证，什么都没有。"

那晚我们毫无进展，但次日清晨，我尚未睡醒，伦斯警长就来敲我的门，带来了一些有趣的消息。"医生，验尸官证实了你的推断，说他死于昨天早上三点到九点之间。不过，死人的胡子是假的。”

“什么？”

“假胡子，像演员一样用速干胶水粘在脸上的。你对这事怎么看？”

“我真笨，没有想到这一点。扯掉胡子，有人能认出他吗？”

“看起来有点眼熟，医生。我不想说得那么绝对，但我见过他在镇子上游荡来着。”

“有趣的是，当他在走廊上经过我身边时，我也觉得似曾相识。”

“你还认为这是一个鬼故事吗？”

“我只是告诉你我看到的情况。”

“不如告诉我你是怎么看到一个死人走路的。”

我想了想。“那可能不是真正的问题所在，警长。”

“这又是你最喜欢的不可能犯罪，是不是？”

“有点像。”我承认，“看起来确实不可思议。”

“接下来你打算怎么办？”

“天亮再去一趟那栋房子，重新开始检查。”

我独自一人去了那栋房子，跟之前一样，我把车停在路边，然后沿着车道朝房子走去。不管是谁，昨晚那个人来的时候显然没有开车，否则就是有人把车开走了。我完全不觉得他是鬼，因为我看到他是有血有肉的，具备生命力。这加深了神秘感，但我非得弄清楚不可。

周围的草长得很高，被最近的积雪压倒了，我踩着它们绕到房子后面。我不知道会发现什么，只是觉得必须要去找。最后，房子后面的排水管引起了我的注意。它底部的排水口弯曲向上，高出地面约两英尺，这让我想起特大的小号吹嘴。我用手捏住它，试着对着它喊话。我的声音在远处回荡，但我无法判断它是不是从屋内传出来的。

"重返犯罪现场？"我身后传来问话。我猛地直起身来，原来是捉鬼师撒迪厄斯·斯隆。

"噢，我想我发现了一些东西。你还留着前门的钥匙吗？"

"嗯。"他从口袋中掏出钥匙。

"进去吧，站到昨晚我们听到诡异声音时站的地方。我想做个实验。"他按照我的吩咐做了，我发现我可以通过排水口上方的窗户看到他走动。我又喊了一声，他示意他听到了。然后我压低音量，尖声说话。他急忙走过来打开窗户。"就是这个声音，萨姆！这就是鬼屋的秘密！你怎么发现的？"

"猜的。昨天晚上，在我们听到诡异声音后，我们看到那个鬼进了房子。这让我觉得声音可能是在外面制造出来的。现在我发现了排水管，就试了试。"

"你的意思是我们看到的不是鬼？"

"嗯，有人知道从排水管发出的声音会被放大并通过缝隙传遍整个房子。"

"如果这个人是在一天前被捶死的，他怎么可能对着排水管低声说话，然后打开门，走上楼，进入那个密室呢？"

"我不知道，"我承认，"存在一种会引出更多问题的解释，它可以解释一些问题，但只是用一种不可能取代了另一种不可能。"

"是什么？"

"嗯，如果我们看到的人是凶手，伪装成受害者，那很多事情就可以解释了。"

"这解释不了他是怎么出密室的。"

"是的,确实解释不了。"我郁闷地表示同意。

"我更喜欢用鬼的概念来解释。我只希望能拍一张他走路的照片。"

"密室和尸体的照片你冲印出来了吗?"

他点了点头,从带来的皮箱里拿出照片,"给你,不过没什么用。"

我曾经通过现场照片破解过谜案,但这次我不得不承认照片根本没什么用。桌子旁的尸体和一面后墙,仅此而已。我们撞见了一个无名鬼。"我要回诊所,"我说着,把照片递给斯隆,"你去吗?"

他摇了摇头。"我想再四处看看。"

我转身离开,爬进我停在路边的敞篷车。就在我要开动时,意想不到的事情发生了。起初是引擎盖下发出噼啪声,接着火焰蹿了出来,整辆车就突然都着火了。

我立刻设法跳出车外,在冰冷的地面上打滚,把我衣服上的几缕火焰扑灭。但车完全报废了。我站在那里,看着它燃烧,就像在临终病人的床边守夜一样。我想救它,却无能为力。

受到烟雾的吸引,撒迪厄斯·斯隆走出布赖尔的房子向我跑来。"发生什么事了?你的车……"

"我不知道。好像是爆炸了。能逃出来算我命大。"

"我开车送你回镇上吧。"

"不必了,我想让伦斯警长看到这一切。"我沿路往安德鲁斯家走去,"我去给他打电话。"

安德鲁斯夫人在门口迎接我。"又有麻烦了,萨姆医生?你的衣服都烧焦了。"

"车着火了。如果可以的话，我想给警长打个电话。"

"请便。"

"比利的腿怎么样了？"

"好得很慢。既然你来了，我希望你能看看他的伤口。"

比利待在自己的房间里，正竭力一瘸一拐地走来走去。我一眼就看出他的伤口缝合处发炎了，不过并不严重。"你应该躺在床上，"我严厉地对他说，"才过了一天就让那条腿发力，太早了。"

"我很无助，有很多琐事要做，妈妈又不是什么事都能干。"

"你躺回床上，我再给你抹点药膏。否则，我就送你去医院，本来你就该住院的。"

这话似乎让他害怕了，他回到了床上。"医生，你看上去比我好不到哪里去。发生什么事了？"

"车着火了。"

"不会是你的敞篷车吧！"

"就是它。都开七年了，也该换一辆新车了。不过，看到它这样消失，我很不舒服。"

处理完比利的伤口后，我和安德鲁斯夫人一起返回我的车那里，火已经差不多熄灭了。伦斯警长接到我的电话后也赶到了现场，和几个志愿消防员一起扑灭了剩下的火。看着车的残骸，安德鲁斯夫人说："确实令人惋惜。"

"医生，这是要把你烧死，"伦斯警长说，"有人在引擎盖下藏了一罐汽油，用一根布条和火花塞相连。这就像一颗土炸弹。"

"和我猜的差不多。"

"你认为这意味着什么，萨姆？"撒迪厄斯·斯隆问道，"你在这里树过敌吗？"

"我唯一的仇家就是昨天杀了那个无名氏的人。我想这排除了鬼作案的可能，因为鬼不会到处找汽车放炸弹。"

"炸弹肯定是在我们都在房子后面时放的，"斯隆说，"这意味着凶手一直在监视着我们。"

"有可能。"说完，我想起我是在斯隆到达之前先到的那里。

伦斯警长惋惜地看着冒烟的汽车残骸，摇了摇头。

"这是一辆好车，医生。"

"阿普丽尔会心碎的。她会比我还伤心。"对我的护士来说，这辆车意味着一种别样的乐趣。

伦斯警长把我拉到一边。"我有一个消息要告诉你，医生。我今天早上接到了州警察局的电话，他们设法确认了死者的身份。"

"是谁？"

"这家伙叫乔治·吉福德。几年前，他在佛罗里达地产泡沫浪潮中卷入了几起诈骗案。一个大陪审团起诉了他，但在审判期间他就被保释了。州警察局告诉我，吉福德是个真正的地产投机分子，总是用根本不存在的油井或金矿和别人交易。"

"有点意思。我很好奇他为什么要来布赖尔家。"

"也许他看到了报纸上的文章，决定买一个真正的鬼屋。"

"或者卖掉一个。"我说。这个消息引起了我的思考，在回诊所的路上，我问斯隆写诺斯蒙特镇鬼屋报道的那个波士顿记者叫什么。

阿普丽尔知道了我的车已经被烧毁的消息。"哦,萨姆医生!"在我走进诊所时,她哭喊道,"你没事吧?"

"我比车好多了,阿普丽尔。有电话打过来吗?"

"没有。"

"很好。我想打个到波士顿的长途电话。"

那个记者名叫查克·耶格尔,因为线路的问题,通话质量很差,我几乎听不清他说了什么。不过,他记得鬼屋的报道,也记得撒迪厄斯·斯隆问过他相关的问题。"斯隆是在文章发表后才找到你的?"我对着话筒喊道,"你以前没见过他?"

"没,没见过,我不认识斯隆先生。"

"哪个曾住在诺斯蒙特镇的人告诉了你这栋房子的信息?"

"哦,是一个叫吉福德的人。他是做地产的。"

"还因地产诈骗被起诉过。"

"这事我还真不知道,"这位记者吃惊地说,"但我核实了他告诉我的信息。这栋房子曾是逃亡奴隶的落脚点,还有传言说它有个密室,进去的人从来没有出来过。不瞒你说,那篇文章给我造成了很多烦恼。"

"怎么说?"

"这家人想卖掉它,他们说我的报道搅黄了他们的交易。有人介意房子闹过鬼,有人则不喜欢张扬,不想让别人对自己的房子说三道四。这就是业主不得不雇用斯隆的原因。"

"斯隆为业主办事?你确定吗?"

"我当然确定!他们雇他驱鬼之类的。他答应告诉我所发生的事,并给我独家报道权。出什么事了吗?"

"没什么大事,"我向他保证,"到时你就会知道的。"我挂了电话,决定采取行动,但首先我得脱下烧焦了的衣服。

那天下午晚些时候，我打电话到斯隆住的酒店，告诉他我要再去一趟布赖尔家。"到我面对这个鬼的时候了。"我说，"想一起去吗？"

"当然！"

"那就来接我，好吗？我来不及换车。"我们到达那栋房子的时候，天已经黑了，也变冷了，几片雪花飘落，让二月的空气显得凛冽而清新。斯隆用钥匙开门，我在一旁等待。"伦斯警长知道你有钥匙吗？"我问。

"我跟他提过，但他没有向我要。"

"他应该收走。"

"那我们怎么进去呢？"

他这么一说，倒让我想到了其他事情。我没有马上回答他，而是跟着走了进去，来到楼上的密室。"一定有办法从这里出去，"我说，"不管是逃亡的奴隶，还是没人出来过的密室，这些传说一定有事实依据。没人出来过，是因为有别的出口，我一定要找到它。"

"怎么找？"

我按住门框，将墙板往两边推，然后进到里面，把门关上。"半个小时后帮我打开它。"

"我不能和你一起进去吗？"

"要是我找不到别的出口，谁放我出来呢？"

他同意了这样的安排，于是我一个人进了密室。墙板在我身后渐渐关闭，我听到门锁发出的咔嚓声。现在，这个没有出口的密室里只剩我一个人了。

我把带进来的提灯放在桌子上，着手研究四周的墙。它们都很坚固，但后墙似乎更坚固。我有些疑惑，想起壁炉就在下面的某个地方。烟囱位于房子的正中间，那么这面坚固的石墙应该是烟囱的一个侧面。这个密室真是太适合用来建立秘密出口了，但无论敲击多少次，我都没有发现任何暗门。我又试了其他的墙，结果一样。木地板同样十分坚固。

此前，我跟伦斯警长已经检查过这些地方了，唯一没检查过的就是天花板。它看起来很结实，我爬上桌子，确认它是实心的。即使是墙皮脱落的地方，我也没发现任何秘密出口的蛛丝马迹。我爬下桌子，感觉没有什么希望了。

我像死去的乔治·吉福德那样坐在椅子上，不停地思考这个密室：四面墙，没有窗户，地板和天花板都很结实，门关上后密不透风。那些进来后就没出去过的人都像吉福德一样死在这个密室里了吗？原因就是这样吗？我几乎可以想象那些逃亡的奴隶被关在这里的结局：不是窒息，就是饿死。

不对。不对，不对，不对。

根据我的判断，凶手是在密室锁上之后离开的。在这一点上，我绝对没有错。一定还有什么东西是我没发现的，比如一道暗门。

我的怀表告诉我半小时已经到了。我猛地拍了拍被锁住的墙板，向撒迪厄斯·斯隆发出信号，让他放我出去。

门外没有反应。

我更用力地拍墙板。这次弄出的声音更大，但还是没有动静。

撒迪厄斯·斯隆。难道我完全看错了他？难道我把自己交到了凶手手里？我想起他跑向着火的汽车，他在为房子的主人服务，他在鬼进入密室后下楼取相机这些事情。

照相机！

在他拍照的那一瞬间，我被闪光灯闪得什么也看不到了。会不会有人就是在那一刻从我身边悄然溜了出去？

我再次用力地拍墙板，但还是没有人来开门。

此时此刻，我原本确定无疑的事都变得可疑起来。若是我错了，那我就是把自己交给了一个早已想把我烧死的杀手。

但我没有错。在闪光灯亮起的瞬间，不可能有人在不被看到的情况下离开，因为斯隆和我就挡在门口。再说了，照片上还能看到斯隆的一点身影。但斯隆不是凶手同伙的话，现在他到底怎么了？

我盯着一动不动的坚固墙壁，试图寻找看起来根本不存在的出口。时间一分一秒地流逝，我愈发害怕起来。

然后，我想到了一些事。

我已经在密室待了将近四十五分钟，但提灯依然亮着，空气依然新鲜。

看来这个房间并非看上去那般密不透风。

我取下提灯的玻璃灯罩，火苗立刻摇曳起来。我很快确认了风的来源——木地板的缝隙。

但我无法把木地板抬起来，没有活门，也没有嵌板。地板延伸到了烟囱一侧的那面实心墙下面。

我停下来，不禁思考：地板怎么会延伸到墙下面？而且是延伸到烟囱的那一侧呢？

我再次弯腰检查地板，注意到一些可能是刀尖造成的凹痕。这些凹痕中有几处看起来是最近才有的，但很多看起来已经存在了很长时间。我从口袋里拿出一把小刀，把它戳进凹痕最多的那块地板上。利用杠杆原理，我试着把这块地板推向烟囱那一侧的实心墙。

它动了。我又试着推了第二块，然后是第三块。它们都动了。

每一块有凹痕的地板都滑进了烟囱那一侧的实心墙，我只能认为它们向外延伸到了烟囱里。当我移完四块四英寸宽的地板后，地板上出现了宽得足够让我钻进去的空间。我带着提灯钻了进去，发现自己身处一楼天花板的上方。这个空间很小，只有一英尺多高，不容易通过，但我还是设法做到了。我发现，我头上的木地板推一下就可以合上，就像推开时一样容易。

这里一定有一条秘密出口，为了找到它，我继续匍匐前进。终于，我发现了一个开口，那里有一架梯子直通一楼。我爬了下去，发现自己来到了房子后面的一个小食品储藏室。这是逃亡的奴隶用来避免被困在楼上密室的逃跑路线，也就是密室的秘密出口。

我迅速返回楼上。撒迪厄斯·斯隆仰面躺在走廊上，还活着，但已不省人事。他被人击中了后脑勺。

我起身环顾四周，试图看清其他房间门前的情况。"你可以出来了，安德鲁斯太太，"我说，"我知道你在这里。"

她走了出来，站在我的提灯能够照见的地方，举着猎枪指向我的胸膛。"你知道得太多了，萨姆医生。很抱歉，我不得不杀了你。"

在她说话时，灯光映出了她的脸庞轮廓。恐惧袭来，我顿觉后脊梁升起了一阵寒意。这才是布赖尔家老房子里真正的恶魔，比什么鬼都危险。"你终于露出真面目了，安德鲁斯太太。"

她把猎枪抬高一英寸。"我以为你永远也找不到离开密室的出口，但我想确认一下。"

"是你把汽油炸弹放进我车里的，是吧？"

"是的。你破解谜案很出名，我担心自己的秘密被你戳穿。"

"那我今晚差不多是名声扫地了。我能找到密室的出口凭的是运气。运气，以及我坚信一定存在出口。"

"你是怎么知道的？"

"吉福德的口袋里空无一物，身上没有任何可以证明身份的东西。既然我们看见他进来，经过我们身边，进了那间密室，那他进入房子必然要用到的钥匙哪里去了？因此，吉福德的尸体显然早就在密室里了，而从我们身边经过的是你。你戴着帽子，穿着外套，还粘了假胡子。

"钥匙的缺失证明了尸僵时间不对，让我相信从我们身边走过的另有其人。

"为了掩饰自己的身份，你需要胡子、帽子和外套。它们很可能是你丈夫在狂欢节时用过的，你拿来用了。然后，你把它们穿戴到死者身上，以强化是他在走廊上从我们身边走过的假象。最后，你就像我刚才一样，从地板下逃走了。"

"乔治·吉福德死有余辜。"她平静地说道。

"为什么？我不太明白你的动机。"

"几个月前，他带着几种土地开发方案来到这里。他想买下这栋房子和我们的农场，然后将股份卖给搞度假胜地开发之类的人。我犯了个错误，把传说和密室的事告诉了他。他找了一个波士顿的记者，把事情全报道了出来，因为这会让这块地的价值降低。得知布赖尔家派来一个捉鬼师后，吉福德跑过来威胁我们。我们非常害怕他会夺走我和比利苦心经营的农场！"

相对而言，吉福德更感兴趣的是欺骗投资者，而不是夺走她的农场，但她已经没有必要知道这一点了。乔治·吉福德已经死了，原因是她害怕失去农场。"这我能理解，"我轻声说道，

"但还有其他原因。"

"那是什么？"她因怀疑而皱了皱眉。

"你昨晚为什么要冒这么大的风险，戴着假胡子，穿着外套来到这里？为什么非要让我们见到死者，以为他还活着？我们可能永远发现不了尸体，是你冒着极大的风险把我们引到这里的。我们很可能当场抓住你，或者在你逃出之前突然冲进密室。"

她一脸茫然。"我……我不……"

我无奈地摇了摇头。"你根本不知道尸僵这回事，对吧？你不知道警察可以据此推断吉福德死亡的大致时间。在对着排水管低声说话后，你开始乔装打扮，用从吉福德尸体上得到的钥匙来到这里，然后把伪装物转移到死者身上，这样我们就会认为他昨晚才被杀。现在告诉我，是不是这样？"

"你想得太多了，萨姆医生。"她举起猎枪。我盯着枪口，知道此时我得和她继续说下去。

"你不会朝我开枪的，安德鲁斯夫人。你之所以用汽油炸弹，是因为这样你就不必当面看着我死。你没有立刻朝我开枪，是因为你没杀过人，而你现在也不会动手。是你的儿子比利杀了吉福德，是不是？"

她的语塞就是我想要的结果。"对着排水管轻声说话吓唬人，"我赶紧说下去，"这不是一个母亲会做的事，除非她的儿子告诉她该怎么做。她的儿子小时候在这里玩耍，偶然发现了这个密室，也找到了出口。一切都是比利干的，对吧？

"你没有用猎刀刺死那个人，是比利干的！在打斗中，吉福德拔出一把小手枪射伤了比利的腿，你出主意把伤口说成是谷仓里的一次事故造成的。那颗子弹比干草叉的尖头小，在他的腿上留下一个边缘齐整的伤口后卡进了桌腿里。它的力量甚至无法穿过桌腿，这只能说明它先穿过了别的东西。

"当然，吉福德出的血盖住了比利腿上的血。比利不知用什么包扎了伤口，一瘸一拐地回到了家。昨晚他瘸得太厉害，伪装不了死者，于是只好让你替他做了。如果我们认为吉福德是昨晚被杀的，那你儿子就有了完美的不在场证明。但如果斯隆和我发现了吉福德的尸体，比利就需要不在场证明。"

"我的上帝，比利刺伤他是出于自卫！那人有枪！比利只是偷了他口袋里的东西来延缓他现出真面目。"

"那就别再为了比利把事情弄得更加无法收拾了，安德鲁斯太太。交给陪审团决定吧。伦斯警长此时就在你家准备逮捕他。"

我是虚晃一枪，但她并不知道。就在猎枪晃动的一瞬间，我把它从她手中夺了过来。

"很可怕的案子，"萨姆·霍桑医生喝完杯中的酒，总结道，"我两次差点跟死神走了，而且还彻底失去了爱车！"那个捉鬼的小伙子撒迪厄斯·斯隆回波士顿了，不过没有把鬼带回去，反而头上被打了一个包。本着疑罪从无的原则，陪审团只判比利犯过失杀人罪。但对他的母亲来说，审判就太沉重了，在审判结束前她就死了。哦，对了，在接下来的一周，阿普丽尔和我一起去挑选了一辆新车。"

他举起酒瓶，对着灯光。"还有时间再喝一小……啊……杯吗？没有？好吧，尽快再来喝啊。下次我给你讲我去波士顿参加医学会议的事。我发现大城市也会发生不可能犯罪！"

03 波士顿公园疑案

某个夏日的午后，天气和暖，老萨姆·霍桑医生来到屋后的草坪上，坐在一张小桌旁，给自己倒了少许雪利酒。显然，他很享受这种在户外放松一下的机会。"今天的空气很清新，"他评论说，"我年轻时空气总是这样，即使到了城市也是如此。有时人们会问我是否破解过城市里的不可能犯罪谜案。说实话，这些年来，我的确破解过几个这种案子。这都是因为我需要离开诺斯蒙特镇，到大城市去完成某些业务。第一个案子很可怕，发生在一九二八年春末的波士顿……"

我和我的护士阿普丽尔赶去波士顿，参加新英格兰地区的一次医学会议。我换了一辆棕褐色的帕卡德敞篷车，它取代了皮尔斯利箭在我心中的位置。这是我第一次有机会开着它出远门。虽然当时的路况不算好，但不到两个小时，我们就抵达目的地了。我对帕卡德的性能相当满意。坐车时可以把车篷放下来感受春日的温暖，这让阿普丽尔特别享受。几年前，我带她去纽伯里波特参加过一个订婚派对。时至今日，谈起那次驾车旅行，她仍然抑制不住兴奋之情。现在，当我们驱车来到波士顿公园对面的高档酒店，身穿制服的门童匆匆过来帮我们拿行李时，她同样难掩兴奋之情。

"先生，您是来参加医学会议的吗？"他问道。

"是的。我是诺斯蒙特镇的萨姆·霍桑医生。"

"请直接往里走，到前台登记。服务员会帮您拿行李，我帮您停车。"

进入大厅，我们遇到的第一个人是白发苍苍的克雷格·萨默塞特医生，他是新英格兰医学会的副主席。"哎呀，萨姆·霍桑！最近好吗？乡村生活怎么样？"

"很好，克雷格。很高兴再次见到你。这是我的护士阿普丽尔。我带她来看看风景，而我则参加所有那些枯燥的会议。"

克雷格·萨默塞特的神情让阿普丽尔一下子脸红了，但他毕竟是新英格兰的绅士，于是招呼道："很高兴见到你，阿普丽尔。我希望你会喜欢我们的城市。"

"我有十年没来波士顿了，"她告诉他，"变化太大了！"

"确实如此，"萨默塞特医生表示同意，"十年前，这家酒店甚至还没影呢。酒店楼上可以看到公园美景，不过要注意，不要在傍晚时进入公园。最近几周，我们这里遇到了一些麻烦。"

"什么麻烦？"我以为他是为了阿普丽尔好才这样说的，于是问道，"流氓骚扰女性？"

"恐怕比这严重得多。"他的声音不那么轻松了，"有三个人在那个地方被杀，都是发生在天还没黑的傍晚时分，而且凶手似乎是隐身的。"

"我敢打赌萨姆医生能抓住他，"阿普丽尔说，"在诺斯蒙特镇，他破解过很多不可思议的案子。"

"不，不，"我反对道，"我是来参加会议的，仅此而已。"

"我想和你谈谈，"萨默塞特说，"我希望后天你可以在我们的活动间隙为我们介绍一下乡村医疗的问题。"

"我不是演说家，克雷格。"

"但你可以讲得很好。大多数人对这个医学领域一无所知。"

"我今晚考虑一下吧。"

"那些人是怎么被杀的？"在好奇心的驱动下，阿普丽尔情不自禁地问道。

"似乎是被皮下注射的速效物质毒死的。"萨默塞特说，"警方正努力不引发公众的恐慌，他们请我当顾问，调查毒药的事情。"

"在诺斯蒙特镇，我可以肯定地说，伦斯警长找萨姆医生破案就像病人找他治病一样频繁。"

"你让我很尴尬，阿普丽尔。"

我填好登记表，看到服务员正等着带我们去房间。"待会儿见，克雷格。"

在电梯里，阿普丽尔说："他认为你带我来是因为我是你的女朋友，萨姆医生。"就连这句话也让她脸红起来。

"我们不用担心他怎么想。"阿普丽尔三十多岁，比我大一点，自从一九二二年我来到诺斯蒙特镇，她就是我的护士。她比早些时候瘦了一些，但仍然是一个相貌平平的乡村妇女。我虽然很享受她的陪伴，但从来没有想过和她谈恋爱。

"你会帮他们破案吗？"

"不会，我是来参加医学会议的。"

不过，事与愿违。那天晚上，刚过八点，那个隐形杀手就夺走了第四个受害者的性命。

八点半左右，萨默塞特医生来敲我房间的门，看起来十分惊慌。

"我们需要你的帮助，萨姆。又发生了一起谋杀案。"

"在公园？"

"是的，就在街对面！你能下楼吗？"

我叹了口气。"给我五分钟。"

我们默默穿过街道，来到公园的一个角落，只见一个年轻女子的尸体四肢张开地靠在一棵树上。警察正忙着拍摄现场，因为是傍晚时分，他们使用了闪光粉。一名魁梧的警官向我们走来，他似乎是负责人。"这就是你的那位大侦探吗，萨默塞特医生？"

"这位是萨姆·霍桑，诺斯蒙特镇的医生。他是来参加会议的，据我所知，他在家乡破解了一些不可能罪案。萨姆，这是达内尔警长。"

我一眼就看出他不是伦斯警长那种人。达内尔是一个大城市的警察，显然很反感有人干涉他的案子，更不要说是让一个乡村医生干涉了。"医生，你用放大镜吗？想跟福尔摩斯一样在地上爬来爬去？"

"实话跟你说，我想回我的房间。"

萨默塞特医生心生不悦。"听着，警长，把目前的情况告诉萨姆没有什么坏处吧？说不定他能想到什么主意。"

"见鬼，别的办法我们都试过了。有四具尸体，两男两女。其中一个男的是在公园里乞讨的流浪汉；另一个男的则是年轻的律师，那天他加班到很晚，死时正在回家的路上。先死的女的是个中年妇女，在傍晚时分出来散步；现在死的这个女的似乎是最年轻的。"

"全是被毒死的？"

警长点了点头。"正因如此，我们才让萨默塞特医生加入进来。至于是哪种毒药，我们需要听听医生的建议。尸检表明，前三个死者死于被注射了微量箭毒，一种南美箭毒。这事报社还没有报道出来。"

"箭毒？在波士顿公园？"我难以置信。即使在医学院，也很少有人拿箭毒当研究课题。它不是一般医生会接触的东西。

萨默塞特医生解释说："箭毒几分钟里就会在人体内起作用，导致运动和呼吸肌瘫痪。死亡的速度在一定程度上与受害者的体型有关。在查尔斯·沃特顿写的《南美漫游》描述的一项实验中，一头一千磅①重的公牛四十五分钟后才死于箭毒。"

"关于箭毒，你知道得比我多。"我承认道。

"这就是达内尔警长叫我来的原因。"他低头凝视着死去的年轻女子，"凶手用这种毒药特别阴险，因为受害者不会感到疼痛，也几乎毫无预兆，只是会出现一定程度的视觉重影和吞咽困难。当肺部肌肉受到影响时，受害者就会直接窒息。这种死亡虽然不造成痛苦，但也让受害者丧失了呼救的机会。"

"凶手如何下的毒？"我问，"用注射针头？"

达内尔警长跪在尸体旁，翻开死者白色上衣的领子，只见一只带羽毛的小飞镖扎在她的脖子上。"它太小了，以至于她甚至可能没感觉到，而即使她感觉到了，也会以为是被虫子咬了。之前的两个案子中，我们都没有发现飞镖，应该是受害者感觉到被什么东西击中了，然后就像对待讨厌的蚊子一样把它们拨拉到了

---

① 英美制质量单位，1磅约合0.45千克。——编者注

地上。在第一个案子中，飞镖卡在了受害者的衣服上。"

"某种飞镖枪？"我指出，"空气手枪的射程还是很远的。"

"在南美洲，当地人会用六英尺长的吹气枪。"萨默塞特医生说。

"我无法想象一个杀人犯会用这种枪，"我说，"他不可能隐身很长时间。所有案子都发生在这个时间吗？"

"都在傍晚，天黑之前。第二个案子后，我们增加了一倍的警力，四处巡逻。第三个案子后，公园里到处都是便衣警察。现在，我甚至认为应该对行人关闭公园。"

"不要这样做，"萨默塞特说，"这样凶手会转移到其他地方，或者等待公园重新开放再行凶。你们要抓住他，而不是把他吓跑。"

"照片已经拍完了，"一名警探告诉达内尔警长，"我们可以移动她了吗？"

"当然。把她带走吧。"

"她钱包里有能证明身份的东西吗？"我问。

"丽塔·科斯斯基，波士顿纪念医院的护士。死时可能是在去上班的路上。"

警探没有道别就直接转身离开了，跟着蒙上白布的担架走到了街上。我转向萨默塞特医生说："克雷格，我真的不知道能帮上什么忙。在诺斯蒙特镇，我面对的是熟悉了六年的人和地方，我了解他们的生活和思考方式。但这个地方让我很不适应，波士顿人甚至说话方式都和我不一样。"

"我只是让你去找找我们其他人可能遗漏的线索，萨姆。"

"毫无疑问，凶手是个疯子，而要抓住一个理性的人已经够难的了。"

"今晚再考虑一下，萨姆。如果你认为能在某些方面帮到我们，请在早上的第一场会议后来见我。"

回到酒店后，萨默塞特让门童给他叫辆出租车。"你不住这儿？"我惊讶地问道。

门童吹着口哨跑向街角叫来了出租车。萨默塞特从口袋里摸出一枚硬币，算是小费。"不，我住家里。我妻子坚持要我这么做。"

在我的房间里，我在可以俯瞰公园的窗户旁坐了很久，看着警察在案发现场搜查时发出的灯光。一段时间后，我拉下窗帘，上床睡觉。

《公园再次发生凶杀案！》，晨报的头条标题如此醒目。早餐时，阿普丽尔读了这篇报道。我告诉她萨默塞特曾到我房间寻求帮助。

"你去了吗，萨姆医生？看到尸体了？"

"我见过很多尸体，阿普丽尔。"

"但在波士顿这样的城市……"

"她在诺斯蒙特镇也会死的。"

"在第一场会议前，你还有时间。带我过去，告诉我事情是在哪里发生的。"

由于无法说服她别去，我只好跟她穿过繁忙的特里蒙特街，来到丽塔·科斯斯基死亡的地点。然后我们在公园里走了走，经过墓地，一直走到士兵纪念碑，再向西拐穿过查尔斯街，来到与波士顿公园相邻的公共花园。

"看那些天鹅船！"来到一个人工湖前时，阿普丽尔喊道，"它们是用脚蹬的！"

她就像圣诞节早晨的一个孩子。我带着她坐天鹅船绕湖转了一圈。我知道我将可能错过大会的第一场会议。划完船，我们又沿阿灵顿街走了走，经过华盛顿雕像，一直走到比肯街。不久，绕过公园北侧，我们来到了州议会大厦，看见它那金色的圆顶在晨光中闪闪发光。

　　"晨报说第一具尸体是在公园这一侧发现的。"阿普丽尔说。

　　"这不关我的事。"

　　"说实话，有时你太固执了！"

　　"我们到这里来是为了欣赏城市风光的，不是来破谋杀案的。得啦，今晚我带你去新开的大都会剧院看电影，据说那是一座名副其实的宫殿。"

　　我们穿过波士顿公园往回走，当时是工作日的上午十点，公园里几乎空无一人。那个耸人听闻的报道标题显然起了作用。阿普丽尔留我一人在酒店，自己则去购物，我上楼时正好赶上开场会议的尾声。

　　萨默塞特医生在散会时找到了我。"我中午要和警长见面，你愿意一起吗？"

　　"这事真的不适合我，克雷格。今天早上我和阿普丽尔围着公园转了一圈，对我来说，这里就像一个陌生的国度。"

　　"关于昨晚的谋杀案，有一件事我们没告诉你。"

　　萨默塞特压低声音说："凶手一直在跟警方联系。"

　　"就像开膛手杰克一样。"

　　"没错。跟我去吧，你可以看看那些信。"

　　萨默塞特知道如何激起我的好奇心。我无法拒绝这个邀请。第二天上午，我心不在焉地听完了第二场会议的报告，主讲人是哈佛医学院的一位教授，讨论的是小儿麻痹症的最新研究。在当月的新闻中，这是一个热点话题，因为阿尔·史密斯刚刚邀请小儿麻痹症患者富兰克林·罗斯福竞选纽约州州长。

我想用我那辆新帕卡德送萨默塞特去警察总局，但他坚持坐出租车。白天在酒店附近的出租车站点很容易搭上车，至少不用给门童小费了。乘车沿特里蒙特街前行时，我观察经过者的脸庞，想知道他们中是否有凶手。如果在诺斯蒙特镇，我准能喊出他们的名字。但在这里，对我来说他们是陌生人。在诺斯蒙特镇，我可能会发现六个嫌疑人。但在这里，我觉得所有波士顿人都是可疑对象。

"这是你的城市，对不对，克雷格？"

"一直都是。你应该来这里开业，这样你才会了解什么是医学。"

"哦，我正在了解。"

"在乡下住了六年了吧！你打算在诺斯蒙特镇度过一生吗？"

"也许吧。"

"萨姆，波士顿有七十五万人，我们需要更多像你这样既年轻技术又好的医生。"

"为什么？"我笑着问，"波士顿是宇宙中心吗？"

"可能是。你知道多少个城市每天都有轮船开往纽约吗？"

"也许凶手是纽约人，每周坐船来一次。"

"不会，"萨默塞特严肃地答道，"他是本地人。"

我们下了出租车，迈步走上警察总局的台阶。我可以看到远处海关大楼的尖塔，那是这座城市最高的建筑。我不得不承认，波士顿具有某种魅力，它与诺斯蒙特镇质朴的乡村风情不同，但同样吸引人。

这里的犯罪也不一样。达内尔警长将那些信件摊开在我面前的桌子上，我只能说它们是疯子的作品。一封信写的是：昨晚是第一起公园杀人事件！还会有更多！刻耳柏洛斯！另一封上写的是：死了两个了，接下来会死更多！波士顿会记住我的！刻耳柏洛斯！第三封上写的是：由于你们的所作所为，必须有另一个人死去！记住我！刻耳柏洛斯！

"那昨晚杀人后留下的信呢？"我问。

"还没收到。"达内尔叹了口气，点燃了已经熄灭的雪茄烟头，"可能还在邮寄途中。"

"这些都没有向媒体公开吗？"

警长摇了摇头。"这种疯子只会因媒体的关注而更加发狂。我们尽量不给他创造机会。"

"我完全赞成，"萨默塞特说，"公众甚至不知道这些谋杀案之间存在关联，尽管它们肯定很快就会被曝光。"

"市长想彻底关闭公园，直到抓住这个刻耳柏洛斯，但你昨晚也听到了，萨默塞特医生不赞成这样做。"

"你们需要抓住他，而不只是把他堵在狗洞里。"

我在研究这些信，但什么也看不出来。"这事我帮不了你，"我说，"我对他可能是谁毫无头绪。"

"这不是我们要你做的事，"克雷格·萨默塞特说，"我们想知道他是怎么下手的。"

达内尔警长点头表示同意。"怎么下手的，霍桑医生？我们已经知道他是谁了。"

我必须承认他们的话让我大吃一惊："你们知道谁是杀手，却没有逮捕他？"

克雷格·萨默塞特笑了。"这里跟诺斯蒙特镇不一样，萨姆。在大城市，一个人可以躲上几个月而不被人发现。"

"你知道的，我并不是一直待在诺斯蒙特镇。我只是过去六年生活在那里而已，我了解城市生活是什么样的。"

但我真的了解吗？会不会我离开太久了？

达内尔警长清了清嗓子。"你必须明白，霍桑医生，我们告诉你的事不能外传。一旦这个刻耳柏洛斯发现我们知道他的身份，无辜者的生命就会受到威胁。"

"当然，我们是通过箭毒发现他的，"克雷格·萨默塞特解释道，"这可不是轻易能获得的东西。在确定是它导致受害者死亡时，我就开始到波士顿附近的各个医院和研究中心调查。萨姆，你大概知道，目前已经有将箭毒用于肌肉松弛剂的研究。但难度很大，因为即使是很小的剂量，也会引起恶心和血压下降。我发现坎布里奇的一个研究实验室正在测试这种毒药。大约六个月前，一些箭毒从这个实验室消失了，同时一位兼职助理研究员乔治·托特尔也失踪了。"

"他为什么会失踪？"我问。

达内尔回答说："他们解雇了他。这项研究能够得以进行，靠的是当地一家慈善机构的资助。资金用完后，研究不得不停止。显然托特尔曾经给市政府写过信，要求提供更多资金，但他们根本没有理会他。他对一位同事说过：只有波士顿有人死于箭毒才会引起他们的重视。在那之后不久，他就失踪了，随后实验室发现还有一小瓶毒药也消失了。"

"那个小瓶能装多少毒药？"我问。

"足够杀死二三十个人。他们当时没有报告，因为没人相信托特尔会杀人。然而，当萨默塞特医生要查消失的箭毒时，这事很快就传开了。"

"还有其他可能的毒药来源吗？"

萨默塞特摇摇头。"基本没有了。如你所知，箭毒出自几种南美树种的树皮。它的制作过程漫长而费事，被某些土著家庭和部落掌握并严格保密。有人试图在实验室中复制这一过程，但到目前为止，研究人员仍然必须依赖从丛林中带来的原始材料。凶手必定用的是实验室的实验用品，而坎布里奇的那个实验室是这里唯一拥有这种东西的实验室。"

"好吧，"我说，"我可以接受托特尔是凶手，也可以接受他会在波士顿躲几个月的事实。但现在请告诉我，你们为什么阻止不了他杀这些人？"

达内尔将他的雪茄烟头摁灭了。"飞镖是用气枪或吹箭筒发射的。如果他用的是气枪之类的东西，在五十英尺以外的地方他也能射中想射的人。"

"比那要远。"我指出。

"不，用手工制作的木制飞镖不行。我们试过。五十英尺后，它们就会开始在空中摇晃和翻滚。吹箭筒的有效射程更是只有二十五英尺。这就是问题所在。这几起杀人案都发生在光天化日之下，发生在一个大城市中心的公园里。这里没有偏僻的小路，也没有茂密的森林。它大致是一个不规则的五边形公园，最宽处只有一千七百英尺宽，一眼就能从一侧看到另一侧。除了躲在树或雕像后面，没有地方可以藏身，而且不断有人经过，在春天的傍晚时分更是如此。"

"伪装成手杖的吹箭筒呢？"我问，"凶手瞬间就能把它举到嘴边。"

"也许前两次是这样的，但第三名受害者中箭时，公园里到处都是便衣警察，却没有人发现任何异常。"他拿起桌上的一个文件夹，"丽塔·科斯斯基，昨晚的受害者，在被杀的时候实际上是处于被监视状态的。"

"什么？"萨默塞特医生此前并不知道这一点，他感到十分惊讶。

"我是今天早上才知道的。她被怀疑违反了禁酒令，两名财政部探员在跟踪她，希望通过她找到她那个用船从加拿大新斯科舍省偷运酒过来的男朋友。她在你住的酒店外的拐角处穿过特里蒙特街，八点十分进入公园。当时天色还很亮，两个探员能清楚地看到她。他们对任何接近她的人都特别警惕，因为他们在等她和男朋友接触。

"但并没有发生任何异常，甚至都没人看她一眼。没有任何东西是指向她的。她在公园里走了大约两分钟，便连路都走不稳了。她停了下来，靠在一棵树上，然后就瘫倒了。便衣警察立刻跑向她，但已经太迟了。财政部探员向上司提交了一份报告，副本今天早上送到了我手里。"

"她肯定能感觉到飞镖击中了她。"我提出异议。

达内尔举起一根只有火柴一半长的羽状木箭。"注意木头里嵌着一根普通大头针的针尖。不要碰它，上面还有毒。被飞镖射中时，人会感觉像被针刺了一下一样。她的手可能已经伸向自己的头发，但财政部的人不会把这当回事的。"

"我不相信这个针尖携带的箭毒能这么快就杀死一个人，"我说道，"再说，如果她在毒药起作用前把它从脖子上拨拉掉了呢？"

"她没有，所以她死了。我们不知道托特尔或者说刻耳柏洛斯向多少人射过毒箭。有一些人也许拨拉掉了飞镖，得以活了下来。我们知道的只是有四个人已经死了。"

"尸体都是在公园的什么地方被发现的？"我问。

达内尔指向挂在墙上的一幅大比例尺地图，上面有四个红色的工字钉钉在代表公园的绿色区域。"第一个受害者是皮特·杰达斯，发现时位于公园靠近州议会大厦一侧的对面。他以前是摔跤手，穷困潦倒后开始沿街行乞。西蒙·福尔克是位年轻律师，他在特里蒙特街的办公室工作到很晚，差不多就死在公园的中间。第三个受害者是位女服务员，名叫明妮·维泽，死在丽塔·科斯斯基遇害地点旁边的人行道上。"

"摔跤手，律师，服务员，护士，"我喃喃自语，"我想这里面没有什么联系。"

"完全没有规律。碰到谁方便下手，他就杀谁。"

我盯着地图，但一无所获。"刻耳柏洛斯是什么意思？"

"三头犬。"达内尔哼了一声，"希腊神话！"

"一只来自地狱的狗。"萨默塞特补充道。

"他选这个名字想必是有原因的。"

"一个疯子会有什么理智的选择？"

"好吧。"说完，我起身准备离开。

"你要去哪儿？"达内尔问道。

"再到公园走走。"

现在是午饭时间，人行道比较拥挤。有人坐在长凳上聊天，有人正在读最新的谋杀案报道，但似乎没有人特别担心。他们不知道毒飞镖的事，也不知道刻耳柏洛斯的信。

我穿过查尔斯街来到公共花园，又一次去看天鹅船。就在这时，我注意到一个拿着野餐篮的男人。他皮肤黝黑，身材魁梧，两眼不善。我特别注意到他总是把右手放在篮盖下面，好像抓着什么东西。

好像抓着气枪的扳机。

不管是什么，他看起来不像是来这里野餐的人。当他开始走向公园时，我跟了上去。我真希望达内尔警长给我看过乔治·托特尔的照片。

那人的右手现在从篮子里拿了出来，按在了篮盖上。我站在离他几步远的地方，盯着那只手。当他的手开始移动，篮盖再次掀开时，我冲了上去，只瞥了一眼，就看到里面有枪。于是，我挥拳猛击篮盖，把他的手压在野餐篮里面。他痛得倒吸一口气，松开了野餐篮。

然后，还没等我反应过来，另一个人从后面抓住我的身体，我感觉自己脑袋的一侧受到了重重的击打，顿时眼前一黑。

我一定是昏迷了好几分钟。

当我终于醒过来时，头痛欲裂，并且看到一圈人俯身看着我，其中就有达内尔警长。"你究竟想干什么？"他问道。

"我……"

"你攻击的是一个便衣警察！"

"我很抱歉。"

"你应该感到抱歉！如果托特尔在附近，就肯定被吓跑了！"他把我扶起来，掸去我西装外套上的灰尘。"以后你最好不要再去公园，霍桑医生。如果需要你的帮助，我们会找你的。"

我含含糊糊地说了几句道歉的话，就走开了，感觉自己像个傻瓜。我确实不习惯大城市警察的做事方式。在诺斯蒙特镇，伦斯警长不可能往镇广场派这么多警察，因为他手下只有几个大家都认识的基层警察。在波士顿就不同了，也许对我来说已经是大为不同了。在诺斯蒙特镇的六年里，我的观念发生了这么大的改变吗？

我在酒店门口看到了阿普丽尔，她正向门童打听去保罗·里维尔故居怎么走。

"我想趁此机会多看几处名胜古迹，"她说，"想一起去吗？"

"我不想，阿普丽尔。"

我转过头，她注意到我头上被第二个警察打出的瘀伤。"你怎么了？"

"只是个小意外。"

"我带你上楼处理一下吧！你摔倒了吗？"

"我会告诉你发生了什么的。"

她一边用凉水清洗我的瘀伤处，一边咯咯笑着听我描述当时的情况。"在这个城市，甚至在警察面前你都不安全！"她不无肯定地说。

"别对他们太苛刻，阿普丽尔。确实是我不对。"

"好吧，野餐篮里有枪！你怎么想的呀？"

"他们一定以为抓到凶手了，所以立刻打电话给达内尔警长。"我把我了解到的情况告诉了她。

"难道他们没有那个叫托特尔的家伙的照片吗？"

我摇了摇头。"只有大致的描述。"

我打开医药包，找到一种治头痛的药粉，然后坐下来放松身心。就在这时，有人敲门了。阿普丽尔打开门，克雷格·萨默塞特匆匆走了进来。"我刚听说发生了一些事。你还好吗？"

"我想我的命还在。"

"上帝啊，他们没必要用金属警棍打你！"

"我猜他们把我当成了凶手。"

"达内尔对此感到很抱歉。"

"我也是。"

"下午的邮件带来了乔治·托特尔的另一封信。"我立刻警觉起来。"但愿真的是托特尔。说什么了?"

"达内尔让我抄一份给你看。午夜前从邮政总局寄来的。"他从笔记本中拿出一页纸,我看到信上写着:四个人倒下了,还会有更多!下次我不会等那么久了!刻耳柏洛斯!

"达内尔接下来有何计划?"我问。

"继续监视公园。希望他们下次能发现他。除了封锁市中心,让整个城市陷入恐慌,我们还能做什么?"

"两名财政部探员监视着第四名受害者,却什么也没发现。达内尔凭什么认为他下次能发现凶手?"

"迟早……"

"迟早的事!达内尔不知道他在和一个隐形人打交道吗?一个像切斯特顿笔下的邮递员一样,在那里又不在那里的人?"

克雷格·萨默塞特抿了抿嘴。"会不会是被派往公园的某个便衣警察?"

"比这更奇怪的事情不是没有发生过,但如果刻耳柏洛斯……"

"什么?"

"只是我的一个想法。达内尔墙上那张显示杀人地点的地图,你觉得我们可以借用一下吗?或者再做一张?"

"用来干什么,萨姆?"

"你让我在大会上就乡村医疗的问题发言。想象一下要是我讲的是箭毒的问题会怎么样。"

"什么？但你不是专家……"

"我想这两天我已经学得够多的了。让我想想，我被安排在明天下午晚些时候发言。是这样吗？"

"四点。"

"那好。我想上午去那个实验室，重新学习一下箭毒的知识。"我想了想又说，"一定要把我的演讲题目贴在大厅的时间表上。我希望听众尽可能地多。"

随着我演讲时间的临近，阿普丽尔激动得不得了。"如果凶手知道你要做这个演讲怎么办，萨姆医生？他可能会选你当下一个受害者！"

"你现在不用担心你的老板，阿普丽尔。我会没事的。"

她一直陪我到二楼，那里有一个大会议室，是为我的演讲安排的。我望着一排排刚刚还在接待第一批与会者的椅子，顿时有些忐忑不安。但说实话，我觉得我更害怕在公众面前讲话，而不是害怕凶手。就在我身后，窗帘拉开的大窗户正对着特里蒙特街对面的公园。

"他可能就在下面的公园里，这会儿正用望远镜看着我们呢！"阿普丽尔显然很担心地说。

"我认为要近得多。"我说，看着医生们陆续进入会场。我惊讶地看到达内尔警长在门口附近占据了一个有利位置。萨默塞特显然已就我演讲的主题提醒过他，以便得到我想要的地图。

下午四点整，会议室坐了四分之三的人，克雷格·萨默塞特大步走向讲台。"准备好了吗，萨姆？"

"我已经准备好了。"

他转向听众，大声讲话，以便他的声音能传遍整个会场。"先生们，以及几位在场的女士们。今天下午我们的演讲者是萨姆·霍桑医生，他很年轻，做了六年的医生，为诺斯蒙特镇的人治病。那个地方离这里有两小时车程。是的，萨姆·霍桑是一位乡村医生，是我们医疗事业的中坚力量。他今天原定要给我们讲一讲他在小镇的从医经验，但正如你们大多数人已经知道的那样，他选择改变主题。最近几周，有四个人在与这家酒店一街之隔的波士顿公园丧命。直到今天，警方才向媒体透露这四个人是死于箭毒。这种在常规治疗中很少遇到的中毒情况就是萨姆·霍桑演讲的主题。"

在他介绍完后，我走上讲台，开始读我记的笔记，内容涉及箭毒的历史和查尔斯·沃特顿在荷属圭亚那的早期实验。然后，我谈到了波士顿地区的实验，继而阐述了我的主要观点：

"你们看我身后，在我左边，是一幅波士顿市中心的大比例尺地图，清晰地标着四名箭毒受害者的死亡地点。但从我刚才的讲述中，你们可以得知，箭毒不会立即杀死一个人。你们可能会说，警察说了，几分钟内致人死亡的毒药就算是立即杀死。但事实是，一个人可以在几分钟内步行穿过公园。我就这么走过。

"我有一个想法，警察正在寻找的隐形杀手可能根本不是在公园里四处寻找受害者，他的毒镖是从某个地方射出的，移动的是将死去的受害者，而不是凶手。看过这张地图之后，大家认为这种可能性是否存在？"

这番话引起了听众的兴趣，我看见达内尔警长在后排挺身直立。我瞥了一眼阿普丽尔，赶忙讲道："我们已经看到，箭毒的杀人速度在很大程度上取决于受害者的体型和体重。一般人只能活几分钟，一千磅重的公牛能活四十五分钟。我今早查了四位死者的体重，即使不认识他们，我也可以推测出他们的遇害情况。

"第一名死者是在公园靠近州议会大厦一侧的对面被发现

的，一个曾是摔跤手的流浪者。我认为这个前摔跤运动员是最重的受害者，因为其他受害者是一男两女，男的是一个年轻律师。在这一点上我是对的。摔跤运动员的体重最重，因此，假设箭毒的剂量差不多，他的存活时间就会最长。"

我发现我说服了他们。医生们在认真地听我说的每一个字。我刚开始的紧张感此时已经荡然无存了。"年轻律师是在公园中间被发现的，另外两位女性的倒地之处更靠近这一边。最新的受害者是四个人中体重最轻的，死得最快。有人看到她从特里蒙特街进入公园，就在这里的拐角处。我们知道，那个律师是从他在特里蒙特街的办公室出来的，而女服务员和前摔跤运动员也可能是从特里蒙特街进入公园的。

"达内尔警长，尊敬的听众，我想告诉你们的是：这个隐形杀手压根就没有在公园出现过，而是在特里蒙特街的这里。当受害者进入公园时，他就开始向他们射击。"

接下来我平淡地结束了演讲。我不能告诉他们凶手的名字，只在最后概述了一下警方处理这个投毒案的工作。然后，萨默塞特医生说了几句表示感谢的话，我则退到了一边。最后，观众中的医生围了上来，问了我一些问题，但寒暄了几句后我就抽身离开了。

"你太棒了，萨姆医生，"阿普丽尔对我表示肯定，"我看到达内尔警长正朝我们走来。"

"走，我们离开这里。"

"霍桑医生！"达内尔喊道，"让我跟你说句话！昨天的事我很抱歉。"

"没关系。"

"你的见解非常有意思。你似乎是说凶手可能就在这附近。

但如何……"

"我现在得走了。"我避开他，向电梯走去。如果我的想法是对的，我现在可能极其危险。

克雷格·萨默塞特对我紧追不舍，但我在电梯门即将关闭时跳了进去，留下他和阿普丽尔以及警长站在那里。我知道过不了几分钟他们就会乘下一部电梯来追我。

我下了楼，匆匆穿过大厅，来到特里蒙特街。

"帮我叫辆出租车，好吗？"我问门童。

"当然可以，先生。"

他走到我身后，吹了一声口哨，我感觉我的脖子像是被针刺了一下。

这时，我以最快的速度做出反应，把小飞镖从皮肤上拨拉下来，扑向穿制服的门童。

在我与门童扭打到人行道上时，达内尔、阿普丽尔和萨默塞特从旋转门中走了出来。

"这就是你要找的杀手！"我大喊道，"乔治·托特尔，他本人！阿普丽尔，我右边的口袋里有一支皮下注射针，里面是箭毒的解药。我需要它……快！"

在那之后，我要走警察办案的程序，应对报社采访，直到第二天下午开车返回诺斯蒙特镇，才有跟阿普丽尔单独相处的时间。"让自己当那个疯子的目标！"她严厉地责备我说，"这样做真是太愚蠢了！"

"总得有人去做，阿普丽尔。警察只愿意等下一个受害者出现，我可不想那样。我想，在大厅里通知说我要就箭毒进行演讲一定会引起凶手的注意。不过，如果不是实验室给了我一支装满他们正在测试的解药的皮下注射针，我可能不会冒这个险。"

"谁会想到是门童呢！"

"确定受害者可能是从特里蒙特街一侧进入公园后，我就开始寻找定期出现在那里的人。门童靠吹口哨叫出租车，有时甚至会跑到街角去叫出租车。而这些地方是向过街进入公园的人发射飞镖的最佳位置。人们能看到他的嘴在吹着什么东西，但这对他来说是一个毫无恶意的举动，因此从来没有引起过人们的注意。他用的哨子细长，类似伦敦警察用的哨子，上面有一根像短射豆枪一样的管子。这些小飞镖在五到十英尺以上的距离是射不准的，但问题是在射击前他可以离受害者非常近。他选择前往公园的人下手，以便让他们死在里面。在他的供词中，他说他总共发射了十几枚飞镖，但有一些没有射中，还有一些则在毒药生效前被受害者拨拉掉了。"

"萨姆医生，昨天在酒店里你故意跑到我们前面。原来你知道他要对你下手，不想让我们陷入危险。"

"我确信他会铤而走险。凶杀案都发生在傍晚时分，我便猜到可能是傍晚时分值班的门童干的。他知道我是介绍箭毒的演讲者，我给他提供了一个诱人的目标。"

"你那么肯定是门童？"

"这种人其实都想被抓住，阿普丽尔。托特尔在那些信件里告诉了警察他是谁，但他们没有理解。刻耳柏洛斯是一只三头犬，守卫在地狱的入口！这个词有时用来表示警觉的守卫或门童。"

"萨姆医生，你在大城市里打了一个漂亮仗。"

"但回家的感觉真好。"

"我就是这样抓住波士顿公园杀人案的凶手的。"萨姆·霍桑医生总结道，"他之所以隐形，只是因为没有人注意到他。但这瓶雪利酒隐形是因为瓶子空了！进来，我再给你倒……啊……一杯小酒。什么时候你有空，我再给你讲讲那年夏天我在诺斯蒙特镇的发现，而就在我们的杂货店里，一起不可能谋杀案发生了。"

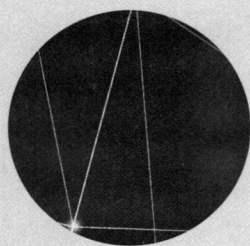

04

杂货店
枪杀案

"嗯，很高兴再次见到你，"萨姆·霍桑医生说着，用手杖撑起身子，伸手去拿雪利酒瓶。"你想来点这个，还是想来点烈性的？让我想想，我答应这次给你讲杂货店的枪杀案，是吧？那是一九二八年的夏天。那年夏天比往年热得早，六月时气温就已经接近二十七摄氏度了。阿梅莉亚·埃尔哈特飞越大西洋是那个月最大的新闻。她是首位完成此壮举的女性，我的护士阿普丽尔对此感到特别高兴……"

"看，萨姆医生！"阿普丽尔说道，手里拿着那份登载埃尔哈特故事的晨报，"我告诉过你，女人能做男人能做的任何事情！"

"她不像林德伯格那样是独自一人完成的。"我指出。

阿普丽尔摇了摇头。"你们这些男人！我觉得玛吉·墨菲对你的评价是对的！"

"又是玛吉·墨菲！我最近总听到有人提起她。"玛吉·墨菲大约四十岁，去年年底才定居诺斯蒙特镇。年轻时，她曾为妇女选举权修正案的通过而奔走。现在，她说女人要像男人一样工作挣钱，这让镇上的男人很是恼火。当时是一九二八年，这种想法是相当激进的。

诺斯蒙特镇有两家杂货店，玛吉总是在较大的那家发表长篇大论。该店在镇广场对面，店主是马克斯·哈克讷。那是一个老少都喜欢去的地方，卖大块的奶酪、成桶的面粉和罐装的太妃糖。马克斯盘下了隔壁约翰·克兰的五金店，打通墙扩大了店面，店里虽然不如以前那么舒适了，但仍是镇里的人聚会常去的地方。在大火炉旁，甚至还有一个饼干桶。但自从玛吉·墨菲经常光顾以来，这里的客椅就被马克斯搬走了。不过，这并没有妨碍到她。

玛吉是个漂亮女人。在她这个年龄，很多农妇已经生了六个孩子，并会因为长期在厨房和菜地劳作而开始显老，其他方面也会发生很多变化。或许是因为玛吉很吸引男人，她才没有因为她的演讲而被男人赶出小镇。尽管表面对她冷嘲热讽，但男人们暗地里可能很佩服她。

玛吉开的小房地产公司就在马克斯的杂货店扩张那一侧的隔壁。有些人建议马克斯采取别的方法，买下她的店面，但马克斯根本买不起。事实上，尽管玛吉的举止有些轻佻，但我觉得马克斯还是挺喜欢她的。有些男人终其一生都在寻找能管住他们的女人，马克斯·哈克讷就是这样的人。他的妻子阿梅莉亚很符合这一点，但缺乏玛吉·墨菲那样的女性魅力。

巧的是，和阿普丽尔说完话后几个小时，我顺便去了杂货店，买了几个垫圈用来修理我公寓里的水龙头。当时，玛吉站在饼干桶旁边滔滔不绝。平时会摆放出来的客椅被搬走似乎丝毫没有影响到她。"你对妇女从政有什么看法？"她问老约翰·克兰。自从马克斯买下他的五金店，并将杂货店扩建后，他就经常在附近闲逛。对他来说，退休生活并不轻松，他看上去很疲惫。

"从政？"他摩挲着灰白的胡茬重复了一遍玛吉的话，"你是说成为女市长或女州长吗？"

"没错，"她说，"还有女参议员和女总统！现在我们有了选举权，接下来就是顺理成章的了。"

"我不了解那些。"他嘟囔着，转身离去。对玛吉·墨菲来说，他的存在没有多大意义。

"你怎么想，马克斯？"

马克斯·哈克讷正忙着在柜台后面的架子上展示新的猎枪。他抽出时间回答道："女人做什么对我来说并不重要。只要为我做饭、养孩子，她们爱竞选什么就竞选什么。"

玛吉向后靠在大饼干桶上。"也许我们这些人活不到那个时候，但总有一天，女人会出去工作，而男人则会在家做饭、带孩子。"

这句话引起了聚在那里的男人们的一阵哄堂大笑。她转向我寻求支持："你说呢，萨姆？"

"我不掺和这种事，"我告诉她，"马克斯，有空的话能帮我找几个这种尺寸的垫圈吗？"

他从枪架那边走过来，透过厚厚的眼镜费力地打量我手里的东西。"应该在某个地方。"他说完便开始寻找，不久又停下来打开排风扇，抽走一些雪茄烟雾。

"你应该有的！"克兰大声说道，"你拆墙的时候把我的存货全都买下了。"

几分钟后，马克斯终于找到了我要的垫圈。我付钱给他。当我准备离开时，玛吉来到我身旁，要和我一起走。"萨姆，你可没有说什么支持我的话。"

"听着，玛吉，你赢得了阿普丽尔的支持。你不认为这就够了吗？"

"我要把马克斯也争取过来。"

"你赢得他的心了。但有阿梅莉亚这样的妻子，我想他没有胆量做什么事。"

她咯咯地笑了。"你能想象有人会娶阿梅莉亚·哈克讷这种人吗？"

我明白她的意思，阿梅莉亚是个泼妇。我开玩笑地说："可能也有人无法想象谁会娶玛吉·墨菲。"

"有个人可以。"她突然严肃起来，"我结过婚，萨姆，在战时的纽约。停战前三周，他在法国阵亡了。"

"我很抱歉。"

"你不必抱歉。比他更优秀的男人也在战争中被杀了。"

"你没有再婚？"

她耸了耸肩。"我有一大堆事要做，为妇女争取选举权，现在又要为她们争取体面的工作！"

"待在诺斯蒙特镇，你不会有什么大作为的。"

"这只是暂时的。如果房地产生意赚到了钱，我想搬到波士顿去。"

走到我的诊所时，我们互相道别。这是我和玛吉·墨菲最长的一次交流，而且很愉快。

在杂货店时，我感觉老约翰·克兰的身体看上去不太好。结果证明我是对的。当天晚上十点钟，他因心脏病发作逝世。他的妻子米莉给我打了电话，我急忙赶过去，但已无力回天。

我说："他走了，米莉。"米莉六十出头，比约翰年轻，是个和蔼可亲的女人。约翰的死让她感到不安。"萨姆医生，晚饭后他一切正常。他出去散步，在菲尔·塞奇家待了一会儿。他到家后，我发现他脸色发红。他坐在椅子上，说胸口疼，然后就死在那里了。"她最后哽咽了，我设法安慰她。

"米莉，我能帮你打电话告诉孩子们吗？"

她站起来，抹掉眼泪。"不用，应该我来打。"她走到电话旁，然后停了下来，好像陷入了回忆。"我们在一起生活得很好，但自从退休后，他没有一天高兴过。工作对他来说就是一切，萨姆医生。"

我低头看着椅子上的人。我对约翰·克兰并不是很了解。当我去他的五金店时，他只是一个满足我需要的人。我现在真希望有时间能和他聊聊，就像我此前和玛吉·墨菲交流一样。"你给孩子们打电话吧，米莉。我和你一起等他们来。"

接近午夜时，我才回到公寓，却撞见了一个不速之客。当我把钥匙插进锁孔时，一个高个子男人从黑暗中走了出来，说："不要怕，萨姆医生。是我，弗兰克·本奇。"

"哦，弗兰克！你真的吓了我一跳。"

"我已经在这里等了快两个小时了。"弗兰克四十出头，身材瘦削，有点孩子气，在镇上打过几次零工。在几周前，他一直在杂货店为马克斯工作，但不知何故后来离开了。我都不知道他还在镇上。

"你不是搬走了吗，弗兰克？"

"是的，不过只是搬到了希恩镇。我得和你谈谈，医生。"

我叹了口气，今晚算是无法睡觉了。"进来吧。我去了克兰家，他今晚因为心脏病发作死了。"

"他死了？这个消息真让我难过。我一直很喜欢他。"他跟着我进屋坐下，我这才注意到他的手在不停颤抖。

"需要我给你拿点饮料或什么喝的吗，弗兰克？"

"不……不了，谢谢，医生。我只是想和你谈谈，你可能也听说我失去杂货店的工作了。"

"我知道你不在那里了，但我没听说别的东西。"

"马克斯解雇了我。他因为我对他妻子的关心而产生了嫉妒之心。"

"阿梅莉亚？"一想到这一点，我就浮想联翩，"但是你们之间肯定也没有什么吧？"

"有的，医生，这就是我必须要见你的原因。阿梅莉亚四十四岁了，在她这个年龄怀孕很危险……"

"怀孕了？"

他垂下了头。"我担心她可能真的怀孕了。在不确定的情况下，我不能就这么拍屁股走人。你是医生，我想你能比别人更早知道。"

这消息使我大吃一惊，一时间说不出话来。当我缓过神来后，我说："据我所知，阿梅莉亚没有怀孕，弗兰克。但你要告诉我你搬到了希恩镇的什么地方，万一有事发生我得知道去哪里找你。"

他犹豫了一下。"你不会告诉马克斯，是吧？天啊，他会拿着猎枪追我的！"

"我不会告诉马克斯的。我不会告诉任何人。"

"谢谢你，医生。也许我现在该喝一杯了。"

我给他，也给我自己倒了一小杯烈性苏格兰威士忌。弗兰克·本奇和阿梅莉亚·哈克讷之间的事超出了我的理解范围。我向来不太擅长理解感情方面的事。

弗兰克给了我他的地址，我看着他走向街对面停着他那辆旧车的地方。午夜已过，我总算可以睡一觉了。

这时，电话铃响了。去接电话时，我的脑海中闪过各种可能性：夏季热，约翰逊夫人早产，车祸……

"我是霍桑医生。"

"萨姆，我是伦斯警长。你能马上到哈克讷杂货店来一趟吗？"

"怎么了，警长？"

"马克斯被杀了。看起来是那个叫玛吉·墨菲的女人干的。"

等我赶到的时候，现场灯火通明。伦斯警长在杂货店里，一个警员守在门口，挡住了一群被午夜的喧闹吸引来的镇民。我走进店里，很快停了下来。马克斯·哈克讷仰面躺在地上，胸口处鲜血淋漓，衣服都被撕碎了。

"他是被什么东西击中的？"我问伦斯警长。

"猎枪打的。根据伤口的形状和大小，我判断大约是在六英尺外开的枪。"

一把猎枪躺在附近的地板上。那是柜台后面枪架上的一把大号双管猎枪，扳机护环上还挂着价格标签。接着，我的目光转向一把椅子，玛吉·墨菲抱着头坐在那里。

"你受伤了。"我边说边朝她走去。

"我摔倒了，撞到了头。"

我把她的手拿开，看到她的发际线上有一些淤血。清洁之后，我发现她伤得并不严重，但伤口周围有一块淤青。"你的头一定很疼。"

她努力想笑。"感觉不太好。我昏迷了好几个小时。"

“你应该去医院做X光检查，看看是否有脑震荡。觉不觉得恶心或想睡觉？”

“我……我没觉得。”

我瞥了一眼马克斯的尸体。最终，伦斯警长有模有样地用两个麻布袋把他盖住了。我问玛吉：“要不你给我讲讲这里发生了什么？”

“问题是……我不知道！我工作到很晚，一直到九点半左右。在我关办公室的门时，我看到马克斯也要关门了。你知道的，到了夏天他会营业到很晚。我想买点香烟，却被什么东西绊倒了……我想是袋土豆吧。于是，我的头撞到了饼干桶上，这就是我最后还记得的事。”

“当时还有谁和你在这里吗？”

“没有别人……只有马克斯和我。他就是因为没有顾客了才要关门。”

我瞥了伦斯警长一眼，继续问她：“好吧，你醒过来的时候发生了什么？”

“当时很晚了，差不多是午夜了。马克斯就那样躺在那里，旁边放着一把猎枪。我以为他自杀了。”

“有这种可能吗？”我问伦斯。

“没有。即使他是用脚趾开的枪——他根本做不到——枪管也不会离他的胸部六英尺远。这是谋杀，毫无疑问。”

“也就是说有人在你昏迷的时候进入商店，从枪架上取下猎枪，装上子弹，然后杀了他。”

“我对警长也是这么说的，但他不相信我。”

“我不相信她，理由很简单，医生。如果是这样，凶手去哪儿了？我们到这儿的时候，这里的门窗都锁上了，而且是从里面锁上的！"

我想我不应该对这个消息感到惊讶。在那些日子里，诺斯蒙特镇的每一桩罪案似乎都会涉及这样或那样的不可能。"难怪你打电话给我，"我说，"又是一起密室谋杀案。"

伦斯警长厌烦地摇了摇头。"压根就不是这回事，医生，你不要把它当成密室谋杀案！我打电话给你是因为那位女士的头部受伤了，需要你给她看看。没有什么密室，因为我们到达的时候凶手就在这里。"

玛吉伤心地点了点头。"马克斯让我进去拿烟后就把门锁上了。我醒来后发现他死了，就给警长打了电话。我当时还是蒙的，所以只是坐在那里等待。我从来没有想到，门是从里面锁上的。如果是我杀了他，我会蠢到让门这样吗？"

我走过去检查那扇门。它有一个钥匙锁，锁上还有一个单独的插销，供马克斯下班后在里面工作时使用。我检查了储藏室和离储藏室较远的后门。后门上的木门闩与门的宽度相当，而且门被闩上了，不可能有人从这里溜出去。我瞥了一眼储藏室的两扇窗户，它们都被关上了，而且是从里面闩上的。房前只有前门两侧的大橱窗。侧墙的中间位置有个小排风扇。排风扇的叶片间距很小，双管猎枪无法从它们中间穿过，更不用说有着血肉之躯的凶手了。我抬头扫视木质天花板，它高高的，被漆成了黑色，没有天窗或开口。

"检查地下室了吗？"我问。

"我们第一时间检查了那里，没有人。溜煤槽从里面闩住了。我们检查了所有东西，甚至还查看了火炉里面，都没发现人。除了墨菲小姐和死去的马克斯，这里没有其他人。"

"这里这么大，肯定还有其他能藏身的地方。"

"是吗？那你找一个看看。"他向我挑战道。

我决定换个话题。"我可以看看这把猎枪吗？"

"当然。我们在上面提取了几个指纹。我用放大镜就能看出来，它们是马克斯的。"

我点了点头。"他今天才把这些枪放在架子上。我看到了他摆弄它们。"我掰开猎枪，看到两个枪管都装上了子弹，但只开了一枪。"阿梅莉亚在哪里？你通知她了吗？"

"找不到她。"他回答。

"什么？"

"找不到她。她不在家。"

"这难道不奇怪吗？"

"也许是，也许不是。她可能访亲探友去了。"

我承认我有几天没见过她了。"但是，如果她不在，我们会听别人说起吧。"

"哦，她会出现的。在此期间，我要与活人打交道。走吧，墨菲小姐。"

"你要带她去哪儿？"

伦斯警长瞪着我说："到医院去做你建议的X光检查。然后，我再以谋杀罪逮捕她。"

第二天一早，我就到了诊所，但阿普丽尔早就到了。"萨姆医生，你听说玛吉·墨菲的事了吗？"

"我听说了。我当时在场，阿普丽尔。"

"我知道马克斯·哈克讷被杀的事很可怕，但他们不能真的相信是她干的。有人设计圈套，想陷害她！"

"阿普丽尔，我并不相信有人会为了陷害玛吉·墨菲而杀了马克斯。杀人要有更好的动机。"

"那他们说玛吉的动机是什么?"

"这个问题问得好。"这也是我想一探究竟的。

我走到监狱,在警长办公室前停了下来。我有很多问题要问他,首先就是玛吉的头受伤的事,但马克斯的遗孀阿梅莉亚比我早一步到了这里。她笔直地坐在警长办公桌对面的椅子上,瘦削的脸上既没有泪水也没有笑容。我仍然无法想象她和弗兰克·本奇在一起的情景。

"你好,阿梅莉亚,"我说,"马克斯的事太不幸了。我很抱歉。"

她僵硬地点点头。"我一直都知道那个叫墨菲的女人不是什么好东西。"

"她还没有被定罪,"我指出,"甚至还没有被起诉。"

"但没有其他人能杀他!"

伦斯警长清了清嗓子。"当然不是,哈克讷太太。但我们正从各个角度展开调查。"

我瞥了他一眼。"警长,介意我问阿梅莉亚一个问题吗?"

"请便。"

"阿梅莉亚,昨晚你丈夫被杀时你在哪里?"

"我不太清楚他遇害的具体时间。"

我又看了看伦斯警长,但他只是耸了耸肩。"没有人站出来说听到了枪声,医生。验尸官认为他死于九点半到十一点半,那可是很长的一段时间。"

"我们这样来看,"我建议道,"玛吉九点半左右进店,被绊倒了,撞到了头。马克斯肯定在那之后不久就被枪杀了,否则他会想办法让她醒过来。"

"那是因为你相信她的话，医生。我不相信。被装土豆的麻袋绊倒的说法根本站不住脚。"

"话说回来，阿梅莉亚，你去哪儿了？午夜过后不久，警长试图联系过你。"

"我就在家里。马克斯没回来，我就去睡觉了。一入睡我就睡得很死，一直没听到电话响了。警长三点左右又打来电话，才终于把我叫醒了。"

"知道玛吉·墨菲为什么想杀你丈夫吗？"

"他不同意她的那些疯狂的想法。对她这样的女人来说，这就够了。"

我转而问伦斯："警长，玛吉的头怎么样了？根据X光片，她有脑震荡吗？"

"不确定。不过医生建议她好好休息几天。这不是什么难事，楼上有牢房。"

"我可以见见她吗？"

"我不知道，医生。"他瞥了一眼阿梅莉亚·哈克讷，"不能给她任何特殊待遇，你知道的。"

"她应该接受医生的检查，这和特殊待遇没有关系。"

"哦，好吧。这边，我拿钥匙带你上去。"

我跟着他走上狭窄的楼梯来到楼上的牢房区。我问道："你怎么看阿梅莉亚·哈克讷？"

"天哪，这个女人冷漠得很。她对可怜的马克斯没有表现出一丝感情。"

"也许她在外面有别的男人。"我提示道。

"她？开玩笑吧你，医生？"

"比这更奇怪的事情不是没有发生过。"

玛吉·墨菲正坐在牢房里写信。"是给我妈妈的，"她说，"我想亲口告诉她，让她知道我一切都好。"

"你妈妈在哪儿？"

"老家。匹兹堡，或者说匹兹堡郊外的一个小农场。那是我的故乡。我好多年没回去了。"

我在她的床铺上坐下，伦斯警长在我身后锁上了牢房的门。"你有十分钟，医生。"他一边说着一边下楼。

"你有大麻烦了，玛吉。"我告诉她。

"我知道。"

"那地方的门窗都从里面关上了。可能是马克斯打开了一扇门，让凶手得以进去，但这样的话，凶手又是怎么逃走的？"

"我希望我能告诉你，萨姆，但我不能。对我和其他人来说，这都是不可思议的。"

"要我说，你不妨给我讲讲发生在你身上的事情。"

"什么意思？"

"如果按你说的那样，被绊倒，头撞到饼干桶，伤口就会在你脑袋的左侧，而不是右侧。对此，我有点不明白。"

她转过头去，盯着墙看了一会儿，然后回头看着我。"我说的是真的，只不过我是倒着走的。这就是我撞到了脑袋左侧而不是右侧的原因。"

"你摔倒时是在往后退吗？"

"是的。"

我突然明白发生了什么事。"你当时在后退，想躲开马克斯，而他正要扑向你，对吗？"

她点点头后又垂下了头。"他向我冲来。我不知道他怎么了，想做什么。他伸手抓住了我。我向后一跳，就被装土豆的麻袋绊倒了。如我之前所说，我撞到了头，这是我知道的最后一件事。"

我坐在那里想了想，然后轻声说道："玛吉，如果他试图攻击你，而你开枪打了他，这是任何陪审团都能接受的辩护理由。"

"我没有朝他开枪！"

"好吧。冷静。我相信你，玛吉。"

"你说话的口气可不像！"

"我很抱歉。听着，在你昏迷的那段时间，你是否知道有什么事情发生？任何动静，任何声音？"

"没有。什么也没有。"

"马克斯以前挑逗过你吗？"

"不认真的那种。有时他会说些话，但只是开玩笑。我想我昨晚进店的时候，他以为我想要的不只是开玩笑。"

"你有没有听说过马克斯的妻子和别的男人的闲话？"

"阿梅莉亚？你在开玩笑吧！"

"也许吧。"我站了起来，"我想警长来了。我的时间到了。"

"你能帮我吗，萨姆？"

"我会尽力的，玛吉。"

我不知道怎么就走了出去。

那天下午，诺斯蒙特镇唯一的殡仪馆很忙，因为马克斯·哈克讷和约翰·克兰要同时出殡。殡仪馆老板威尔·沃森对待死亡一直很豁达。"奇怪的是，"他对我说，"这么多年来，这两个人一直挨着开店，现在还在同一个夜晚去世了。"

"纯属巧合，"我告诉他，"除非你觉得克兰的死有什么蹊跷。"

"不，没什么，就是心脏病发作，跟你在死亡证明上写的一样，医生。如果人非走不可的话，我想，这是个不错的死法。"

"我想是的。"我想起了我到克兰家的时间，就是在那段时间里马克斯被杀了，而弗兰克·本奇自称一直在我的公寓门前等我。他说的话没有其他人可以证明。

"……修复一下，让他们看起来自然一些。"威尔·沃森滔滔不绝地说着，"胸部的伤口也太吓人了！"

"猎枪打的。"我心不在焉地说，仍在想着本奇的事。会不会是他杀了马克斯？如此一来，阿梅莉亚不就自由了？

"约翰除了肩部摔到的地方有一点瘀伤，身上没有伤痕。"

"他们的遗孀有谁来过吗？"我突然问沃森。

"阿梅莉亚·哈克讷在楼上。"

上楼后，我发现她独自坐在家属房间里。看来马克斯没有多少亲戚。"又见面了，阿梅莉亚。"

"你好，霍桑医生。"

"你过去都是喊我萨姆的。"

"我今天心神不宁。"

"我知道，我想问你几个问题，这可能会让悲伤的你感到厌烦，原谅我，但我知道你急于找到杀死马克斯的凶手。"

"杀马克斯的凶手已经进监狱了。"

"也许吧。请告诉我，阿梅莉亚，你最近见过弗兰克·本奇吗？"

"弗兰克？"听到我的问题时，她的脸色变得有些苍白，"没有，你为什么这样问？"

"他昨天深夜来找我，说了一个疯狂的故事。他问我你是不是怀孕了。"

她闭上眼睛，身体摇晃了一下。我赶紧扶住她。"对不起，阿梅莉亚，但我必须知道真相。"

"我没有怀孕。"她低声说。

"弗兰克有杀害马克斯的动机吗？"

"弗兰克连一只苍蝇都不愿伤害。"

"我知道了。"我说。我在她这里毫无进展。"待会儿见，阿梅莉亚。"

外面的房间挤满了前来吊唁的人。我认出了站在门口的枪械师菲尔·塞奇和他的妻子。马克斯店里的其他常客也陆续走了进来。我决定，既然他们都在这里，那我就去杂货店。

我走到镇广场，围绕着杂货店四处溜达，注意到一边的小巷里堆着箱子和桶。另一边是玛吉的房地产公司，门上挂着一个简单的"关门"标志。马克斯的店外，有位警察在那里守着。

得到他的准许后，我走进店内，再次环顾四周。我没有发现这里有任何变化。我坐在椅子上，盯着天花板，希望能有一些新的思路。

然后，我发现了此前没注意到的东西。

我找到一把梯子，爬上去想看个究竟。天花板上漆成黑色的木头有个地方裂开了，而且在同一个地方布满了虫眼一样的小洞。天花板的其余部分都没被动过。我拿出折刀，在一个洞里探了探。

"医生，你在上面干什么？"一个声音从下面问道。我低头看到伦斯警长站在那里。

我说："检查天花板上的虫眼。"

"我的手下打电话告诉我他让你进来了。"

"那他很尽责啊。"

我爬下梯子，面对着他。"我认为你很想知道我破了这个案子。"他说这话时有点自鸣得意。

"你是说昨晚逮捕玛吉·墨菲时你已经破案了吗。"

他挥了挥手，否定了这一点。"不，那个叫墨菲的女人没有杀马克斯。不过，我知道是谁干的了，而且我第一次当着你的面破解了一个密室之谜，医生！"

"那我要洗耳恭听了，警长。"

"我找到了哈克讷的一个邻居，他看见阿梅莉亚半夜前一个人离开家。我打电话时她根本就没睡着。她不在家。"

"那她在哪里？"

"藏起来了。杀了丈夫后还躲在这个店里。"

我反驳说："可你说过你搜查过这里。"

"有一个藏身的地方没搜过。很明显，它就在我们眼皮子底下，以至于我都没有想到。"

"在哪儿？"

他夸张地指了指饼干桶。"就在那儿，医生，饼干桶里！阿梅莉亚·哈克讷杀了丈夫，躲进了饼干桶里。"

"这想法妙啊，警长。按你的说法，阿梅莉亚杀了马克斯后躲进桶里，不知用什么办法把自己藏在了饼干里，几个小时一动不动。但是，你和你的手下，还有我当时都在这里，即使最轻微的饼干沙沙声也会引起我们的注意。而且，之后她怎么能在有个警察守在门口的情况下离开呢？在玛吉发现尸体前，她可以离开现场，所以她是绝对不会冒这种风险的。毕竟，即使杂货店没被锁上，玛吉也有可能成为嫌疑人。"

伦斯警长垂头丧气。"那这事就不可能了，医生。"

"也许不是，"我说，"来吧，我们出去走走。"

我带着他走到一条小街上，离开了镇中心。走了大约十分钟，我在一栋房子前停了下来，朝两边看了看。"我要在这里四处看看，也许会未经允许进入车库。你最好当作没看见，警长。"

"但那什么……"

"现在别问那么多。"

人偶尔会有走运的时候。我几乎立刻找到了想找的东西，它藏在车库后面的耙子和园艺工具中。我把它拿出来给伦斯看。"这能说明什么？"他问。

"我过会儿再解释。现在我们去殡仪馆。"

此时，殡仪馆挤满了人，伦斯警长走在我前面，朝放着马克斯·哈克讷尸体的房间走去。"不是那里，"我说，"另一个房间。"

米莉·克兰站起来迎接我们，伦斯低声说了几句安慰的话。她说："你们俩能来真是太好了。"

"米莉，我有件事要告诉你，"我说，"我们能私下谈谈吗？"

她看看伦斯，又看看我。"当然可以，去家属房间吧。"

远离吊唁者后，我就直奔主题了。"米莉，我们刚从你家过来。我在你家车库里发现了这把猎枪。"

"什么？"

"杀死马克斯·哈克讷的那把猎枪，米莉。"

"你们是在指控我杀了他吗？"

"不，我指控的是你丈夫。是约翰杀了马克斯，他因此极度兴奋，导致心脏病发作。"

伦斯警长吓了一跳。"医生，你是说马克斯被一个死人杀了吗？"

"他扣扳机时没有死，警长。当时他还很有活力。米莉，你告诉过我，他晚饭后出去散步了，打算去菲尔·塞奇家一趟。菲尔·塞奇，就是那个枪械师。他在那里买了一把猎枪，对吧？也可能塞奇是在为他修理猎枪。他还买了些子弹。我不认为他打算用猎枪对付马克斯，至少当时不是。但就在他路过杂货店时，他看到了马克斯，那个买走他的店铺导致他失去工作的人，那个在他扩大了的新店里找不到垫圈这种小东西的人。此外，他还看到马克斯正想对一个女人动手动脚，也就是玛吉·墨菲。他一定想去帮她，不过更多是出于对马克斯的恨，而非对玛吉的爱。"

"但要怎么解释我们在店里看到的猎枪呢？"伦斯警长不解地问。

"约翰·克兰可能隔着锁着的前门呵斥过马克斯。马克斯看到握着猎枪的克兰，出于自卫，他给自己的一支猎枪上了膛。他不肯开门，却阻止不了克兰采取行动。克兰想起了排风扇，就绕到旁边的巷子，站在那里的一个箱子上，把猎枪的枪管插进排风扇的叶片之间，向马克斯开枪，正好打中了他的胸口。马克斯条件反射性地扣动了扳机，枪中装的铅弹击中了木质天花板。我今天下午发现了嵌在那里的铁砂，只是，通过检查铁砂还不能识别猎枪枪管。我们在尸体旁边发现了猎枪，注意到它开过火，就认为它就是凶器。这就意味着凶手肯定在店里，但事实上他从未进去过。"

"等一下，医生，"警长反驳说，"你亲自检查过那个排风扇，枪管是无法从叶片中间穿过的。"

"双管猎枪之所以叫双管猎枪，就是为了区别于单管猎枪。虽然马克斯的双管猎枪穿不过去，但约翰·克兰的单管猎枪穿过去没什么问题。"

整个过程中，米莉·克兰一直保持沉默。现在她终于开口说道："你从理论上推导出了一个不利于约翰的案情，但你的证据呢？"

"我在你家车库里找到的猎枪，米莉。当我把铁砂从商店的天花板里挖出来时，我就知道肯定还有第二把猎枪。从你家到马克斯的杂货店只需十分钟，所以约翰的心脏病发作时，他能在十点之前回到家，但没有时间把猎枪扔掉。我想我们可以在你家找到它。"

"我需要更多的证据才能接受他是杀人犯。"

"我很抱歉，米莉。我非常抱歉。但如果你想要更多的证据，我可以给你。今天早些时候我在这里时，威尔·沃森提到约翰身上唯一的伤痕就是肩上的淤青。我们都知道，猎枪的后坐力会给人的肩膀留下轻微的淤伤。殡仪馆的人以为这是约翰摔倒造成的，但你告诉我他是坐在椅子上死的。"

她点了点头，然后转身离开。

"你说服我了，"伦斯警长说，"这个案子可以结了。但还有件事你要告诉我，如果阿梅莉亚没有在店里杀她丈夫，那她到底在哪里？"

"我猜她是去见情人了，"我说，"午夜过后不久，弗兰克·本奇就离开了我家。她一定是在什么地方等他，不知道他去见我了。"

"案子就这样结束了，"萨姆·霍桑医生最后说，"不过在离开之前，想必你还有时间再喝……啊……一小杯吧。没有？好吧，下次再来吧，我给你讲另一个故事，讲讲我被叫去老法院当陪审员时发生的事。"

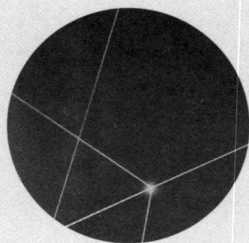

05

法院的滴水嘴兽

"我答应过要给你讲我被叫到老法院当陪审员的故事。"萨姆·霍桑医生边说边倒了两杯白葡萄酒，"那是一九二八年九月，当时胡佛和阿尔·史密斯之间的总统竞选正处于白热化阶段，我被召去当诺斯蒙特镇的陪审员。这是我人生中第一次履行此义务，也是唯一一次。通常，他们是不会将我选入刑事案件陪审团的，因为我会直接介入破案。镇上的人都知道我和伦斯警长一直以来相处得很好，也知道我对破解当地谜案很感兴趣。但这个案子实际上发生在邻镇。由于负面议论沸沸扬扬，辩方要求将审判地点变更到诺斯蒙特镇……"

那一年，夏天迟迟不肯离我们而去。我沿着主街走向法院，看到树叶还没有开始变色。这是一幢用深色石头建成的粗陋大楼。世纪之交时，为了让诺斯蒙特镇发展起来，镇上的几位官员决定建造这幢大楼，但最终愿望落空。这幢两层高的大楼位于镇广场附近的一个小街区，尖顶上有四个孩子们乐于见到但长辈们备受困扰的滴水嘴兽，十分逼真。

法庭设在二楼，由贝利法官主持，被召去的人有二十五个，男性居多，因为在那个时代，诺斯蒙特镇只有少数女性可以当陪审员。领我们进去的是法院办事员蒂姆·乔瑟，他是个笨拙的老头，因在阿戈讷战役中受伤，走起路来一瘸一拐的。他长得十分狰狞，以至于有些人甚至说他是法院的第五个滴水嘴兽，但老蒂姆似乎并不介意。

即将要被审理的是隔壁卡德伯里镇一个农场主被谋杀的案子。这个农场主很受欢迎，是县里最大的地主，但在谷仓里被人用猎枪一枪毙命。被指控的犯人名叫阿龙·弗莱沃，是一个受雇做杂务的年轻佣工，他流浪至此，年仅二十三岁。

我不认识死者沃尔特·乔斯特罗，只知道他的名字，所以可以被选为陪审员。在那天结束之前，我得知还有九位男性和两位女性陪审员，以及一名男性候补陪审员。贝利法官告诉我们，我们不会在提交证据期间被隔离，而只会在审议阶段被隔离。他说预计庭审将持续一周左右，希望不会给我们带来不便。他一边说，一边拿起手肘边的杯子喝了点水。在法官椅和证人席之间的一个小托盘上，放着一个可以随时取用的水壶和两个玻璃杯。

一般情况下，我停诊一周自然是很不方便，对我的病人来说更是如此。但那年夏天，另一位医生在诺斯蒙特镇开业了，我承担的治疗压力也就缓解了一些。鲍勃·耶尔刚从波士顿结束实习，计划自己开一间小诊所，于是他选择来到诺斯蒙特镇。我想起了六年前来这里开业的自己。我们年龄相仿，很快就成了朋友。在我当陪审员时，他自愿照顾我的病人。

虽然我的诊疗工作有人替我照料，但我还是习惯于午休时回诊所一趟，向阿普丽尔问问情况，看看早上的邮件。到了周四，也就是庭审第四天，我进到诊所时，她几乎都没抬头看我一眼就说："上午的庭审如何？"

"就那样。"我回答说，"控方陈述完毕。午饭后轮到辩方了。"

"你认为他有罪吗？"

"我不能谈论这个。是他开的枪，这一点没人否认，只是需要判断是谋杀还是意外。控方试图证明阿龙·弗莱沃和乔斯特罗的妻子有染，从而坐实他有杀人动机。"

阿普丽尔得意地点了点头。"我听说了一些非常有趣的证词。"

"有时我会觉得小镇简直就是谣言窝子！如果不变更审判地点，卡德伯里镇的情况肯定会更糟。"我匆匆看了一眼邮件，没有让我感兴趣的东西。"我还是吃个三明治然后回法院吧。"

"你就不能给我透露一点证词信息吗？"阿普丽尔恳求道。

"庭审结束后我会把一切都告诉你，"我向她保证，"但在那之前，我不能和任何人谈论这件事。"

在我平时吃午饭的咖啡馆里，我看到了同是陪审员的兰德史密斯太太。她是个五十多岁的胖女人，自从我来到诺斯蒙特镇，她就一直是一家服装店的店员。"萨姆医生，到我这边来坐吧，"她邀请我道，"能离开那闷热的法庭一会儿感觉真好。"

"好啊，"说完，我在她对面的狭窄木座上坐了下来，"应该还要再坚持一两天。"

"希望如此！"

这时伦斯警长走了进来，在雪茄柜台前买了一盒嚼烟。他发现了我们，向我们所在的卡座走来。"你喜欢当陪审员吗？"

"对我来说是全新的体验。"

"你的病人要学会适应没有你的日子啦。"他轻声笑道。

"希望别如此。"

警长跟我和兰德史密斯太太一起走到法院后，便挥手告别，穿过尘土飞扬的停车场，往位于下一个街区的监狱去了。

"那是贝利法官的车。"兰德史密斯太太指着一辆黑色帕卡德轿车说，"有人说作为一个小镇法官，他的收入很高。"

"庭审期间，他给我留下了深刻的印象，"我说，"我以前没怎么跟他打过交道。"

下午的庭审一上来就是阿龙·弗莱沃的律师的辩护陈述，此人来自卡德伯里镇，名叫西蒙斯。他似乎很擅长辩论，只是陈述得有点太例行公事了，仿佛他是在为一个已经判决的案子走过场。作为一位陪审员，我显然不知道他是否觉得自己会赢，但我很好奇。

开场陈述之后，西蒙斯传唤了他唯一的证人，即被告本人。阿龙·弗莱沃是个英俊的年轻人，一头沙褐色的头发，脸和手臂因为夏天在地里干活而晒得黝黑。过去的一整周，阿龙都和律师坐在一起，表情几乎没有变化。即使死者妻子作证，说阿龙经常在做家务时停下来和她说话，这个年轻人也只是露出一丝微笑，仿佛在回忆七月暖阳下的那些日子。

"那么，"西蒙斯一边说，一边以他此前出现过的紧张姿态搓了搓手，"用你自己的话告诉我们七月二十三日星期一下午发生了什么吧。"

"好吧，"弗莱沃挠了挠额头说，"我一大早就和沃尔特·乔斯特罗先生在地里干活，运干草。当时只有我们两个人，因为那天另一个佣工生病了。"

"你当时住在乔斯特罗家吗？"

"是的。从春耕开始，我就在那儿帮忙干些杂活。"

"这期间，你和乔斯特罗夫人之间有什么不寻常的关系吗？"

"没有，先生！她是我雇主的妻子，她做饭时我偶尔会帮她做些家务，仅此而已。"

"正如我们所见，乔斯特罗太太，死者的遗孀，才二十多岁，和你年龄相仿，而不是和她丈夫。我们也知道，她是一个极具魅力的女人。镇上有一些流言蜚语，说你们之间有不正当的关系，这都是真的吗？"

"不是真的，先生！"阿龙·弗莱沃的声音响亮而坚定，但我注意到他说话时手会在证人席座位上紧张地摸来摸去，和乔斯特罗夫人的手势很像。作为夫妻的两个人紧张时的状态通常会彼此影响，我不知道情人间是否也会这样。

"请继续讲述那天下午的情况，弗莱沃先生。"

"是这样的，当乔斯特罗先生从地里回来时，我正在谷仓里。他说北面的四十号地里有一些讨厌的乌鸦，让我到屋里把猎枪拿出来，这样他就可以把它们吓跑了。"

"你照做了？"

"是的。"

"乔斯特罗太太当时在屋里吗？"

"是的。"

"你跟她说过什么话吗？"

"我记得没有。"他在裤子上擦了擦出汗的手，瞥了一眼坐在陪审团席上的我们。

"你从屋里拿枪时，枪上膛了吗？"

"我在去谷仓的路上装了两粒鸟弹。"

"你为什么要那样做？"

"只是为了帮助乔斯特罗先生。他要去驱赶那些乌鸦，我想让他拿到装好子弹的枪。"

"你到谷仓时发生了什么？"

"他就在里面。阳光太刺眼了，以至于我没看到一个挤奶凳放在那里。我被它绊倒了，当我试图保持平衡时，枪走火了，子弹正好射中了他的胸膛。我向上帝发誓，我不是故意开枪的。"

"然后你做了什么？"

"我跑到屋里，把乔斯特罗太太叫来。他的情况糟透了，浑身是血。在我们回来前，他就已经咽气了。"

贝利法官饶有兴趣地听着证词，这时，他身体前倾，向法院办事员示意水壶空了。老蒂姆·乔瑟一瘸一拐地走上前，拿起水壶，法庭上的人都在注视着他的举动。显然，他中午休庭时忘了给水壶加水。现在，他拿着水壶走到陪审团席对面墙上的饮水器旁，打开水龙头，水哗哗流出。然后，他用水壶接水，装了大约四分之三的量，便一瘸一拐地走回去了，把水壶放在了三个杯子旁边的托盘上。

"请原谅我打断了你，"贝利法官说，"时间很长了，喉咙都干了。"

我朝法庭的后方瞥了一眼，注意到新来的年轻医生鲍勃·耶尔悄悄坐到了最后一排。我一度以为他是有什么急事来找我，但他似乎和其他人一样，一心关注着诉讼的过程。

我的注意力回到了法官席上，贝利法官似乎没有理会西蒙斯重新开始的质询，而是拿起离他最近的杯子，透过眼镜看了看杯子的边缘。

"……然后乔斯特罗太太打电话给警长。"阿龙·弗莱沃说。

贝利法官用手指摸了摸杯子的边缘，显然发现了一个缺口或裂缝。他把杯子放回托盘，拿起水壶给另一个杯子倒了半杯水。

"这次枪击纯属意外？"西蒙斯问被告。

"完全是！我发誓！"阿龙·弗莱沃的脸因激动而扭曲，仿佛某个可怕的时刻重现了一次。就在那一瞬间，我断定他要么是个无辜的人，要么是个好演员。

贝利法官把杯子举到嘴边喝起了水来。

随后他皱起脸来，放下了杯子。他抓住自己的喉咙，发出了痛苦的喘息声。我在陪审团席上看着这一切发生，觉得难以置信。

当时我还年轻，可以轻易翻过陪审团席的栏杆，我也正是这么做的。我首先是个医生，贝利法官需要我。在我走到他身边时，法庭上一片混乱，律师和蒂姆·乔瑟紧跟在我后面也过来了。当法官从椅子上倒下时，我抓住了他，闻到了他呼出的气中致命的苦杏仁味。

"他中毒了！"我回头喊道，"找人帮忙！"

贝利法官想说话。我俯下身，听到他非常清楚地说道："……滴水嘴兽……"

很快，我怀里抱着的这个人便死了。

法庭上的混乱还在继续，几分钟后才恢复秩序。那时，鲍勃·耶尔已经过来，跟我一起站在法官身边。"你怎么看，萨姆？心脏病发作吗？"

我摇了摇头。"毒药。苦杏仁味。表明它是某种氰化物。"

"我的上帝！在水里？"

"那还能在哪儿？"

"但法庭上的人都看到蒂姆·乔瑟是从饮水器往水壶里注的

水！他怎么可能被毒死？凶手怎么下的毒？"

"我告诉你的是什么毒，而不是毒是怎么下的。"

伦斯警长挤过人群来到我们身旁。"医生，你就像苍蝇一样，走到哪儿哪儿就有死人，我发誓！"

"警长，又一起谋杀案发生了，比我们正在审理的这个案子诡异得多。所以你最好把眼前的嫌犯先带出去，清空法庭。"

"到底是谁想杀贝利法官呢？"

"这正是我们要弄清楚的。"

过了好长时间，一位代理法官进来，宣布审判无效，我们也被取消了陪审员资格。被告阿龙·弗莱沃被移送监狱候审，没有被保释。受害者遗孀萨拉·乔斯特罗被新发生的谋杀吓坏了，哭着被带离法庭。

"我们现在是什么处境？"后来，当法庭上只剩下我和伦斯警长时，他对我说，"医生，你以前在那些疯狂的案子上帮助过我，这次我肯定也需要你的帮助！要是让一个法官在法庭上被毒死，选民们会把我的头皮剥下来的。"

我站在后面，凝视着空荡荡的座位。"他投毒自杀的可能性也是存在的。他可能藏了一些氰化物盐晶在手上，然后将它们放入水中一起吞了下去。"

"你相信吗，医生？"

"不相信，"我承认，"就我们所知，他没有自杀的理由。他要想自杀的话，也更可能是私底下进行。因此，我几乎可以肯定这是谋杀。"

"凶手怎么下的毒？"

我想到了这一点。"氰化物有三种形态，一种是气态，有些州已经将它用于执行死刑；另一种是无色液体，叫作氢氰酸；

还有就是氰盐。我认为可以排除气态的可能性，而无色液体的可能性似乎是最大的。我现在还能在法官用过的水杯里闻到苦杏仁味。"

"会不会是水壶呢？"

我闻了闻，摇了摇头。"我认为不是，但你最好找人分析一下。"

"怎么会有人在杯子或水壶里下毒呢？从你告诉我的情况来看，当乔瑟去取水时，每个人都在看着；而当法官喝水时，每个人也都在看着。"

"法官可能认为是乔瑟干的。他临死前说的是'滴水嘴兽'。"

"指的是蒂姆·乔瑟？"

"还能有谁？"

"我们去找他谈谈。"

我们在法院办事员的小办公室里找到了乔瑟。他正弯腰清理放在书桌抽屉里的铅笔和笔记本，把它们堆在桌上的一张照片旁边，照片中的他穿着战时的军士长制服。他抬起头说："你不必告诉我。我知道我被解雇了。"

"你怎么会有这种想法？"

"贝利法官是我在这里唯一的朋友。梅特兰恨死我了。贝利是个真正的绅士。当人们开始暗中给我起外号时，他仍然让我继续工作。"

"像'滴水嘴兽'这样的名字吗，蒂姆？"我问。

"对，是的。为什么必须有一张漂亮的脸蛋才能做这份工作，我真不明白！"

"蒂姆，毒药是怎么放进水里的？"伦斯警长问道，"这可难倒我了！”

“是你放进去的吗？”

“我刚刚告诉过你们，法官是我的朋友。”

“但可能你以为他已经不再是你的朋友了。没准就是你毒死了他。”

“不，不是我！”他几乎快要哭出来了，“走开，别来烦我！”他一瘸一拐地走到衣架前，“你们看到了，我要走了。不用你们赶我走。”

我的一只手不无同情地搭在他的肩膀上。“我们希望你能留下来，蒂姆，或许我们可以把这个案子查个水落石出。跟我说说，你往水壶里加水时，有没有闻到苦杏仁的味道？”

“我不知道苦杏仁闻起来是什么味道，”他答道，“我甚至不知道普通杏仁闻起来是什么味道。我这辈子从来没有吃过杏仁。”

“法官死前说的最后一句话是‘滴水嘴兽’。他会不会是在指你呢？”

“不，他不会！他从来不那样叫我！在法官眼里，我始终是蒂姆。”

“还有一件事。继续开庭前，你是不是忘了在午餐时间给水壶加水？”

“不，我没有忘记。每次法官让我加水我都会加的。”

伦斯警长让他暂时不要放弃他的工作。我们从他的房间里出来，走回法院的大厅里。

我看见兰德史密斯太太正在和辩护律师西蒙斯交谈。“真是太可怕了，不是吗？”她问道，悲伤地摇着头，“而且就发生在我们眼前！”

"对我的当事人来说太糟糕了，"西蒙斯插话道，"现在他要待在牢房里，直到他们决定重新审理他的案子。我打算提议撤销诉讼，或者让他签保证书然后释放他。"

"这种可能性不大，"伦斯警长说，"年轻的弗莱沃没有结婚，没有家庭，家也不是本地的。他是个流浪汉，一旦他们放他出狱，我们就再也见不到他了。"

西蒙斯把他的公文包夹到胳膊下面。"我希望法院能够有不同的看法，警长。"

当他大步离开大厅的时候，兰德史密斯太太问我："现在我们被解散了，你可以告诉我了，萨姆医生，若是投票的话，你会怎么投？"

"说实话，我还没想好。"

"我来告诉你我的想法，"她说，"我认为乔斯特罗太太杀了她的丈夫，阿龙·弗莱沃为她背了黑锅。作证时，她一直在嚼口香糖。我从不相信一个在公共场合嚼口香糖的女人。"

我承认道："你可能是对的，我是说弗莱沃背黑锅的事。"

"你认为法官是怎么被杀的？整个供水系统都被下毒了吗？自从那件事发生后，我就不敢喝饮水器里的水了。"

"饮水器很安全。"贝利法官死在我怀里后，我做的第一件事就是检查法庭的饮水器。水是干净的，也没有迹象表明水嘴有任何异常。

"谢天谢地！"兰德史密斯太太说着，走过去想试着喝一点。

将我们解散的那人是当地的另一位法官，名叫布鲁斯·梅特兰，他身材魁梧，待人友好，与当地政界关系密切。当伦斯警长回到监狱检查阿龙·弗莱沃时，我决定去梅特兰法官的办公室拜访他。

"哟，霍桑医生。"他招手让我进去，"你是我解散的那个陪审团的成员，对吗？"

我点了点头。"这是我第一次在镇上当陪审员，可能再也没有机会了。"

"这事我还真不知道。诺斯蒙特镇正在发展。我们需要更多的医生，也需要更多的陪审团。你在想什么？"

"我敢肯定我和你想的事情一样，贝利法官。"

他伤心地摇摇头。"可怜的家伙。谁会想到用这种方式杀他呢？"

"我来也是想问你这个问题。"

"他没有树过敌，除非是那些被他判过刑的罪犯。可我们都有。这是工作的一部分。"

"我和老蒂姆·乔瑟谈过。他似乎认为只要贝利死了，你就会解雇他这个办事员。"

"嗯，我不能假装喜欢乔瑟。这个人太丑了！"

"他在为国作战时受伤了。"

"这是我们把他留到现在的唯一原因。"他从桌上的一盒哈瓦那雪茄里仔细挑选了一支，然后点燃。"我希望警长正在调查他与贝利之死的关系。"

"蒂姆声称他与此事无关。"

"是他给水壶加水的，不是吗？他是唯一可能在水里下毒的人。"

"我们没有发现水壶被下毒了。实际上，很可能不是这么回事。"

梅特兰显得很困惑。"可是……"

106

"也许贝利是以其他方式被杀的，而事后大家围着法官席转时，有人将毒药悄悄放进了他的杯子里。"这种推测听起来有道理，但我知道那不是真的。在其他人围上来之前，我是第一个走过去闻杯子的人。不过，我再说下去，梅特兰就显得闷闷不乐了。"在下令审判无效时，法官，你是坐在法官席上的。"

"你怀疑我杀了我的挚友？事情发生时，我在自己的办公室里。"

"他临死时提到了'滴水嘴兽'这个词。你明白他的意思吗？"

"不明白，除非指的是蒂姆·乔瑟。"

"他从不那样叫他。他都要死了，更不可能这么做。"

"也许你误解他的意思了。他可能想说的是'漱口'或'车模'。"

"不，他说的是'滴水嘴兽'。这里的楼顶上就有几个，你知道的。"

"当然。每个角都有。他们去年夏天把它们拿下来清理的时候，贝利与我还和其中一个拍了照。"

"我有印象。"

梅特兰法官站了起来，示意谈话结束。"霍桑医生，欢迎你随时来访。来支雪茄吧。"

"我从不抽雪茄。"我在门口停了下来，"你现在要解雇蒂姆·乔瑟吗？"

法官梅特兰叹了口气："我想是的。"

我走到外面，盯着法院的滴水嘴兽看了一会儿。那是四只丑陋的怪兽，脖子细长，嘴巴张着用作出水口。去年夏天，人们抱怨暴风雨时滴水嘴兽会喷出水流，所以修理时直接将出水口堵住了。现在，屋顶的排水沟会将雨水全部聚集起来，然后通过管道输送到地面。这些传说中的怪兽现在只用于装饰，告诉人们过去这里是什么样子。

当我站在那里时，伦斯警长从街对面的监狱沿人行道走过来。"该死，医生，我刚接到州警察局的电话。他们提出，如果我应付不来，他们就将派人接手调查！"

"别激动，警长。他们有时就是这样做事的，你又不是不知道。毕竟，在一起谋杀案审判期间，法官在法庭上被人投毒可是个大新闻，压不住，不可能只让诺斯蒙特镇的人知道。明天一早，波士顿的报社就会报道，甚至纽约的报社也会报道。"

"但这是我管的镇子，应该由我来调查！"

"那我们就设法维持这种局面。如果接下来的几小时内我们能破解这个谜案，那就是皆大欢喜。"

他不解地看了我一眼。"我们怎么做呢，医生？你知道法官是怎么被毒死的吗？"

"尚不清楚。但我知道他想告诉我关于滴水嘴兽的一些事。我们有什么办法检查它们吗？"

"除非把身子探出屋顶。还记得去年吗？他们费了好大的劲才把它们弄下来修理。"

"我记得。不过，屋顶并不太陡。一个灵活的小伙子可以毫不费力地够到它们。"

"你想的是你自己吧，医生？"

"我觉得鲍勃·耶尔可能更合适，到时我在一旁牢牢地抓住他就好了。"

我打电话到鲍勃的诊所，他很快就赶了过来，幸好这段时间我们都没有病人要照顾。然而，当他看到法院的旧屋顶时，他便有些犹豫了。"你想让我们爬到那里去吗，萨姆？"

"当然。如果是几年前，估计你压根不会犹豫。假装你还是个年轻人吧。我把绳子系在你的腰带上，这样你就不会掉下去了。"

他咯咯地笑了。"把我们像登山者一样绑在一起。我在前面走，你紧跟在我后面。"

"嗯嗯，好的。"

"你想从那些滴水嘴兽上寻找什么？"

"我不知道。它们去年就被堵住了，里面没准藏着东西。"

他抬头望着屋顶。"四个角我们都得检查一遍吗？"

"运气好的话就不用。"

他脱下外套，卷起袖子。"好吧，萨姆。我们先找哪一个？"

我想了想，最后说道："贝利在其中一个滴水嘴兽旁边拍过照。研究一下照片的背景，我们应该就能够确定它在哪个角。那就是我们首先要找的。"

从照片中，我们辨认出法院的前门就在右边，而照片上的滴水嘴兽位于贝利和梅特兰之间，这意味着它是人面对大楼时看到的左前角的那只。我们一到屋顶就奔着那只滴水嘴兽去了。鲍勃·耶尔的腰上系着一根绳子，另一端绑在法院的高大的旧烟囱上。说实话，这并不是很危险。

"我曾经爬过比这还难爬的苹果树。"屋顶是石板做的，他边沿着屋顶边缘爬边回头对我说。

"身体探出去的时候千万要小心。我可不想失去诺斯蒙特镇仅有的另外一个医生。"

他骑跨在滴水嘴兽上，开始摸索它的缝隙。"我该找什么？"

"它被什么东西塞住了，为的是堵住出水口。"

"当然是……水泥！"

"哦。"

"我的手伸不过去，萨姆。"他扭动瘦削的身体，调整角度，以便更好地探查，但堵塞物仍然阻挡着他。"得把它拆下来，放到地上，然后用镐头敲开。"

我站在烟囱旁，紧紧抓住绳子的另一端，怀疑这是不是在浪费时间。我可以看到下面街上的人正抬头看着我们，指着我们。我觉得自己有点可笑。"试着摸它的嘴。"我喊道。

"什么？"

"摸它的嘴。他们用水泥封住了出水口的里面，但你的手应该能够伸进张开的嘴里。"

他顺着滴水嘴兽的脖子尽可能地往里伸手，我祈祷滴水嘴兽能承受住他的体重。"我摸到东西了！"他叫道。我看到他的手从滴水嘴兽的嘴里收回来，手里拿着一个小包。我松了一口气。我的想法终究不算疯狂。

我往上拽绳子，他则爬过石板和我一起站在烟囱前。他手里拿着一个用油布裹着、用粗绳捆扎的厚厚的包。"个人时间胶囊吧。"我说，一边掂量着手里的东西，"他可能认为到下次清理滴水嘴兽时才会有人发现它。"

"里面会是什么？"耶尔问。

"让我们先从屋顶下去再看吧。"

在伦斯警长的注视下，我们小心翼翼地打开了找到的东西。里面有几份法律文件，显示贝利和梅特兰法官曾是波士顿某家地下酒吧的秘密投资者。"我真该死！"警长冷冷地哼了一声，"谁能想到是这两个人呢？"

鲍勃·耶尔抬头看着我。"这是杀人动机？"

我耸了耸肩。"可能是吧。贝利显然对此感到非常内疚，于是把这些自白的文件留给了后人。我们去找梅特兰法官吧。"

"你还需要我吗？"耶尔问。

"不需要了。在屋顶上时，你表现得很勇敢。"

"我刚才在想，要是我们俩都掉下去了，他们到哪儿去找医生呢？萨姆。"

我把在滴水嘴兽嘴里的发现告诉了梅特兰法官，他听了却很不高兴。等我说完，他说："很明显，贝利觉得他投资那家俱乐部是做错了事。我的感觉正好相反。法官可以像其他人一样用自己的钱投资。显然，在波士顿拥有一家餐馆的部分股权与我在诺斯蒙特镇履行法官职责并不冲突。"

"这不是一家餐馆，梅特兰法官。这是地下酒吧，违法经营的。"

"如果阿尔·史密斯当选，这一切都可能会改变。"

"我不是来这里讨论政治的。我在帮伦斯警长调查一起谋杀案。"

"你认为我杀了贝利，为的是让我们的生意不为人知？"他对这个想法嗤之以鼻，"首先，我不认为自己做错了什么。其次，我希望你能告诉我，我是怎么在贝利的水里下毒的，当时我甚至都不在法庭上。"

我得承认他把我难住了。尽管贝利死时嘴里念叨着"滴水嘴兽"这个词，但这也许和他被谋杀无关。或许，那只是因为他最后意识到自己向后人隐瞒了自己的罪证。

"好吧，"我说着朝门口走去，"我以后再和你谈。"

"霍桑……"

"什么事？"

"你打算怎么处理找到的那些文件？"

我转过身来，望着他。他的面具被揭开，心里开始感到害怕了。"我要思考一下，"我告诉他，"我还没决定。"

法院门前三五成群地站着不少人。也许他们是看到我和耶尔医生去了屋顶，想知道发生了什么事。这时，我的护士阿普丽尔发现了我，跑了过来："萨姆医生，快来！伦斯警长有发现了！"

我没多问就跟着她跑了起来。伦斯在我的诊所里等着，他拿出的东西让我惊讶不已。"闻一闻这个，医生。"他说着，递过来一小瓶无色液体。

"氢氰酸。"我说，"你在哪儿找到的，警长？"

"在街边的一个垃圾桶里。我当时走在西蒙斯律师身后，看到他把它扔了进去。"

"很有意思。"

"你认为是西蒙斯干的？"阿普丽尔问道，"但他并没有靠近法官，不是吗？"

"我们会问他这是怎么回事的，"我说，"但首先，我有个建议，这个建议可能会让我们迅速结案。我希望今晚在同一个法庭上重现犯罪现场。"

"那会是怎样的呢？"

"你听到我说的了，警长。我希望律师、被告在场，虽然是临时通知，但要尽可能多地召集陪审员和观众。我希望一切都和今天下午一样，包括蒂姆·乔瑟和水壶。"

"你是说你今晚就能破案，医生？你能向我们展示贝利法官是如何被害的？"

"也许吧，那要看我的运气能否一直好下去。"

"好吧。说到这些疯狂的不可能谋杀案，你是专家，医生。不过，即使我能把这些人聚到一起，最重要的那个人也不会出现了。"

"贝利法官。"

"对。我不能把他的尸体搬过来给你重现现场。"

"我也许能说服梅特兰法官代替他坐在那里。"

"梅特兰！"

我点了点头。"请让所有人八点到场，警长……"

八点整，我走向陪审席，坐在兰德史密斯太太的旁边。几乎所有人都到场了：陪审员，坐在职员办公桌旁的蒂姆·乔瑟，公诉人，阿龙·弗莱沃，坐在阿龙旁边的辩护律师西蒙斯，坐在前排的受害人遗孀，分散坐的观众，甚至鲍勃·耶尔也像那天下午一样坐在了后排。只有法官席上空无一人，但就在这时，蒂姆·乔瑟站了起来，宣布梅特兰法官到来。

当梅特兰走上法官席时，我们全体起立。他看向我们，然后说："我之所以被说服参加这场闹剧，只是因为他们告诉我这样可以破解今天下午发生的可怕罪案。但这里仍然是法庭，我不允许任何可能的荒唐行为影响对阿龙·弗莱沃案的二审。"他转向陪审团席说："你可以开始了，霍桑医生。"

我站起身，离开陪审团席，接管了整个诉讼过程。让梅特兰坐在那里是要经过斗争的，我得到了滴水嘴兽中的文件，而这就是我要求他到场的筹码。现在，看到他那双冷酷的黑眼睛盯着我时，我不知道这是不是最明智的行动计划。

我首先举起伦斯警长发现的西蒙斯扔掉的那一小瓶毒药。"女士们，先生们，这就是几小时前在法庭上用来杀害贝利法官的毒药氢氰酸。"

蒂姆·乔瑟不安地在书桌前换了一个姿势，眼睛盯着空水壶。"西蒙斯先生，你愿意告诉大家它为什么会在你手上吗？"

年轻的律师站了起来。"抱歉，先生！我没什么可说的！"

"谢谢你，西蒙斯先生。"我转身对着梅特兰法官，把我的建议告诉了他："现在，如果你允许的话，我打算在满屋子观众的见证下，演示贝利法官是怎么被下毒的。"

"我相信此次演示不会让我成为一个替死鬼。"梅特兰厌恶地说道。

"没什么好怕的。"我告诉他，希望这是真的，"现在，如果证人愿意像今天下午那样出庭作证，我们就可以继续了。"

当阿龙·弗莱沃坐到证人席上，西蒙斯在他面前摆好姿势后，我继续说道："蒂姆，请拿着水壶，照今天下午那样加水。"

蒂姆·乔瑟不情愿地从椅子上站起来，走向法官席。三只杯子仍放在托盘上，他伸手去拿空水壶，那样子仿佛他预期它会咬他一口似的。然后他拿着它，一瘸一拐地穿过法庭，走向饮水器。就像之前一样，每个人都在盯着他。他小心翼翼地把水壶加满水，然后拿着它回到法官席，放到托盘上。

"谢谢你，蒂姆，"我说，"女士们，先生们，你们都看到了。他有没有可能在不被人发现的情况下给水壶下毒？"

"没可能，"前排的伦斯警长说，"此外，我得到消息，水壶里没有毒，只有杯子里有。"

"跟我怀疑的一样。现在的问题就成了：如何往杯子里下毒？谁下的毒？是贝利法官本人吗？不是，他显然不是自杀。然而，除了贝利，没有人能在他往杯子里倒水后还能往杯子里下毒。我们面临的是一种不可能的事情，除非……"我让他们集中

114

注意力听我接下来要说什么，因为我打开了那一小瓶毒药的瓶塞，把手伸向了托盘上的杯子。"除非毒药已经在杯子里了。"

梅特兰法官睁大眼睛看着我把小瓶里的东西倒进他肘边的杯子里。药水仅仅覆盖了杯子的底部。"在几英尺外什么也看不到，如果贝利注意到它，他会认为那是一点水，或者是一块冰块融化了。"

"不过……"警长开始怀疑，"他只在杯中倒了一半的水，因此，毒药的浓度足以致命。贝利没有注意到那种气味，等到他发觉时却为时已晚了。"

"那么，在午休的时候，任何人都有可能在杯子里下毒。"梅特兰说，也许他是担心我把怀疑的矛头指向他。

"任何人都可以。"我表示同意，"这就是获悉西蒙斯从哪里得到这瓶毒药变得如此重要的原因。"

律师困惑地看了看那几排观众。我拿起水壶，像贝利法官那样倒了半杯水。然后我走到律师身边，走到栏杆前，指着第一排的一个女人说："毒药是你的，乔斯特罗太太，对吗？"

"我……"她想说话，但说不出来。然后她站了起来，好像在试图躲避，但伦斯警长很快来到了她的身边。

"西蒙斯发现了毒药并从你这里拿走了它，是吗？"

律师开始抗议，但萨拉·乔斯特罗打断了他。"医生是对的。沃尔特死后我就想自杀了。西蒙斯先生发现了毒药，把它从我这里拿走了，但我发誓他和法官的死一点关系也没有！"

"我知道不是西蒙斯，"我说，"我已经演示了在贝利加水前毒药是如何被放入他的杯子里的。但你们中有多少人还记得今天下午所目睹事件的确切发展顺序呢？你们看，毒药本可以在贝利法官的杯子里，只不过没有。法官检查了先拿起的那个杯子，注意到杯子边缘有一个缺口或裂缝，就把它放到了一边。他最后用的杯子底部一定有毒药，它是托盘上剩下的两个杯子中的一个，是离证人席最近的杯子之一。"

在我说话的时候，阿龙·弗莱沃转向我说："你是说这毒药本来是为我准备的？"

"没错，弗莱沃先生。它本来是为你准备的，而且是你自己准备的。当所有人都盯着蒂姆·乔瑟往水壶里加水的时候，你将手放在杯子上，把小瓶子里的毒药倒进了杯子里。你本来是想服毒自尽的，但贝利拿起你那个杯子倒水时，你却保持沉默。为什么，弗莱沃先生？我猜，在那一瞬间，你在想象着审判无效和某种自由。你将有不再接受审判的机会。贝利喝的是为你准备的毒药，而你却保持沉默。"

"这太疯狂了！"被告抗议道，"我上哪儿去弄一小瓶毒药呢？"

"你有一小瓶毒药，萨拉也有一瓶。意思很明显，你们约好了，只要你被判有罪，你们就一起自杀。"

"她从来没有走近过他！"伦斯警长反驳道，"她怎么能偷偷塞给他一小瓶毒药呢？"

"我的一位陪审员同伴注意到，她在作证时嚼口香糖。我注意到阿龙·弗莱沃用他的手摸过证人席的底部，其手势和她的一样。她用口香糖把那个小瓶子粘在了椅子底部，然后弗莱沃把它取了下来。当我们看着乔瑟往水壶里加水时，弗莱沃把毒药倒进了离他最近的杯子里，然后让贝利法官替他去死。难怪乔斯特罗太太为法官的死如此悲伤，她一定知道发生了什么事！"

"自杀协议的证据，"梅特兰法官在法庭上沉吟道，"这肯定是对造成沃尔特·乔斯特罗早前死亡的强有力的有罪推定，二审时可以作为证据。"

"不会再有第二次审判了！"阿龙·弗莱沃喊道，迅速抓起那半杯水，在我们没反应过来前就将之一饮而尽了。法庭上所有的人都僵在了座位上，等着毒药夺走第二个受害者的生命。

但我摇了摇头，从他手中拿回了水杯。"你不会轻易逃脱法律制裁的，阿龙。我倒空了小瓶子里的毒药，装上了水。"

萨姆·霍桑医生总结道："现在，他们确实进行了二审，不过这次我不在陪审团里。阿龙·弗莱沃谋杀沃尔特·乔斯特罗的罪名成立，被判终身监禁，实际服刑二十年后才可以假释。事情似乎尘埃落定了，他们没有因为阿龙让贝利法官喝了他本想给自己下的毒药而对他进行审判。乔斯特罗夫人打消了自杀的念头……你这么快就要走了？走之前再来一小……嗯……杯？下次再来啊，我会给你讲诺斯蒙特镇一家医院的开业，以及鲍勃·耶尔医生是如何成为这家医院收治的第一个伤员的。"

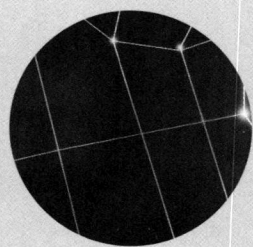

06

清教徒
风车

　　萨姆·霍桑医生斟满酒，然后身体靠到椅背上。"一九二九年三月，诺斯蒙特镇新开了一家清教徒纪念医院，我答应过要给你讲它开业时发生的事，这回就说一说。那时，我已经在镇上行医七年了，想到可以有一家完全属于我们自己的医院，我感到不可思议而又满心喜悦。鲍勃·耶尔医生在医院开业前一年才来到诺斯蒙特镇，他选择进医院当医生。医院也给我安排了工作，但我告诉他们我想继续做一个普通的全科医生。结果，医院开业还不到一周，我就被召到医院，帮着调查一起我遇到过的最奇怪的罪案。它就像是切斯特顿先生可能会写的那种故事，如果他写了，我想他会称之为'风车里的魔鬼'……"

　　三月四日，赫伯特·胡佛宣誓就任美国第三十一任总统。第二天，清教徒纪念医院开门营业。它坐落在在镇外科林斯家族世代相传的一块土地上。捐赠这块地给医院时，他们只提了一个要求，即保留地上的旧荷兰风车，让它继续矗立在那里。

　　在新英格兰地区，风车很少见，以至于人们看到风车都会不禁感到惊讶，不过周围还是有一些风车存在的。在去普罗温斯敦的路上，经过科德角时就能见到一座风车，我想诺斯蒙特镇的这座风车也应该永久保留。如此，当路过小镇的人问起诺斯蒙特镇的风车时，人们便会提醒他们这里的清教徒是从荷兰过来的，与五月花号同行但后来被迫折返的斯皮德韦尔号其实是从荷兰出发的。我想科林斯家的风车被称为"清教徒风车"肯定与此有关，不过说实话，它十九世纪中期才建成，这种关系大不到哪儿去。

不管怎样，在清教徒纪念医院前矗立一座风车看上去还不错。尽管磨坊已经没用了，但风一吹，它的四个木制叶片仍会缓慢地转动。风车里是一个很宽敞的房间，现被用来展览诺斯蒙特镇的历史。建筑本身是用大卵石建造的，显得很沧桑，让人不禁回想起清教徒时代。当我和我的护士阿普丽尔以及其他几十位贵宾进去参观的时候，抬头往上看，可以看到风车顶上的齿轮和轮子依旧完好如初。

"这地方曾经被用作磨坊吗？"我问阿普丽尔。

"我想是的，它在我出生之前就存在很久了。"她朝我咧嘴一笑，"人们说兰迪·科林斯的父亲在风车屋里藏了很多黄金，只是从来没有人找到过。"

"要是你相信这个，还不如听我给你讲小绿人的故事呢。兰迪·科林斯可不是那种会把自己的东西送人的人。捐赠土地和风车时，他一定非常确定周围没有黄金或其他贵重的东西。"

"我想你是对的。"她表示赞同。我们在里面逛了一圈后离开，踏上弯弯曲曲的车道走向医院。这是一座低矮的两层砖楼，前面很宽，后面有两栋翼楼。并不是所有人都同意在诺斯蒙特镇建一家拥有八十个床位的医院，有些人甚至对此嗤之以鼻，但镇规划者认为，当地无疑正在不断发展，为了满足未来的需求，修建医院是必要的。当然，床位还没有投入使用，因此，开业时只配备了少量医生和护士。但即便如此，阿普丽尔和我走进医院的正门时，我们还是发现了一个明显的问题。

他的名字叫林肯·琼斯，在他之前，诺斯蒙特镇人从来没见过黑人医生。

不论是在北方，还是在南方，对黑人来说，那都不是一个好的时代。三K党再次活跃起来，就在一个月前，我还听说别的地方发生了焚烧十字架的事件。但林肯·琼斯是个好医生，是个专门治疗儿童疾病的年轻人。那时，诺斯蒙特镇的专家医生并不多，能够拥有像他这样的医生实在是我们的幸运。

林肯·琼斯身边站着鲍勃·耶尔医生，他也来迎接我们。"欢迎来到清教徒纪念医院，萨姆医生。你感觉这里怎么样？"

"风车屋里的展览很不错。现在我正要看看医院。"

"你认识琼斯医生吗？"

我和那位黑人医生握手。他高大英俊，应该和我一样三十出头。"前几天我们匆匆见过一面，但一直没有机会说话。我希望你会发现这个社区符合你的期待，琼斯医生。"

他笑了。"你还是叫我林肯吧。接下来我们会有很多机会合作的。"

"希望如此。"然后，当林肯·琼斯和阿普丽尔聊天时，我把鲍勃·耶尔拉到一边。"他会遇到很多麻烦吧，鲍勃？"

"没有什么是我们这里处理不了的。院长西格医生接到过几个抱怨黑人医生的电话，你知道这是怎么回事，不过我想这种事会过去的。"

我点点头，和他一起穿过医院的大厅。大厅装饰得很雅致，挂着几幅风景画，还有一个入院服务台，看上去就像一个酒店大堂。我认出了站在服务台后面的西格医生，他约六十岁，头发已经所剩无几，不过他首先是商人，其次才是医生。我不太喜欢他，但我不得不承认他是让兰迪·科林斯为医院捐地的主导者。

"你觉得怎么样，萨姆医生？"他问道。

"我觉得你开了个好头。这么大的地方，治疗三个县的病人都没有问题。"

西格不无得意地笑了笑。"考虑到开销，我们不得不这么做。弄成目前这样就已经花了不少钱，更何况还有八十张床要购置呢，那会花更多钱。"

兰迪·科林斯和他的妻子萨拉·简从二楼走下来。兰迪的出现不会让人舒服，他肩宽背厚，满脸怒气，经常出现在镇议会会议上，众所周知，他会为一些小决议争论到半夜。但看到萨拉·简确实是一种享受，她身材苗条，一头齐整的蜜糖色金发，又酷又可爱。我愿意整天看着她，整夜梦见她。在诺斯蒙特镇，无论多小的社交场合，都能看到这两个熟悉的身影。

兰迪四十出头，保守而固执。"你弄的这些新奇玩意我没法认可，"他对西格说，"但我也不必认可。我只是捐了这块地而已。"

"我带你参观一下我们的手术室吧。"西格说着，领着他向一楼走廊深处走去。

"手术室没我什么事。"萨拉·简决定不跟他们去，而是继续待在我身边。她比她丈夫整整小十岁，再加上她对待异性没什么顾忌，非常开放，镇上自然四处传着她的风言风语。一些上了年纪的女人甚至称她为"摩登女郎"，这是她们从当时的杂志上学到的一个词。

"也没我什么事，"我表示同意，"我只是个乡村医生。"

她突然拉了拉我的胳膊。"真倒霉！艾萨克·范多伦在这儿，我不想见他！"

在范多伦发现我们之前，我带她穿过走廊。范多伦是个肌肉发达但头脑简单的年轻人，经营着诺斯蒙特镇唯一的加油站。有一次，他开着萨拉的双座敞篷车，引得很多人说三道四，不过萨拉后来一口咬定说他只是在检查方向盘。

"你跟范多伦有过节？"我笑着问。

"他和兰迪合不来。兰迪去加油的时候，他们几乎不说话。"

"你是不想惹你丈夫不快。"

"兰迪对我很好。"她边说边挑动睫毛，我觉得她一定是电影看得太多了。她接下来从长筒袜里拿出一瓶威士忌都不会让我惊讶。

我们走到走廊尽头，然后折返。大厅里发生了一些骚动，不知道出了什么事。"可能是我丈夫。"萨拉·简无奈地叹了口气，但我们很快发现不是那么回事。

原来是一个衣衫褴褛的女人，我认出她是住在希尔路的梅布尔·福斯特。她站在琼斯医生面前，正用一根瘦得骨节突出的手指指着这位黑人医生。"把这个人赶走！"她尖叫道，"他和魔鬼是一伙的！如果他留在这里，撒旦会找上门来的！"

她的话让我脊背发凉，不为林肯·琼斯，也不为撒旦的到来，而是为这个可怜的疯子。这些年来，我断断续续地给她治疗了几次，心平气和地听她述说过自己的通灵能力。但现在，面对我们这位新来的黑人医生，几代人积攒下来的憎恨似乎已经无法抑制，溢于言表。

幸好阿普丽尔很快走到她身边，一边低声安慰她，一边把她送出了门外。西格医生试图一笑置之。"是你让她这么做的吗，兰迪？"他问科林斯。

"怎么可能！"萨拉·简的丈夫回答道，显然很震惊，"竟然让这种事把开业活动给搅乱了，真是太糟糕了。希望梅布尔只是在幻想她能通灵。"

"我确信那是幻想，"林肯·琼斯笑着说，"这种事不会让我烦恼，我相信也不会给其他人带来烦恼。这是我很久以前就学会要忍受的。"

过了一会儿，阿普丽尔回来了。"我设法让她上了马车，打发她回家了，"她说，"应该把那个女人关进精神病院，萨姆医生。"

"有时她跟我们两个一样理智。我真希望我能给她更大的帮助。"

之后不久我们就离开了医院。那一天，我没有上二楼，但这并不重要。接下来的一周内，我将在那里待很长时间。

周日晚接近十二点时，电话打了过来。当时清教徒纪念医院已经开业五天了，但镇上的人都说医院还没有收治第一个病人。一个怀孕的农妇在家里分娩，之前她三次生孩子都没去医院。一个摔断腿的男人坚持要开车送她去邻县的老医院，说他在那里有熟人。

因此，听到电话里鲍勃·耶尔的声音时，我有点惊讶。听得出来，他似乎非常惊恐，让我赶紧去。"萨姆，你最好赶快到医院来一趟。我们这里需要你。"

"发生了什么事？"我问，"火车事故？"这是我脑子里的第一反应。

"一场火灾。等你到了我再告诉你。"

那天夜里，寒冬再发余威，下起了雪，一英寸厚的雪覆盖了地面。相较于往年的三月十日，这并不算什么稀罕事，但那年的冬天天气相对温和，我们已经有点习惯了。我以为我们早就见过当年的最后一场雪了。到达医院后，我看到路上放着提灯，镇上的消防车停在清教徒风车旁。建筑本身似乎没有受损，蒙着帆布的风车叶片正在夜风中缓慢转动。

鲍勃·耶尔跑到我的车前，我看到他的手和胳膊都缠着绷带。

"你怎么了？"我问。

"烧伤了。不严重。"

"那你就是医院的第一个病人了！"

"不，我不是。兰迪·科林斯被严重烧伤。我们不知道他能不能活下来。"他回答时脸上没有一丝幽默。

"兰迪！这到底是怎么回事？"

消防员的提灯发出闪烁的红光，映照在耶尔的脸上。"大约一个小时前，我下班了。当我出门走向我的车时，我看到风车屋的窗户里有闪光，感觉像着火了，我便走过去想看个究竟。我在风车屋门口堆积的新雪上看到了一串脚印，便以为是有孩子进去了。"

在他说话时，我们从消防员和医院工作人员中间穿过，来到风车屋门口。西格医生从风车屋走了出来，敏捷地跨过消防水管。"你好，萨姆。鲍勃正在向你讲发生的事吗？"

我说是的，与此同时，我意识到我并不是以医生的身份出现在这里。西格和耶尔给我打电话，是因为他们碰到了一些无法解释的谜团。"科林斯呢？"我问鲍勃。

"我还没走到门口就听到了他的尖叫声。我推开门，看见他站在房间中央，浑身是火。"

"房间着火了？"

"不是房间，而是兰迪·科林斯本人着火了。他跌跌撞撞地走来走去，打碎了几个历史展柜上的玻璃。我自己慌得都快手足无措了。那里也没有什么东西可以裹住他，把火闷灭。最后我只好抓住他，把他拽出门外，让他在雪地里滚来滚去。我没有别的办法。"

"勇者所为。"我告诉他。

"勇敢但愚蠢。我的胳膊就是这样烧伤的。"

"他现在住院了吗？"

鲍勃·耶尔点点头。"我们不得不给他打镇静剂。他的身体被烧得很可怕。"

"他有说什么吗？"

"就路济弗尔①这一个词。他一直在重复说它。"

"路济弗尔。他一定想起了梅布尔·福斯特老太太说过的关于魔鬼的话。"

我四下打量风车屋的内部：中间的地板已被严重烧焦，有证据表明兰迪扭动身体时把一些展柜也引燃了，但消防员很快把火扑灭了。当然，风车屋的石墙完好无损。我小心翼翼地避开展柜上的碎玻璃，朝高高的天花板望去。提灯的光足以让我看清风车的轴和齿轮，也能看清没有人躲在上面。我想我看到了一小块红色的东西，但不确定那是什么。"我跟负责展览的西格医生核实过。他向我保证，里面没有留下任何易燃物。"

"消防员怎么看？"

---

① 指堕落以前的撒旦。——编者注

鲍勃·耶尔耸了耸肩。"他们也不知道。科林斯自己着火了。"

为了展览，房间里装了电灯，布了线，但没人想到开灯。我轻按开关，灯泡就亮了。我说："不是电线的问题。"

"有个消防员说他闻到了汽油味。"

我皱起了眉头。"你认为是有人想把科林斯烧死吗？"

"我也这么想过，但有件事不对。"

"那是什么？"

"雪地上没有其他人的脚印，萨姆。事发时，风车屋里只有兰迪·科林斯一个人。"

我们一直在医院里等着，直到琼斯医生为科林斯包扎好烧伤处来到走廊和我们交谈。我说："我以为你是专门治疗儿童疾病的呢。"

"我治疗过一些儿童烧伤病例。匣格认为我是烧伤专家，其他员工没有这种经验。"

"他能挺过来吗？"

林肯·琼斯用手捋了捋自己浓密的黑发。"现在就看上帝的了。不过，我希望他能渡过难关。"

"他现在有意识吗？"我问，"我能和他谈谈吗？"

"他被注射了大量镇静剂，但应该能说几句话。如果确有必要，我也只能允许你跟他谈一分钟。"为了强调这一点，他伸出一根手指向我摇了摇。"多一秒都不行，他是我的病人！"

我走进房间，站到床边，低头看着被烧伤的人。兰迪·科林斯一定感觉到了我的存在，睁开了眼睛。"萨姆医生……"他的声音很低。

"你怎么了，兰迪？风车那里发生了什么事？"

"我……"

"你一直在说路济弗尔。"

"开车经过……看到风车屋里有光……像火焰一样闪耀……走进去……是魔鬼，萨姆医生……就像那个女人说的……一个火球包住了我……"

林肯·琼斯拍了拍我的肩膀。"对不起，萨姆，时间到了。现在让他休息吧。"

兰迪·科林斯闭上了眼睛，我跟着琼斯走出了房间。萨拉·简在走廊里，眼睛都哭肿了。"他怎么样了？他会没事吧？"

耶尔把他知道的情况都告诉了她。然后她转而问我："他怎么样了，萨姆？"

我只能无助地伸出双手。"我们确实不知道会怎么样，萨拉，我们真的不知道。"

到了周三，兰迪·科林斯已经恢复到可以接受探望的程度。林肯·琼斯在床尾检查病历时咧嘴笑了笑。"你已经脱离危险了，科林斯先生。你会活下去的。"

科林斯把目光从黑人医生转到我身上，问道："我的脸怎么样，萨姆？我的皮肤呢？"

"现在人们可以做很多神奇的事情。等你身体稍好一些，琼斯医生计划用救护车把你送到波士顿一家专门治疗烧伤病例的医院去。他们会为你做整形手术和皮肤移植，让你恢复如初。"

"那我得好多年都是这个样子了！"

"不妨换个角度想一想，"琼斯指出，"若不是鲍勃·耶尔冲进去救了你，我们可能今天就会把你埋了。"

"他的手怎么样了？"

"没你严重。你们俩很走运，地上正好有积雪。"

我问他："关于那火灾，你还记得什么吗？"

"我好像说过不下一百遍了吧。有个火球漂浮在那里，瞬间把我吞没了。我想到了梅布尔·福斯特关于撒旦的预言。"他意有所指地瞥了林肯·琼斯一眼。

"噢，魔鬼不可能阻止我做这份工作。"琼斯回答说，"我见过身穿白袍发表演说的魔鬼①，那可吓不到我。我想一个火球也不会把我吓跑。"

在最初几天里，有一半的诺斯蒙特镇人都来到医院探望了兰迪·科林斯。当萨拉·简在他床边守候时，镇议会的大多数人，甚至连伦斯警长都开车来探望他了。我们还不需要警长的服务，因为没人清楚这件事是否涉及犯罪。如果真有个罪犯试图谋杀兰迪·科林斯，这个人也必然是隐身的。

"会不会是有人把那该死的引火装置塞进了他的口袋？"当我们离开医院大楼，向风车走去时，伦斯警长问道。

"在他不知道的情况下？这不太可能，警长，而且他坚持说他进去时火球已经在里面了。"

"他们晚上不锁门吗？"

"由于有展览，所以门一直开着，反正也没什么可偷的。"

我们走进去，发现火灾造成的破坏自周日晚上以来还没得到修复。地板还是焦黑一片，碎玻璃散落各处。有个东西吸引了我，我弯腰把它捡了起来。那是一块很厚的曲面玻璃。

"发现了什么，医生？"伦斯警长问。

"是块玻璃。应该清理一下，免得有人划伤。"

"谁在里面？"外面突然传来一个声音。我走到门口，看到

----

① 指三K党。——译者注

了艾萨克·范多伦。

"是我们，艾萨克，警长和我。"

"我还以为是兰迪看到的那个魔鬼呢。"范多伦笑着说。

"什么风把你吹到这儿来了？"

"我至少可以来看看他。"

我对此感到很惊讶。"我不知道你们俩关系这么好。"

"见鬼，我们又不是敌人。他是我多年的顾客，他和萨拉·简都是。我来看看他不是好事吗？"

萨拉·简回家吃午饭了，我怀疑艾萨克故意挑了一个她不在的时间来医院。我们看着他走向医院，伦斯警长问："医生，你觉得他这人怎么样？他会不会是想杀了兰迪，好跟萨拉·简私奔？"

"警长，镇上的闲话你听得太多了。如果是范多伦试图谋杀兰迪，我相信兰迪绝对不会替他隐瞒。"

"那么你相信是闹鬼了？"

"我不知道。不过我认为该是拜访梅布尔·福斯特的时候了。"

我驾车沿着公路向山上的梅布尔家驶去，碰巧发现了她的马车。我不知道她要去哪里，于是决定在不远处跟着她。慢速开车并不容易，但我设法做到了，当我看到她拐向科林斯家的车道时，我的耐心得到了回报。此时，几片雪花飘落下来。

我把车停在路边，步行走完剩下的路，赶到时正好看到梅布尔·福斯特在前门与萨拉·简面对面地争执。"我警告过他们所有人，我警告过他们，他们却嘲笑我！现在你丈夫正躺在床上痛苦不堪，这还不算完呢！"

"从这里滚出去！"萨拉·简尖叫起来，"我要叫警察了！"

梅布尔挥拳挑衅，我赶忙上前抓住她。"该回家了。"我平静地说道。

"放手，萨姆医生！放手！"

我还是把她弄回到她的马车上了。"你要控制自己的行为，梅布尔，不然人们会把你关起来的。"

"魔鬼会指引我的！撒旦是我的主人！"

"放火烧兰迪·科林斯的是撒旦？"

"当然！我警告过你们，它就要来了！"

"为什么是科林斯？"

"你还不明白吗？因为他把那块地捐给了医院！"

"那接下来会烧谁？"

"西格！"她几乎脱口而出，"是他雇了那个黑人医生，下一个就是西格！"她举起马鞭，刹那间我以为她是要抽我。但她的目标是马背，一鞭子下去，马开始跑起来。马车载着她走在路上，雪花在她周围飞舞。

我走向还站在门口的萨拉·简。她颤抖得厉害，不得不扶着门。"天哪，她把我吓得半死！我很高兴你能来，萨姆医生。进来喝点咖啡吧。"

"你需要喝点东西让自己平静下来。"

"你认为她想杀兰迪吗？为的是让她的疯狂预言成真？"

"我不相信她有这个能耐。"

萨拉·简倒了两杯咖啡，然后紧张地拿起一盒火柴准备点烟。在诺斯蒙特镇，吸烟的女人并不多，但对萨拉·简来说，这是体现她摩登女郎形象的做派之一。

"如果真的有人想杀兰迪，他们会在医院再次设法下手。"

她的话让我想起了一件事。"艾萨克·范多伦今天中午去看望过他。你知道吗？"

她摇了摇头。"我只在加油站见过艾萨克。那些关于我们的传言都很荒唐。"

"我相信是这么回事。"我喝完咖啡，站了起来，"我得走了。本来我是想去找梅布尔·福斯特的，不过现在我已经见到她了。"

"如果你回医院，告诉兰迪我一会儿就过去。"

但我没有立即返回医院。我有自己的病人要照料，阿普丽尔在诊所等着我，手里拿着一叠电话留言。等我再回到清教徒纪念医院时，已经是傍晚了。鲍勃·耶尔告诉我，那天早上他们又收治了两个病人，一人是腿断了，一人是阑尾炎，但都不是我治疗过的病人。周围城镇的居民开始知道新医院开业了，这让我对它的未来一点也不担心。

"你的胳膊怎么样了？"我问鲍勃。那天早上我和伦斯警长聊天时并没有看到他。

他轻轻地拍了拍绷带。"正在恢复。我打算差不多一天后就把它们拆掉，透透气，看看那样伤口能否愈合得更快些。就是麻烦，没什么事。"

萨拉·简正在跟科林斯闲聊，我没打扰他们。相反，我去了一楼西格的办公室。我进去时，他从一大堆报告中抬起头来。"你好，萨姆。我能为你做什么？"

我告诉他我遇到了梅布尔·福斯特，以及她发出了威胁他性命的预言。"那个女人应该被关起来，"他喃喃地说，"不过还是谢谢你的提醒。我不会靠近风车，也会跟壁炉保持距离。"

"医院的情况如何？"

西格耸了耸肩。"有三个病人了，明天会再来一个。毫无疑问，由于林肯·琼斯的缘故，有些人选择不来这里看病，但我认为他们迟早会回心转意的。我们是一家很好的医院，有现代化的设备，会赢得他们的支持的。"

我从西格的办公室出来，跟几个护士聊了一会儿。然后，我决定回去了。随着春天的临近，白天渐长，但在三月中旬，不到六点时天还是黑的。驶出停车场时，我打开了前车灯。车灯亮起时，我突然瞥见一个人站在风车附近的路边。直到开过去一段距离，我才发现那是艾萨克·范多伦。

我放慢车速，在路上掉头。等我掉完头回到原地时，范多伦已经不见了。除了进入风车屋，他没有别的地方可去。虽然前些日子下的雪大多已经融化，但当天早些时候下的一点雪还残留在草地上，足以让我看清他走向风车屋门口留下的脚印。我在附近没看到其他脚印。

然后，几乎在同一时间，我听到了尖叫声。那叫声持续时间很长，仿佛一个人从高空坠落，一直坠向地狱一样。我破门而入，立刻踏进熊熊烈火之中。艾萨克·范多伦躺在屋子中间，试图从地板上站起来并向我伸手求救。这一次，火焰似乎不只笼罩在他的身体上，还充满了风车屋内部，直往上面的装置蹿。

我设法用我的外套扑打火焰，但于事无补。他临死前的惨叫声在我耳边回响，但面对熊熊大火，我不得不退出去。

镇上的消防车再次出动，西格和鲍勃·耶尔带着几个护士也从医院跑了过来。现场可以说和周日晚上的情形没什么两样，只是这次没有幸存者。当火焰最终被扑灭后，他们用帆布包裹住已被熏黑的艾萨克·范多伦，将他的尸体抬走了。然后，我们一起来到医院，走进西格的办公室。"我们最好把这事报告给伦斯警长。"西格说着，伸手拿起了电话。

"以什么理由报告呢？另一起无法解释的事故？"我问。

鲍勃·耶尔看着我。"你当时也在场，萨姆。你认为是怎么回事？"

"我毫无头绪。已经发生了两次火灾，一人重伤，一人死亡。事发时两人都是独自一人。兰迪·科林斯走进风车屋是因为他看到了某种光亮，想看看是怎么回事。至于范多伦为什么要进去，没有任何人知道。"

"你在附近没看见别的人？"

我摇了摇头。"那里只有范多伦的脚印。如果今天早些时候有人躲在里面的话，肯定都被烧死了。我们必须面对这样的事实：风车屋突然无缘无故起火时，两个人都是独自一人在里面。"

"范多伦临死时没有喊叫些什么吗？"耶尔问我。

"只是尖叫。就算他认为是魔鬼作祟，他也说不出来了。"

伦斯警长驱车赶到，跟我们交谈了几句，然后便试图在一片漆黑中检查风车屋。第一次火灾时，电线完好无损，现在它们已经被烧毁了，大家都认为明天早上再检查效果更好。我回到家躺在床上，梦见艾萨克·范多伦被火烧死前的样子，他尖叫着，伸手向我求救，但我无计可施。

早上，我开车返回医院。把车停在碎石铺成的停车场后，我开始朝山下的风车走去。这时，林肯·琼斯拦住了我。他说："有件事我想让你知道。"

"关于昨晚的事？"

他点了点头。"在搬走范多伦的尸体之前，我匆忙检查了一下。那人的一条腿断了。"

"什么？"

"左胫骨开放性骨折。"

"你不会弄错吧？"

"骨头都穿透皮肤了。"

"我明白了。你为什么要把它告诉我？"

"因为你说他走进了风车屋。然而，凭他这条腿，他不可能走进去。你看见的想必另有其人。"

我想过这个问题。"也有可能是范多伦进屋后摔断了腿。"

"在火灾期间？仅仅摔倒就折成这样，那这腿断得也太严重了吧。"

"不管怎样，谢谢你的信息。它可能会有很大的帮助。"我离开他，继续下山。

伦斯警长已经在现场，站在门口。第二次火灾后，有几处木地板几乎被烧穿，展柜也基本上全部被烧毁。甚至我们头顶的风车装置也被烧焦了，一动不动。带动外面的叶片转动的传动轴在大火中被卡住，叶片停在最后的位置上，完全动不了了。伦斯警长说："就像一个驱赶魔鬼的十字架。"他的话让我十分惊讶。原来他是一个虔诚的教徒，之前我还真不知道。

"我想上去看看。"我站在门口，指着头顶发黑的齿轮说。

"看什么呢？"

"范多伦死的时候腿了一条断。如果他是自己走进来的，那腿必定是在这里断的，就在大火烧起来的那一瞬间。当我听到他的尖叫声时，我感觉他像是从高处坠落一样。也许我甚至听到了他掉在地板上的声音，只不过没有意识到。如果他摔倒了，那肯定是从上面摔下来的。"

伦斯警长哼了一声。"我有另一个想法。尸体被烧得很严重，是吗？"

"是的。"

"也许范多伦打伤了某个人，还打断了那人的腿。他看见你走过来，便放火烧了尸体，然后设法从窗户逃了出去。死者可能根本就不是范多伦。"

"你又在看那些推理小说了，警长。只有一种进入这里的脚印。他死前，我在火焰中清楚地看到了他的脸。我昨晚甚至还梦到了他的脸。此外，如果有人试图从窗户爬出去，我会看到的，即使是从传动轴上方那么高的窗户爬出也逃不过我的眼睛。"

"那这事是不可能的，除非你告诉我他是自杀的。"

"我想告诉你的可不是这种事情。但我真想爬上去看看。"

我们从医院的园丁那里借了一架梯子，然后一起抬到风车屋。

当我把梯子放到合适的位置上时，伦斯警长哼了一声。"如果连你都需要梯子才能上去，医生，那你认为范多伦究竟是怎么上去的，飞上去的？"

"他可能站在某个展柜上。"我爬到梯子的一半，伸手可以摸到发黑的主传动轴了。这里没有藏什么东西，也没有引发火灾的迹象。但在另一边，在烧焦区域的边缘，我发现了一些有趣的东西。

一小块什么东西？橡胶？一半已被高温熔化，粘在木头上。未融化的部分是红色的，这在早些时候引起过我的注意，但我无论如何也无法弄明白它是什么。难道凶手被一根粗大的橡皮筋吊在屋顶上，大火开始时，橡皮筋又迅速把他拉上去避开了人们的视线？不，我宁愿相信魔鬼的存在，也不愿相信这种想法。

我从梯子上下来。"有什么收获，医生？"

"不多。"我承认道，"现在怎么办？"

"我们去医院吧。"

鲍勃·耶尔在西格的办公室里，我们进去时他刚挂掉电话。"梅布尔·福斯特又来了。她在镇广场制造骚乱，警告人们恶魔已经来到诺斯蒙特镇。一个警员把她带走了，警长，他要把她带到这里来。"

"真不知道我们该拿她怎么办。"西格嘟囔道。

我走到窗前，凝视着窗外的风车。"科林斯怎么样了？"

"好多了，"西格说，"我想下周一前就可以把他转到波士顿的医院了。"

"他的精神状态很好。"耶尔补充说，证实了西格的诊断结果。

"大火烧毁了风车，"我说，"它不会再转动了。"

"我们可以修好它。"医院院长自信地对我说。

我想起伦斯警长说过的话。我冥思苦想了一会儿，后来我确定有了答案。"我知道是谁干的了。"我告诉他们。

"什么？"

"我知道是谁导致兰迪·科林斯受伤，然后又谋杀艾萨克·范多伦了。"

"不是魔鬼？"西格医生微微一笑，问道。

"不，不是魔鬼。凶手是一个真人。"我向门口走去，"林肯·琼斯现在在哪儿？"

耶尔瞥了一眼墙上的时钟。"可能在科林斯那里，给他的烧伤处换药呢。"

"我上去看看。"我说，虽然我没有要其他人一起去，但他们还是跟了上来。

我们进屋时，萨拉·简正坐在她丈夫床边。琼斯医生正在为科林斯的烧伤处涂抹药膏，他抬起头说："我真不知道这么多人同时出现在这里合不合适。"

"有很重要的事，"我说，"我想解释一下，是谁以及这个人是如何杀死范多伦的。"

萨拉·简从她的椅子上探过身来，问道："跟烧伤我丈夫的是同一个人吗？"

"是的。"

"那是谁？"

我在病床旁俯下身子。"要我告诉他们吗，兰迪？要我告诉他们是谁对你和艾萨克做了这种可怕的事吗？"

"是撒旦，"他厉声说道，"魔鬼。"

我摇了摇头。"不，若说是魔鬼，那也是住在我们每个人心里的魔鬼。你放火自焚了，兰迪。当然，那是个意外，但你昨晚派艾萨克·范多伦去送死绝不是意外。"

顷刻间，他们纷纷开口说话，但我听到的是萨拉·简高过其他人的声音："你说他自焚是什么意思？怎么可能呢？"

"他用一个玻璃壶往橡胶气球里装入少量汽油。气球被绑在一根长长的导火线上，导火线缠绕在风车的传动轴上。汽油着火了，玻璃壶被打碎，点燃了他的衣服。当时传动轴转动了起来，将装着部分汽油的气球拉到高处，脱离了火海。"

"科林斯为什么要烧掉风车？"西格医生问道，显然对我的话不以为然。

"他并不是想烧掉整个风车，"我解释道，"现在你看，它的四个叶片位置固定。伦斯警长说它看起来像个十字架，确实如此。兰迪·科林斯要在这家医院门前烧掉一个巨大的十字架，就因为你雇了一个黑人医生。"

林肯·琼斯并没有因为我说的话而抬起头来。他继续照料他的病人，好像这一切与他无关。在我急忙往下说时，科林斯只是闭着眼睛躺在那里。"医院开业那天，我们看到了梅布尔·福斯特闹腾的那一幕。兰迪，当时西格问是不是你安排了梅布尔演这一出，萨拉·简也想知道是不是你在制造骚乱。尽管他们是在开玩笑，但根据你保守的名声判断，我可以知道你对清教徒纪念医院雇用黑人医生的立场。

"在这附近，三K党很活跃，他们会焚烧十字架之类的。无论你是一位活跃的成员，还是仅仅是三K党的同情者，你都会认为将蒙着帆布的风车叶片当成十字架燃烧再合适不过了。你从艾萨克的加油站买了一加仑①汽油。我认为你是想借风车的转动，把装着汽油的气球贴附到风车的叶片上，然后点燃引线，在气球爆炸，燃烧的汽油溅到帆布上时快速离开。事故发生时，你正在往气球里装汽油，以便让旋转的传动轴把汽油带到你的头顶。"

"这跟魔鬼有什么关系？"伦斯警长问道。

"在第一次火灾发生时，兰迪并没有用'魔鬼'或'撒旦'这样的词。他说的是'路济弗尔'，但没人用过这个名字，包括梅布尔·福斯特。而当兰迪意识到自己在说什么时，他就开始谈论魔鬼和火球，也不再提'路济弗尔'了。但如果他第一次说的时候不是指魔鬼，路济弗尔还能是什么意思呢？路济弗尔还会是

---

① 英美制容量单位，英制1加仑约合4.546升，美制1加仑约合3.785升。——编者注

指什么呢？常见的火柴。

"现在仍然有人称火柴为'路济弗尔'，我知道兰迪会用火柴，因为我在他家看到过一个火柴盒。他一开始只是想让我们以为是一根火柴不小心被点燃了，导致了火灾。但当他醒悟过来，决定掩盖真相时，他便不再提'路济弗尔'，而是改口说魔鬼。"

"科林斯没有离开过医院的病床，"鲍勃·耶尔反问道，"他是怎么杀死艾萨克·范多伦的呢？"

"一旦我想明白兰迪身上发生的事情，剩下的就简单多了。第一次火灾后，我发现了一块厚的曲面玻璃，不是来自扁平的展柜，而更像是玻璃壶的碎片。这对我很有帮助，就像今天找到的一小块橡胶帮助我对气球做出了正确的猜测一样。如果兰迪要把汽油装在玻璃壶里拿过来，他会从哪里弄到汽油呢？只有从艾萨克·范多伦那里，他经营着镇上唯一的加油站。

"那么，火灾发生几天后，科林斯可以被人探望时发生了什么？范多伦中午来看他，那时萨拉·简不在。他们俩之间一直冷眼相向，那时范多伦为什么会来看科林斯呢？因为范多伦很清楚兰迪就是用在加油站买的一加仑汽油自焚的。"我转向病床上的那个人。"范多伦是来勒索你的，是不是，兰迪？"

他仍然闭着眼睛，但在沉默了片刻后，他说话了："是的，他想要钱。他说他会告诉你们可能是我用汽油放的火。于是，我告诉他哪里可以弄到钱。"

他那烧焦的嘴唇抿了一下，很像是在微笑。

"嗯！"最后一块拼图终于补齐了。"风车里藏着钱的古老故事！你告诉他钱在那里。哪里呢？装满金粉的气球里？我想大概是这样吧。你知道大火没有烧掉缠在风车传动轴上装着汽油的气球，而你得想办法处理掉它，免得汽油漏出来，或者被人发现。因为一旦被人发现，所有人都会知道你想做什么。

"因此，范多伦出现在你的病床前时，你便有思路了。由于那些有关他和你妻子的闲话，你早已对这个男人厌恶至极。而且，这个男人还威胁要敲诈你。还有什么更好的方法能销毁你犯下灾难性错误的最后证据呢？我猜你告诉了他钱放在了哪里，让他点根火柴或蜡烛去取，这样他就不用开风车屋里的灯了。范多伦每天都跟汽油打交道，他爬上去划着火柴前可能根本没有闻到汽油味。雾化的汽油燃烧了，或者气球爆炸了，不管是哪回事，范多伦立刻被火焰包围，尖叫着坠落到地上，摔断了腿。于是，艾萨克·范多伦和第一次火灾的证据一同消失了。"

萨拉·简将双手伸向病床上的男人。"我无法相信这一切。告诉他们这不是真的，兰迪！告诉他们！"

但他什么也没说，只是闭着眼睛躺在床上，仿佛看到给他治疗伤口的是黑人医生让他难以忍受。

"这是一桩奇怪的谋杀案，"萨姆·霍桑医生继续说，"即使到了法庭上也难以证明，因为受害者死亡时，兰迪·科林斯在医院的病床上躺着，什么事情也做不了。他们没把这件事诉诸法庭，我猜或许是因为他受的苦已经够多的了。火灾后，为了康复，他做了多次手术。他被送到了波士顿，再也没有回来。我听说萨拉·简最终离开他，嫁给了其他人。不过，这是林肯·琼斯遇到的最后一次麻烦，在接下来的岁月里，他是清教徒纪念医院最受欢迎的医生。"

萨姆医生站了起来，身体重重地靠在他的手杖上。"对不起，你没时间再喝……啊……杯小酒了。若是再来，我会给你讲湖上船屋的事，那可是我们这里的小型玛丽·赛勒斯特号之谜。"

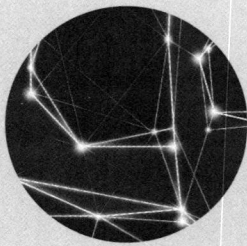

07

船屋之谜

　　"那是一九二九年的夏天，"萨姆·霍桑医生开始说道，跟往常一样，他喜欢这样切入主题，"我的腿今天有点不舒服，你就自己动手倒一杯吧。哦，把我的杯子也倒满，好吗？谢谢。我说到哪儿了？哦，是的，一九二九年的夏天。我想，在某种程度上，那是一个时代的结束，因为从那年夏天之后，这个国家就再也不是从前的样子了。十月份，股市崩盘，大萧条开始。但在那年夏天，生活还是一如既往地继续着……"

　　离诺斯蒙特镇不远处有一个小湖，有些人在那里建有供夏天避暑的乡间别墅。小湖名为切斯特湖，是以当地很久以前的一位地主的名字命名的，大约有一英里宽，五英里长。巧妙的是，就在那年夏天，我爱上了一个叫米兰达·格雷的黑发女孩，她刚从大学毕业，来到这里和她的叔叔婶婶一起过暑假。

　　这是我在诺斯蒙特镇的第八个夏天，也是我从医学院毕业后的第九个夏天。一有机会，我的护士阿普丽尔就提醒我：是时候安定下来，考虑结婚的事了。但麻烦在于，在诺斯蒙特镇这样一个小镇，大多数家庭都曾有过我的病人。几年前我给她们治过腮腺炎或水痘，现在却要跟她们发展浪漫情缘，这令我很难产生兴致。我想这就是米兰达的到来成了我生命中的一件大事的原因所在。她比我小十岁，在我看来，这一点没什么大不了的。

她的婶婶叫姬蒂·格雷，叔叔叫贾森·格雷，他们在切斯特湖边的乡间别墅度过夏天。贾森在希恩镇当老师，自然有一整个暑假可以过。我对他们略知一二，但他们从来没有找我看过病，至少六月底的那天以前还不是我的病人。那天，阿普丽尔告诉我姬蒂·格雷和她的侄女米兰达正在我的候诊室里等待。原来，姬蒂想带着米兰达快速游览一下诺斯蒙特镇，但风吹起一粒小灰尘，落进了这个年轻女孩的眼睛里。刚好我的诊所在附近，她们便来找我帮忙。

我很乐意效劳。当我把她的眼睑翻过来，清理掉那令人不适的灰尘时，米兰达的棕色大眼睛里噙满了泪水。那差不多就是一见钟情了，至少对我来说是这样。"谢谢你，医生。"她说话的声音就像悦耳的音乐一样。

在接下来的几周里，我与米兰达·格雷多次见面。我开着我那辆棕褐色的帕卡德敞篷车带她四处兜风，甚至在七月四日后的周末陪她参加谷仓舞会。每逢周日，我们就会到湖边野餐。我发现自己成了格雷家那栋乡间别墅的常客。

格雷家隔壁是栋一模一样的乡间别墅，房主是雷·豪泽和格蕾特尔·豪泽夫妇，他们俩有点古怪却十分友好。我对他们知之甚少，只知道他们来自波士顿，家里很有钱。雷是一个四十出头的英俊男人，从事房地产和股票交易工作。他的妻子身材娇小，灵活但略微有一些胖。他们是格雷夫妇的朋友，两对夫妇经常在一起吃饭。不过，让豪泽夫妇名声在外的主要是他们有一艘平底的船屋——格蕾特尔号。每年春天，他们都会把它放下水，让它浮在平静的湖面上。它的屋顶铺的是木瓦，装有花式窗户，外面是各种华丽的装饰。米兰达第一次看到它时就说："它看着像一个姜饼屋！"

豪泽太太喜欢这种说法。"雷和我就像汉塞尔和格蕾特尔。等我的钱花光了，我们就开始吃船屋。"

对此，她丈夫很是不以为然。"从市场攀升的趋势看，我们根本不用担心这个问题！"

某个周日，米兰达和我漫步到码头，想更清楚地看看船屋的样子。当然，姬蒂和贾森已经坐过多次了，但米兰达还没有坐过，姬蒂劝雷带她上船感受一下。"快点吧，雷，我想让米兰达看看船里是什么样子！"

贾森穿着一件红夹克衫，似乎这是他夏天常穿的衣服。他试图让姬蒂安静下来，但她坚持要雷带米兰达去。姬蒂是个漂亮女人，棕色头发，年近四十，笑容灿烂，一点也不腼腆。虽说上了年纪，却比侄女米兰达更像是二十多岁的时髦女郎。雷·豪泽露出亲切的笑容，似乎他已经习惯了对她有求必应，然后说："没问题，那我们就一起乘船转转吧。"

我跟在后面，觉得自己有点像个局外人。一个月前，这些人我还一个都不认识，只和格雷一家有过点头之交。突然间，我感觉自己像这个家庭中的一员了。"小心脚下。"贾森·格雷指导我走上摇摇晃晃的木跳板。即使在暑假，他看起来还是那个略显呆板的老师。

我不得不承认这艘船的内部设计令人印象深刻。一个宽敞的中央房间里有舒适的桌子和椅子，以及一个在寒冷的夜晚取暖用的小火炉。此外，船屋里还有可做便餐的厨房、带双层床的小房间和储藏室。"在船上睡四个人没有问题，"豪泽说，"只不过我们很少在切斯特湖上过夜。"

"你用的是什么马达？"我问。

他带我到船尾。"在这里，双舷外马达。说起来都好几年了，大部分工作都是我自己做的。在波士顿购买二手平底驳船，在上面建屋，自己选马达。马达没有那么大的马力，船跑不太快，所以我必须在船上多备些汽油，这样总比从各个地方把它拖回来要好。我想，如果你有一艘船屋，你是不会想去打破任何速度纪录的。"

格蕾特尔拿出一瓶上好的加拿大威士忌，为大家调鸡尾酒。让我有些惊讶的是，米兰达拒绝喝酒。"我认为我们不应该违反法律。"她说。她这循规蹈矩的态度让我觉得很新鲜。

"哦，得了吧，"我开玩笑说，"现在的人都不拿禁酒令当回事了。"

"那它就应该被废止，不是吗？"

在她叔叔婶婶面前与她意见相左，我感到莫名有些尴尬。不管怎么说，作为恋人，我年龄比她大，就不应该跟她吵架，毕竟她刚刚走出校门。但我还是忍不住追问道："你从小到大就没违反过法律吗？"

"哦，每个人都有违法的时候。"姬蒂婶婶赶紧出来打圆场，想在我们真正争吵起来前平息事态，并为她辩护道，"但我理解米兰达。她是有原则的，应该坚持。"

豪泽岔开了话题。"来吧，我们出发，转一转。"

我帮他启动马达，解开缆绳，姜饼船屋便漂离了码头。如他所说，船速十分缓慢。我们足足花了十五分钟才穿过湖面，抵达对岸。但我很享受这个过程，米兰达也一样。

"对不起，我不该拿你不喝酒的事开玩笑。"当我们俩单独坐在甲板上时，我对她说。其他人在船屋里，又喝了一轮酒。

"大学四年我都在面对这样的事情，萨姆。我还以为跟你这样的成年人在一起就不必再面对它了呢。"

"你不必面对，再也不会了。"我拉过她的手，握住它们。微风吹拂着我们的脸，我们开始往回穿过湖面。"你会不会觉得太凉了？"

"不，我喜欢。"

"你叔叔婶婶都是好人，米兰达。我真希望在你父亲去世前就认识他。"

"他去打仗的时候我才十岁，"她说着，望向湖岸线，"我希望有一天你能去芝加哥见我母亲。"

"我希望如此。"

"你有没有想过有一天像这样乘船出海，然后消失？"

"你这是什么意思？就像玛丽·赛勒斯特号上的人一样？"

"他们是谁？"

"这是一个著名的未解之谜，最近我才读到关于它的故事。早在一八七二年，有人在大西洋上发现了一艘漂浮的小帆船。尽管海面风平浪静，船也没有任何损坏或破裂的迹象，但船长一家人以及七名船员都失踪了。他们究竟遭遇了什么，至今是个谜，没有人解开过。"

"我想这个故事我读到过。"

"我曾帮着当地警长破过几起罪案，每一起也都这样离奇。以后有机会我再讲给你听。"

姬蒂走出船屋，来到我们身边。"你们俩和好了？"

"当然，"我告诉她，"你侄女要让我戒酒。"

"好啊！也许我们都应该戒。"

豪泽将船停靠在码头。我们对他们的招待表示感谢，然后上了岸。看着豪泽夫妇回到家后，米兰达和我跟着她的叔叔婶婶也回到他们的别墅吃晚饭。

那一阵子，阿普丽尔开始关心起我跟米兰达的事情。比如，在切斯特湖过完周末后的周一上午，她就问："婚礼的钟声什么时候敲响呀，萨姆医生？"

"现在说还为时尚早，阿普丽尔。周末我出了两次急诊，这严重扰乱了我的爱情生活！"

"拜托。我觉得你更喜欢给人治病，而不是跟女人谈情说爱！"

"也许是这样。或许我应该找个女医生。"

事实上，诺斯蒙特镇新医院开业以来，我的压力已经减轻了一些，我得以有更多的时间享受周末。因为即使病人找不到我，医院里也总会有人帮助照看病人。所以，周六下午看完最后一位病人后，我便会关闭诊所。这次我准备开车去切斯特湖，再次拜访格雷家的乡间别墅。

米兰达在门口迎接我，她见到我似乎真的很高兴。"萨姆，感觉我们已经分开很长时间了！"

"这周诊所很忙。我本想周三开车过来给你一个惊喜，但罗杰斯太太要生孩子了。"

"进来。姬蒂婶婶和贾森叔叔在隔壁豪泽夫妇家。"

"那太好了。反正我更想和你单独在一起。"

我们坐下来，轻松地闲聊，愉快地调情，半个小时很快就过去了。快六点的时候，纱门开了，姬蒂婶婶走了进来。她穿着一件色彩鲜艳的夏装，手里拿着一件厚运动衫。"米兰达，"她气喘吁吁地说，"你叔叔和我要跟豪泽夫妇一起去乘船。你和萨姆能自己弄点吃的吗？"

"没问题，姬蒂婶婶。"

我向门外瞥了一眼，看见贾森鲜红的夹克消失在船屋里，但没有看到豪泽夫妇的身影。"我们跟您一起过去，打个招呼。"我建议道。

姬蒂看着我笑了笑。"我们本想邀请你们一起去，但我认为恋人更愿意单独相处。"

米兰达和我漫步而行，姬蒂则匆匆赶到码头，走上跳板。雷·豪泽走到华丽的格子门前挥了挥手，然后对我喊道："萨姆！帮我解一下缆绳，好吗？"

"没问题！"我解开缆绳，将之扔到船上。豪泽启动了马达。我听到格蕾特尔的笑声从船上某个地方传来，感觉他们是要去湖上畅饮几杯，免得米兰达看到了再批评他们。

姬蒂转身再次向我们挥手，然后进入船屋与其他人待在一起了。雷·豪泽一直待在甲板上，直到最后我们和他挥手告别，漫步回到格雷家的别墅。"他们四个似乎相处得不错。"我说着，拉开纱门。

"姬蒂婶婶能和任何人相处，她很友善。贾森叔叔也喜欢他们，这倒是让我有点惊讶。"

我站在前窗前，看着船屋缓缓地漂移，靠近湖的中央。附近没有其他船，只是在湖的另一边可以远远地看到几点帆影。"嗯，这湖基本上是他们的了，其他人想必在吃晚饭。"

"这是在暗示什么吗，萨姆？"

我笑着把一个靠垫扔到她身上。"除非你想亲热一下。"

"哦，你这家伙！"

她忙着准备吃的东西，而我继续观察豪泽家的船。

我注意到窗边的钩子上挂着一副双筒望远镜，于是试了一下。它是高倍望远镜，应该是战争时期的军用品，我用它可以清楚地看到船屋的情况。尽管我可以透过窗户看到贾森的红色外套，但甲板上没有人。"很奇怪。"

米兰达走到我身边，一只手放在我的背上。"怎么了？"

"马达关了，他们只是在漂流。"

"他们经常这样。我想他们去那里就是为了喝酒。"

一艘帆船从湖的另一边向船屋驶来，而漂着的船屋似乎正径直朝那帆船撞过去。我用双筒望远镜看到帆船上的人及时转向，避开了迎头撞击。当格蕾特尔号擦身驶过时，那人站起来挥舞着拳头大喊大叫。

"难道他们都喝醉了？"我有些纳闷。

"不可能！他们出发才不过十五分钟。"

"可是……"我拿着望远镜走到外面，来到豪泽家码头的尽头。船屋在水中缓慢转动，看不出有人在掌舵或控制它，也不见任何人的踪影。

米兰达也跟了出来，站在我身旁。"有什么麻烦吗，萨姆？"

"我不喜欢这种感觉。有些不对劲。我们外出那天，豪泽开船时是很小心的，但今天，他却是任船在水上漂。"

"他们正忙着喝酒呢。"她笑道，觉得我是瞎担心。

"他们会不会都下水游泳了？"

她摇了摇头。"我叔叔完全不会游泳。"

"水里也没有他们的踪影。"我放下望远镜，瞥了一眼格雷家的码头，那里停泊着一艘小汽艇。"我们还是去那里看看吧。

你可能是对的，他们只是坐在船屋里喝酒，但我觉得还是看一眼为妙。"

"哦，好吧。那我把炉子关掉。"

我艰难地启动了马达，然后朝船屋驶去。当时离天黑还有两个小时，湖中有几艘船想多玩一会儿。不过，没有船靠近过豪泽家的船屋，除了那艘从旁边驶过的帆船外。我们靠近时，我什么也没说，只听到米兰达轻声说道："似乎空无一人。他们会不会……在床上？"

"你留在这里。我到船上看看。"

我抓住船舷，跳到了姜饼船屋上。透过窗户，我看到贾森·格雷的红色夹克搭在椅子的靠背上。门没有上闩，我走了进去。令人惊讶的是，这里显然没有酒杯或酒瓶的痕迹，似乎什么都没有被打乱过。我有一种不祥的预感。我希望米兰达是对的，我会在双层床上找到他们。

但床也是空的，小厨房和厕所也是空的。整个船屋一个人影也没有。

格雷夫妇和豪泽夫妇凭空消失了，只留下格蕾特尔号漫无目的地漂在切斯特湖中央。

在接下来的一个小时里，我们在湖面上来回寻找。我坚信自己会发现他们在游泳，或者至少死要见尸吧，哪怕是发现其他能提供线索的东西也好。结果一无所获，仿佛湖水或天空将他们吞没了。

"四个大活人！米兰达，他们这是怎么了？"我紧张地在甲板上踱来踱去，"这像极了另一个玛丽·赛勒斯特号！"

"你的想象力太丰富了，萨姆。我相信他们会出现的。我们把船屋拖到岸边等着吧。"

我们系上牵引绳，费了好大的劲才把它拖回豪泽家的码头。要知道，小汽艇不是为干这种活而造的，但我们还是设法做到了。豪泽家的别墅上着锁，看不出他们中有谁回来过。"趁天还没黑，我再去搜查一下船屋。"我决定道，"也许还有什么藏身之处我们没有发现。"

　　很快我就发现，虽然船屋的主房间的天花板很高，屋顶之下却没有任何隐藏的空间。甲板底下有几处储存空间，但在昏暗的灯光下，除了半打燃料罐和几块旧抹布外，我什么也没找到。我检查了狭窄的储藏室，但里面是空的。存放威士忌的柜子里有两个半空的瓶子，显然这是我们此前上来时喝剩下的。厨房里的小冰柜是空的。除了贾森的红色夹克外，没有任何迹象表明他们中的任何一个人曾在格蕾特尔号上待过。

　　太阳刚好落山时，我走下跳板。"最好给伦斯警长打个电话。"我说。

　　"你真的认为有这个必要吗？"

　　"他们消失了，米兰达。你的婶婶叔叔，还有豪泽夫妇。我不知道他们怎么了。如果他们在湖里，我们有必要组织一个搜救队。"

　　"我想你是对的，"她无奈地承认道，"我只是无法让自己相信这一切，感觉他们在跟我们开玩笑。"

　　"我希望如此。但如果只是开玩笑，他们早该露面了。"

　　乡间别墅很少有安电话的，但格雷家有一部。我拨通了伦斯警长的号码，将这里发生的事原原本本地告诉了他。

　　切斯特湖离诺斯蒙特镇近二十英里，但属于本县境内，因此仍在伦斯警长的管辖范围内。接到我的电话后，他带着两辆车赶了过来，除警员外，车上还载着准备参与搜救的镇民。尽管天色昏暗，他们还是上了一艘船，点亮提灯，沿湖岸线搜寻可能已经力竭的失踪者。

"他们可能是下水游泳，结果抽筋了，"警长猜测道，双眼盯着湖岸线，提灯在一片黑暗中沿湖岸线移动，"我们会找到他们的。"

事情刚发生时，米兰达还非常冷静，但听到伦斯的话后却不寒而栗。她摇摇头，反驳说："我叔叔不会游泳。我姊姊是个游泳好手，不会在这么平静的湖里被淹死的。此外，萨姆当时正用双筒望远镜观察船屋的动向。如果他们下水游泳了，他会在水里看到他们的。"

"你并不是每时每刻都在盯着船看，是吧，医生？你也不可能看到船的另一边，对不对？"

"是的。"我承认，"肯定不会是一艘潜艇浮出水面，趁我不注意把他们从另一边带走了。他们可能是偷偷下船了。他们有很多不被发现就离开那艘船的方法，但他们为什么要这么做呢？为什么四个完全正常、理智的中年人会想要玩失踪，躲着我们？今天又不是愚人节。"

"他们会出现的。"伦斯警长让我放心。为避免再次惹米兰达不开心，他稍微压低了声音说道："或者我们会找到他们的尸体的。"

我们等了很久，直到搜索队找遍了整条湖岸线。然而，搜索队并没有发现任何人的身体。午夜时分，我们强行打开豪泽家的别墅的门，试图找到某种提示或线索，但一无所获。所有东西都被收拾得井井有条，等待着他们的回归。

最终，天快亮时，我叫醒了米兰达，吻了吻她，然后说：

"我要回家休息一下。中午前我会回来的。"

几个小时后，警长把我叫醒。我站到一边，让他进入我的公寓，同时想起他是为何而来。

"你找到他们了！"我说。

"运气没那么好，医生。今天一早，我又派人去找，但还是没有找到他们。我们又翻了一遍那艘船。"

我瘫坐在椅子上，还没有完全清醒过来。"真的越来越像是另一艘玛丽·赛勒斯特号了。"

"那是什么？"

"一艘在海洋中央兀自漂流的船，船员都失踪了。没人知道他们发生了什么。"

伦斯警长嘟哝道："这是最近的事吗？"

"不是，很久以前的。"

"看来这个谜团一直没有被解开过，嗯？"

"有某种东西迫使人下了船，但是什么呢？海面和昨天的湖面一样平静。"

"会不会是另外一艘船袭击了他们？"

"可能吧，有一艘船袭击了玛丽·赛勒斯特号，只是没有证据。我真不明白，昨天我怎么一点都没注意到有别的船靠近格蕾特尔号呢。"

"来吧，医生。我开车送你过去。也许在白天，我们会想通是怎么回事。"

"这个案子和我此前帮你破解过的其他案子不一样，警长。此前的那些案子，总会有尸体或者犯罪之类的。而这次，我们全然不知道发生了什么！甚至没有嫌犯，他们全都失踪了！"

"除了米兰达·格雷，她还在。"

我瞥了他一眼，认为他一定是在跟我开玩笑，但他一脸严肃。"米兰达一直和我在一起！她怎么可能导致他们失踪呢？"

"医生，他们是如何失踪的我不知道，但我知道米兰达有想让他们失踪的动机。有消息说，如果她的叔叔婶婶死了，她会继承一大笔遗产。他们手里有一些股票，最近收益也不错，而且他们没有儿女。我听说米兰达是唯一的继承人。"

我尽力控制自己的情绪。"警长，即便这是真的，除非找到他们的尸体，否则，米兰达一分钱也拿不到。为此，她得等上好几年，直到他们在法律意义上被宣布死亡。即使她不是一直跟我在一起，怀疑她也没有意义。我们真正知道的，不过是他们失踪了，而现在就断定这是谋杀，我认为有点草率了。"

"也许是这样，"伦斯警长承认，"不管怎样，我们走吧。我的警员可能发现了什么。"

但当我们来到湖边时，一切和昨晚没什么两样。米兰达跑出来迎接我，有那么一瞬间，我想她可能会张开双臂拥抱我。"有什么消息吗？"她问警长。

"没有，小姐。我们今天派了更多的人过来搜寻，而且要开始在湖上用拖网打捞。"

"我不相信他们已经死了！"

为了寻找可能解开这个谜团的线索，我们又搜查了一遍豪泽家的别墅。我找到了波士顿百货公司、科德角汽车旅馆以及一家水暖五金公司的账单，但什么也看不出来。

伦斯警长在我身后看了看，问道："什么水暖用品？"

"他们自己装的一个热水器。"

他嗯了一声，继续搜查。房间里没有任何发现，也没有地下室可供搜查。我们去了隔壁的别墅，但结果让我们更加沮丧。

"什么线索都没有，"我向米兰达抱怨道，"没有东西可供分析！他们真的消失了！"

整个下午，警员和其他搜寻人员报告的都是同样的内容。乘船搜救的人用抓钩钩到了一只渔夫的蹚水靴和一个开裂的啤酒桶，其他什么都没发现，也没有人被冲上湖岸。

最后，伦斯警长说："米兰达，我们应该把你叔叔婶婶的照片寄给各大报社。你有合适的照片吗？"

她想了一会儿，然后脸色明亮了一些。"姬蒂婶婶给我看过一张他们和豪泽夫妇的合影，是去年夏天在温斯洛附近的游乐园拍的。"

"你能找到吗？"

"我找找看。"

她在格雷家的别墅里找了一圈，没有找到，然后突然想起阁楼上有个低矮的空间，通过卧室天花板上的活门可以伸手够到。她解释说："他们会在这里放一些东西。"按照她的指示，我站在椅子上，取下一个纸箱，在里面找到了一张四人的合影。他们站着，面对相机微笑，身后的标志上写着"海蛇过山车——一千零一种刺激"。

我把它拿给警长看，他习惯性地咕哝了一句："你认为是海蛇把他们吞掉了？"

"不。这是去年在游乐园拍的照片，上面的四个人都被拍得很清楚。"

警长收下照片，并答应转交给报社。米兰达似乎放松了一些，照片让她重拾起找到失踪的四人的信心。也许她是对的。我不确定。

下午晚些时候，我打电话问在家的阿普丽尔有没有病人要急诊。还好，没有什么紧急的情况发生。她问道："失踪的人们有下落了吗？"

"毫无线索。"

"萨姆医生，我碰巧在诊所的一本杂志上看到了一个故事。我不知道那是不是真的，有人莫名其妙从汽艇上跳入水中淹死了。原来有一只大蜘蛛藏在船上，爬出来后吓得他们纷纷跳入水中。"

"一只蜘蛛？"

"是的。你认为格蕾特尔号上藏着这样的东西吗？"

"阿普丽尔，这倒值得考虑。谢谢你的提示。"

我挂了电话，走到外面，站在那里盯着那艘豪华的船，想象里面某个地方可能潜伏着可怕的生物。没多久，我转身匆匆回到别墅内。

"怎么了，医生？"伦斯警长问道。

"警长，我需要几副厚手套和一个帆布袋，以及一个手电筒。"

"提灯行吗？"

"手电筒比较好。在狭窄的地方我用得着。"

"在船屋里？"

"是的，我要去抓蜘蛛。"

警长和米兰达站在岸边，看着我再次登上船屋。我戴着手套，手拿手电筒和帆布袋，径直走到船的后面，打开了通往船上储藏室的入口。汽油罐和旧抹布还在那里，一开始时，我缓慢地移动手电筒，没有发现什么东西。

但随后我看到了它，细细的，静止不动，但足以致命。

我几乎不敢喘气，只是小心翼翼地伸出手。再伸进去一些后，我抓住了它，将它谨慎地放进帆布袋里。

"你发现了什么？"当我带着发现的东西上岸时，伦斯警长问道。

"我发现了某种东西。"

米兰达目不转睛地盯着我手上的袋子。"里面有什么，萨姆？"

"这个谜团的答案，只是它恐怕并不令人愉快。"我小心翼翼地打开帆布袋，给他们看我发现的东西，"看到了吧，这是一个不同的传奇故事，不是玛丽·赛勒斯特号的故事，而是汉塞尔和格蕾特尔的故事。"

接下来的几个小时是令人悲伤和厌恶的。处理完别墅里的事情后，伦斯警长便去找法官签发逮捕令了。然后，我们开了大半夜的车，去科德角的市政厅与其他执法人员会合。

黎明前，我们抵达汽车旅馆。天色已经够亮了，足以让我们看清几座白色小木屋呈半圆形包围着中间的厨房和盥洗设施。当我们把车停在路上，呈扇形散开走过草地时，一位警官问我："先生，你带枪了吗？"

"没有，我只是来看看的。"

说是这样说，但我还是奇怪自己为什么大老远地跑到这里，只为看一个悲惨故事的悲伤结局。然后，我站到一旁，看着伦斯警长重重地捶门。"警察！快开门！"

几分钟后，观光小屋的门开了，露出一张疲惫的脸。在晨光的照耀下，他上下打量着我们。他认出了我，但没认出警长，轻声说："你好，萨姆。"这个人就是雷·豪泽。

"我这里有一张对你的逮捕令。"伦斯警长宣布道。还没等剩下的话说完，我已经听到小屋后面的窗户吱呀一声打开了。

我朝声音传来的方向冲了过去，在她的脚着地时抱住了她。"抱歉，"我说，"你们没能成功。"

"哦，萨姆……"她啜泣着瘫倒在我的胸膛上，这时伦斯警长来到了我们身后。

"我有一张对你的逮捕令，"他缓慢而严肃地说道，"两项一级谋杀罪。你有什么要说的吗？"

米兰达的婶婶姬蒂摇了摇头。"带我走吧，"她告诉我们，"我准备好了。"

后来，我们去了当地警察局办理法律手续，等候时我和雷·豪泽聊了聊。他戴着手铐，面无表情地坐在一张硬木凳上，偶尔吸一口别人给他的香烟。"昨晚我们发现了他们的尸体，"我说，"你的妻子格蕾特尔和姬蒂的丈夫贾森，都在你家阁楼上的低矮空间里，你把他们藏在了那里。"

"是的，"他淡淡地说，"你是个聪明的家伙，萨姆。进展不顺利时，我们便知道被人发现是迟早的事，但不知为何，我们希望你们晚一些时间找到我们。"

"进展不顺利时，"我重复了他的话，"我昨天在船屋里找到了它，它把整个事情的经过告诉了我。我们本以为这会是另一个玛丽·赛勒斯特号的故事——所有人都随船屋消失，但这只是汉塞尔和格蕾特尔的故事的重演。也就是贾森和格蕾特尔的故事。还记得那个邪恶的女巫如何试图将汉塞尔和格蕾特尔推进火炉里吗？这就是你的计划。船屋根本不应该被人发现是空的，它应该爆炸，燃烧，然后沉入水中。我昨天发现的是一管带引信的炸药，但引线没烧完就停止工作了。若按计划爆炸，它会在吃水线以下炸出一个窟窿，引燃你储存在那旦的六罐汽油。这样，格蕾特尔号就会在熊熊大火中沉入湖底。"

"如果是那样的话，事情就简单多了。"豪泽失望地说道。

"寻找幸存者时，岸上的人会把你和姬蒂·格雷从水中救上来。贾森和你的妻子格蕾特尔则会失踪，不过几天后他们的尸体就会被冲上岸。当然，这一切的关键是，贾森和格蕾特尔周六下午不在船屋里。你和姬蒂杀了他们……"

"是我干的，"他一口咬定，"姬蒂没有参与杀人。我在他们的威士忌里放了安眠药，然后将他们闷死了。这一切本来应该发生在船屋里的，那样的话，他们的尸体在爆炸后不久就会被人发现，但他们在别墅里喝下威士忌睡了过去。我们无法把他们搬上船，就把他们的尸体藏了起来，计划得救后到半夜再把他们的尸体抛进湖里，以便让人发现。"

"你要知道，那是行不通的。死亡时间可能可以蒙混过去，但尸检结果会表明他们的肺里既没有烟，也没有水。"

"我们认为在水里泡几天后，这就不重要了。我们打算把他们的衣服烧焦，让他们看起来是死于火中。"他又吸了一口烟，"告诉我你是怎么知道这一切的，萨姆。"

姬蒂已经崩溃了，被注射了镇静剂。虽然我不怎么了解豪泽，但似乎可以和他说一说。"有件事从一开始就困扰着我。周六你把自家的别墅锁上了，但此前我们上船的时候，你却没有耐心给它上锁。我记得那天回来时，格蕾特尔一推门就开了。这让我开始怀疑锁上别墅和你们失踪之间的联系。我怀疑你是有计划地失踪，或者别墅里有你不想被人发现的东西。

"我想起了船屋里的汽油罐，即便需要额外的燃料，那你带得也太多了。我上去检查，发现了炸药和没烧完的引线，然后我就明白是怎么回事了。我们从没见到格蕾特尔和贾森上船。我看到过一眼贾森的红色外套，但那可能是穿在了你身上。我以为听到了格蕾特尔的笑声，但那很可能是姬蒂发出的。我们只是通过姬蒂和你的话，推断在船开动时，贾森和格蕾特尔已经在船上了。

"在告诉我们你们都在船上时，姬蒂紧张得喘不过气来。这并不奇怪，因为她刚刚目睹了谋杀的过程。贾森和格蕾特尔已经死了，藏在你家阁楼上的低矮空间里。搜查别墅时，我们忽视了活门，因为我们并不是特意要找它。但我知道你家肯定有活门，因为格雷家的别墅里有，而你们两家的别墅结构是完全相同的。"

豪泽掐灭了香烟。"我点燃了引线。为了不被你看到，我们从船屋的另一侧下水。船没有爆炸，我们游到了对岸。在这种情况下，我不得不偷了一辆车。"他说这话时，语气好像在说这是他们做过的最倒霉的事。

"米兰达告诉我，姬蒂是个游泳好手。为什么你们不立刻返回船屋呢？"

"姬蒂担心它随时会爆炸。另外，我们也无法解释为什么彼此的配偶失踪了。"

我点了点头。"你和姬蒂，一个是英俊男人，一个是时髦女郎。相比古板的老师和身材不佳的格蕾特尔，你们更般配。我能理解你们彼此吸引，但非要走到杀人这一步吗？"

他抬起悲伤的眼睛望着我。"你得承认我们深爱着对方。我们这么做是为了爱。"

"为了爱，也为了钱，我认为是这样的。那个周日，格蕾特尔说起过钱的事，贾森在市场上也赚到了钱。你和姬蒂必须把他们两个都杀了，才能继承对方的遗产，而刻意制造一场意外是最保险的方式。"

"我告诉过你，她与杀死他们没有任何关系。"

"只凭自己，你无论如何都不可能把他们的尸体搬到阁楼上的低矮空间里。至少这部分活她一定搭过手。"

对此，他甚至都没有争辩。"你是怎么发现我们在汽车旅馆的？"

"我猜到船没爆炸你们就跑了。问题是你们会去哪里，显然不会太近。你们知道不出几天尸体就会被人发现，因为时间一长会有明显的气味。我想起我无意中发现的一张汽车旅馆的账单。你去过一次，就可能会再去一次。警长打电话到旅馆询问，他们确认有一对符合你们特征的男女入住了。剩下的你都知道了。"

他伤心地摇了摇头。"我不知道接下来该怎么办。现在我们要面对什么？"这得由法官和陪审团来回答。四个月后，豪泽被判终身监禁。姬蒂没有出庭接受审判，她撕碎床单，在牢房里上吊自杀了。

"你想知道我和米兰达之间发生了什么吧？"萨姆·霍桑医生最后说道，又从瓶子里倒了一杯酒。"哦，那是另一个故事，又是一个谜，真的。它涉及股市大崩盘那天发生在诺斯蒙特镇邮局的一件怪事。但我还是留到下次再讲吧。"

08

粉红色
的邮局

"这就是我一直念叨的夏日！"萨姆·霍桑医生边倒酒边说，"让我感觉又年轻了！我们可以来到屋外，无忧无虑地坐在树下，回忆一下过去的岁月。你说什么？我答应过给你讲一九二九年股市崩盘那天诺斯蒙特镇邮局发生的事？噢，我想那事很是令人难忘，没错，在我这些年帮助调查的所有案件中，它让我面临的难题是独一无二的。独特在什么地方？好吧，我想我还是从头讲起吧……"

我记得很清楚，那天是一九二九年十月二十四日，周四，尽管随后几天股市跌得更惨，但人们对这一天的印象尤为深刻，后来提到这一天时都把它称为"黑色星期四"。但对诺斯蒙特镇来说，那天早晨不过是又一个秋日的开始。天空多云，气温不到十摄氏度，一副要下雨的样子。

那天薇拉·布罗克刚粉刷完新邮局，由于诊所不忙，我和护士阿普丽尔逛着过去看看。政府接管了镇广场对面的卖糖果的杂货店，并将之改造成了邮局，而此前邮局一直设在杂货店里。我们认为这是一种进步的标志。

"现在我们不但有了自己的医院，还有了专门的邮局！"阿普丽尔感叹道，"我们一直在发展，萨姆医生。"

"波士顿该担心自己的地位了。"我笑着说。

"哦，你这是在取笑我，可这是真的，诺斯蒙特镇会被标在地图上的！"

"至少能被标在邮局地图上。"我发现我们邮局的女局长薇拉·布罗克正拿着一罐油漆沿街匆匆走着。她四十多岁，是个很稳重的女人，自从我来到诺斯蒙特镇，她就一直在杂货店里管理邮局。"薇拉！"我跟她打招呼。

"早，萨姆医生。你和阿普丽尔来取邮件吗？"

"我们想来参观一下新邮局。"

她掂了掂那罐油漆。"今天开业，但我发现有一整面墙忘了刷漆！你敢相信吗？"

她打开了邮局的门锁，我们跟着她走了进去。"是粉红色的！"

阿普丽尔倒吸了一口气，恐怕墙上爬满热带藤蔓都不会让她如此惊讶。"一个粉红色的邮局！"

"嗯，油漆很便宜。"薇拉·布罗克承认道，"休姆·巴克斯特订错了货，便宜卖给我了。我想我可以为政府省点开支。就在上个月，邮政署长预计今年的赤字为一亿美元，并表示一类邮件的邮费可能要涨到三美分。"

"难以置信，"阿普丽尔冷笑道，"两美分可是传统。"

"到时候再看吧。不管怎样，刷一层便宜的油漆也不会有什么坏处。"

"但那是粉红色，薇拉！"阿普丽尔大叫道。

"在我看来，这没那么不舒服，反正我有点色盲。"

新邮局很宽敞，约有二十英尺见方，中间是将空间一分为二的柜台，人们可以在柜台上取信、买邮票或明信片。里面的墙排列着常见的信函分拣木格架，邮件在这里被分类取走。当然，那时还没有送件上门的服务，每个人都必须到薇拉·布罗克这里来取件。

"嗯，薇拉，我倒觉得看上去还不错，"我说，"这个小镇应该接受一些活泼有趣的东西。"

话音未落，门就开了，米兰达·格雷走了进来。几个月来，她是诺斯蒙特镇最让我感到快乐的人了。我是在夏天认识米兰达的，切斯特湖案就是在那期间发生的，后来我们定期约会了几个月。随着秋天的来临和学校开学，我要照料和上门诊治的病人也如往年一样增多了。由于这样那样的事情，米兰达和我见面的次数减少了。说实话，对于她在夏天结束之后还留在诺斯蒙特镇是否意味着她对这段感情是认真的，我心里没底。也许她比我还要认真。

"你好，萨姆，最近好吗？"她跟我打招呼，"从上周六晚上到现在，我连你的影子都没见到。我还以为你搬到波士顿去了呢。"

我想看看她跟我说话时眼神中是否有愉快之意，结果没有，她对我五天没给她打电话感到十分难过。"潮湿的天气让很多人得病，米兰达。我一天到晚忙个不停。"

"我还以为新医院能为你减轻一些负担呢。"

"是的，得大病找我的人少了。但得了流感和水痘，他们还是会找我。我只是没有夏天时那么多空闲时间了，米兰达。"

在我们短暂的交流过程中，阿普丽尔始终站在一边，用一种忧虑的眼神打量米兰达。我觉得阿普丽尔认为她会阻碍我在诊所的工作，会耽误我全身心地将精力放在病人身上。不知为什么，米兰达成了阿普丽尔眼里的危险人物，随着时间的推移，我越来越意识到这一点。

大约在某个时刻，薇拉·布罗克意识到她无法在新邮局开业当天漆完墙了。除了我们，还有人被透过前窗看到的粉红色墙壁吸引，正络绎不绝地进来。她站了一会儿，注视着没有完成的工作——从柜台到门口的右侧墙壁仍然是暗淡的黄褐色。"我要去请休姆·巴克斯特，看他能否关店一小时来帮我刷漆。"她说，"我今天是没时间做了。"

"我没法相信你竟然会忘记刷一整面墙。"阿普丽尔说。

"我刷墙时，分拣木格架靠这边的墙立着。昨天他们把它搬到里面后，我才发现忘了刷它后面的墙。"

"真希望我有时间，薇拉。"我说，"否则，我愿意替你刷。"

"不，不，萨姆医生，我可不敢接受你的好意！如果不忙的话，十分钟后休姆就会赶到这里。"

想到休姆·巴克斯特忙忙碌碌的样子，我几乎要笑出声来。大约一年前，他在镇中心开了一家卖油漆、五金器具和农用品的商店，但他是如何靠少量的生意将经营维持下去的我还真不了解。农民不喜欢为了物资而穿戴齐整地到镇上找他，因此这方面的生意很少。

尽管如此，每个人都喜欢休姆·巴克斯特，因为他总是尽其所能让别人高兴。果然，不到十分钟，他就出现在薇拉的邮局，手里还拿着把刷子。他有一头浅棕色头发，三十五六岁，比我稍大一点。他刚走进门，米兰达就开始跟他说轻佻的话。

"哦，休姆，我打赌你有足够的时间陪女友，是不是？"

他脸红了，环顾四周，好像在寻找可以快速离开的出口。"嗯，但有时店里会很忙。"

"休姆，别理她，"我告诉他，"她是冲我来的。最近我对她有些疏忽了。"

休姆·巴克斯特在地上铺开罩布，打开一罐粉红色油漆。"好吧，现在，"他开始开玩笑，"我不觉得有谁会忙到不管你，米兰达小姐。"

"谢谢你，休姆。你真是个大好人！"

"这次的油漆账单回头寄给我，"薇拉告诉他，"我保证政府会付你钱的。"

"当然，薇拉。我交的税够多了。如果可以从政府那里得到一些回报的话，我乐意接受。"

他开始用刷子刷墙，薇拉打开一袋早上收到的邮件，开始把它们逐一分拣到柜台后面的格架上。

"我想我们该走了，"我说，"忙你的吧，薇拉。"

"不妨再等几分钟，医生，把你的邮件一块带走。"

"好的，"我说，"只要你不介意我们把新地方弄得乱哄哄就好。"

"我也要等我的邮件。"米兰达决定道。她上午有空，下午会去医院做助理护士。

休姆·巴克斯特从门口刷起，一直刷向柜台后面。"医生，你怎么看职棒大联盟的世界大赛？"他问道，"没想到运动家队会打败小熊队。"上周，两队第五场比赛打完，费城运动家队赢下四场，从而击败了芝加哥小熊队。

"我只在收音机里得知了这场比赛的部分信息，"我承认道，"那周我真是太忙了。"

这时，安森·沃特斯突然进来，打断了我们的谈话。他是镇上一家银行的老板，也是身份尊贵的镇民之一，只是此刻他看起来并没有那么尊贵。他拿着一个薄薄的牛皮纸信封，匆匆走向柜台。

"呃，沃特斯先生，"薇拉·布罗克说，"现在才上午，你怎么看起来很慌张似的？"

"你没听说吗？股市又崩盘了！我的经纪人刚从纽约打来电话。"

我从报纸上隐约得知，周一股市大跌，周三也是如此，但这似乎与我生活的世界无关。当巴克斯特谈论世界大赛、沃特斯谈论股市时，我不禁觉得我跟他们生活在截然不同的世界里。

"发生了什么？"米兰达问他。

"华尔街一片恐慌，"这位银行老板告诉她，"股票交易大厅里都乱套了，以至于他们关闭了参观者的廊台。股市行情远远跟不上实际卖价的变化，没人知道是怎么回事。我的经纪人要我拿钱补足股票抵押的保证金。"

"这事我可帮不了你，"薇拉开玩笑地对他说，"这里是邮局，除非他接受邮票。"

"这可不好笑，薇拉。"他把信封递给她，"这是寄给我的经纪人的。里面有一张价值一万美元的铁路公司不记名债券。我想挂号邮寄。他得在明天之前收到它……"

"这我可无法保证。"薇拉告诉他。

"……最迟周六早晨。周六只有半天时间可以交易，因此，中午前他必须要收到。"

薇拉赶紧在信封上盖上邮戳，并在挂号登记簿上做了记录。

"这债券能兑现吗？"

"可以。我的经纪人可以立刻兑现。"

"这样的话邮寄有风险。"

"要不我为什么挂号。"

"值一万美元？"

"没错。"

薇拉算好邮费和挂号费后，沃特斯付了钱。随后，薇拉转身将信封放在身后的桌子上，以便特别处理。

"你认为这种恐慌会持续下去吗？"我问沃特斯。

"如果是这样，那么国家就遭殃了，甚至会陷入大萧条。这个国家的银行结构很混乱，我是第一个承认这一点的人。"

"我希望你是错的。"我说。

"我也希望如此。"他把挂号收据装进口袋便要离开了，"我得回去守电话。我只能祈祷过去的半个小时股市没有进一步下跌。"

薇拉在柜台后面忙碌着，分拣早晨的邮件。"唉，安森·沃特斯这样的人花了太多时间在钱上，根本没时间享受。"

"这是我见过的他最心神不定的一次，"阿普丽尔应和道，"在银行时，他通常冷若冰霜。"

休姆·巴克斯特说："也许我们应该庆幸自己并不富有。"他的刷墙工作进展顺利，已经完成一半多了。

薇拉分拣完了最后一封信。"好了，现在我可以把你的邮件交给你了，医生。还有你的，米兰达，今天你只有一封信。"

我接过她递给我的那一小叠邮件，打开匆匆看了一遍。没什么重要的事，只是几张账单和一家制药公司寄来的通知，说是有新推销员要来拜访我。"这个也是你的。"薇拉说着，隔着柜台递给我一本《医学周刊》。从医学院毕业时，父母给我订了一份，那是我人生中收到的第一份杂志。后来，我自己一直坚持订阅这份杂志。

阿普丽尔、米兰达和我正准备离开，这时门开了，身材魁梧的伦斯警长走了进来，手里拎着一个用粗绳捆着的大纸箱。"早上好，伙计们。"他向我们打招呼，然后朝柜台走去。但他几乎立刻停了下来，有些惊讶地盯着眼前的墙壁。"粉红色？"他并不是真的在问某个人这个问题。

"是的，粉红色！"薇拉回应道，"我今天不想听你瞎扯，警长。说完你的事就请走人！"

"我得把这个箱子寄到华盛顿去，"他温顺地说，"里面有些瓶子是私酒案的证据。"

薇拉抬起柜台中间的台板，弄出一个通道，以便让他通过。

"把它搬过来，"她命令道，"这么重的箱子，我才不想搬来搬去。"

他照吩咐做了，把箱子放在她的桌子上。"这样可以吗？"

"别放在我的桌子上，你这个老傻瓜！"她高声大嗓地说，吓得伦斯警长赶紧把箱子搬离她的桌子，并朝他来时的方向后退了几步，差点被休姆的罩布绊倒。薇拉叹了口气，说："我很抱歉。把它放到后面的架子上吧，警长。"

他按照她的指示，把东西放在了分拣格架旁边的架子上。"对不起，我冒犯了你，薇拉。我只是在做我的工作。"

"今天上午我太烦躁了。"她承认道，"新邮局开业，有一大堆事要做。"

"没关系，薇拉，"伦斯警长一反常态地用克制的语气告诉她，"我理解。"

"我已经完成刷墙工作，"休姆·巴克斯特一边宣布，一边收拾他的罩布，"在墙干之前不要太靠近它。"当薇拉过来检查时，他正弯腰为遗漏的一处地方补漆，那地方刚好在地板上方靠近柜台的位置。

"干得不错，休姆，比我做得快多了。政府该为此付你多少钱？"

"不超过五美元，薇拉。我在这儿待了不到一个小时。"

"给我开十美元的账单吧，我会让你收到钱的，你值这份回报。"

我们几个又一次准备离开，但这一次门口被返回的安森·沃特斯堵住了。这位银行小老板似乎比此前更心烦意乱了。"我要完蛋了！"他尖叫道，"美国钢铁公司跌了十二个点！"他手里拿着一张印有某种图案的债券。

"要是寄它的话，你需要一个信封。"薇拉指出。

他惊讶地看着债券。"用别的信封就来不及了！我要把它放进第一个信封里。我不得不再给我的经纪人寄一万美元。"

"那可不行，"薇拉明确说道，"第一个信封已经要寄出去了。"

"它还在这儿，不是吗？"

"嗯，是的。"

"把这张也加进去吧。那是我的邮件，这些人都是证人。"他向我们寻求支持，薇拉则向伦斯警长求助。

"有没有什么表格可以让他填一下，算是退回要寄出的邮件？"警长问道。

"嗯，有的。"薇拉·布罗克应道。

"那就让他填一张，然后把信封交给他，让他把东西加进去再交给你。"

"好吧。"她同意了，转向身后的桌子，"除非……"

"除非什么？"银行老板想知道究竟怎么回事。

"除非知道那个挂号信封到底在哪儿。"

"你把它放在桌子上了。"我说，"我亲眼看见你放的。"

"我知道我放了，可我没有移动过它。"她弯腰看了看桌子下面，然后一脸煞白地站了起来。"它不见了！"说这话时她都已经破音了。

"等一下。"我试图让大家冷静下来。"如果它不见了，那也不会很难找，因为自从你寄出后，就没有人离开过这个邮局，沃特斯先生。"我转身看着阿普丽尔、米兰达、薇拉、休姆、警长和沃特斯。"我们这儿有七个人。要么是信封错放到什么地方了，要么是我们中的某个人拿走了它。"

"我从没靠近过它。"米兰达抗议道，"你不能怀疑我，萨姆。"

"我们都没嫌疑，"在薇拉说明信封丢失的情况时，伦斯警长断然说道，"它肯定还在这里的某个地方。"

薇拉和警长仔细寻找，其他人则站在原地不动，但消失的信封仍不见踪影。安森·沃特斯看着这一切，越来越不耐烦，不时看一眼墙上的大钟。"现在中午了，我可能要倾家荡产了！可以肯定地说，邮政署欠我一万美元！"

"会找到的。"薇拉说，听起来心里不太有底。

最后伦斯警长转向我。"医生，你怎么看？"

"我们必须仔细梳理一下这件事，"我果断说道，"信封不是被偷了，就是放错地方了。它有多大尺寸，沃特斯先生？"

"我想大约是九英寸宽，十二英寸长。里面有一张不记名债券，跟这个一样，还附着一封信。我想让它们保持平整，才用了一个大信封。"

"也就是说，它大到不可能掉到抽屉里或桌子后面却不被发现。地上铺的是全新的地板革，它也不可能掉到缝隙里之类的。我们刚刚找了一遍，没有找到。我们可以据此断定它不是放错地方了，而是被偷了。"

"失窃的信！"米兰达惊叫道，但我看得出来其他人并没有听出她这话的意思。

"没错，"我表示同意，"在爱伦·坡的那篇小说中，信始终在人目之所及的地方，只是没人注意到它。如果像切斯特顿写的那样，聪明人会把树叶藏在森林里，把鹅卵石藏在海滩上，那还有什么地方比邮局更适合藏失窃的信呢？"

"听着，"薇拉说，"在柜台后面，离那封信很近的只有警长和我。你是说我们中的一个偷了它？"

"你一直在整理早晨的邮件，薇拉。对你来说，把信塞进格架里，以后再取出来是很简单的事。"

阿普丽尔打开一块口香糖，把它塞进嘴里。这是她的坏习惯，但我通常不介意。"你真的认为丢失的信还在这里吗，萨姆医生？"

"我觉得值得检查一下。"于是我们就开始检查了。

但我们没找到那封信。它没跟其他任何邮件放在一起，无论是在分拣格架上，还是在接收邮袋和外寄邮袋里。"我告诉过你的，"薇拉恢复了优雅的风度，宣布道，"我不会偷我自己的信。"

"这是我的信，不是你的！"安森·沃特斯坚决说道。

"在这个邮局里，它就是我的，"薇拉回应道，"即使我不知道它在哪里。"

"好吧，警长，"我说，"下一个到你了。"

"什么？我？"

"你知道的，薇拉说得对。除了她，你是唯一去过柜台后面的人，我们谁也无法从这边够到桌子。"

"可是我怎么能……"

"用纸箱。我在什么地方读到过，纽约的警察用有假底的特殊箱子抓住了一个入店行窃的小偷。你把箱子放到了那张桌子上，压在了那封信的上面。"

"我没看到有信！"

"嗯，但你还是打开你的箱子吧。"

"那就来吧，医生！"

"你看，警长，我们做朋友很久了，但这次你和其他人一样有嫌疑，对此我很抱歉。"

伦斯警长抱怨了一番，但还是打开了箱子。经过仔细检查，箱子没有假底，除了一些曾经装过私酿烈酒，现在包裹得很严实的广口瓶外什么都没有。更没有信封。

"你还有什么话要说？"沃特斯问道，越发不耐烦起来，"你已经提出了两种可能，但你还是没有找到我失踪了的信封。"

当时我还很年轻，很自负，认为自己不会有错。"别担心，沃特斯先生。我们有七个人，我可以提出七种可能。既然不是薇拉和伦斯警长，我们就不得不扩大范围了。"

"但柜台后面只有他们。"休姆·巴克斯特抗议道。

"但他们不是仅有的可能会偷走信封的人。接下来轮到你了，休姆。假设薇拉冲警长吼时，警长抱着箱子后退了几步，把信封带到了地上，信封就可能刚好掉到柜台出口的外面，落到你

174

的罩布上。"

"我没……"

"此时此刻它可能就藏在罩布的某个褶皱里，要不让我们检查一下？"

于是，我们把罩布翻找了一遍，同时，为谨慎起见，还仔细检查了他的刷子和油漆桶。

还是没有发现信封。

"这就愈发不可思议了。"阿普丽尔观察道，"你不会认为是我偷拿了信封吧，萨姆医生？"

"恐怕你和我们一样都有嫌疑，阿普丽尔。再来假设一次，如果信封掉到柜台外面，在警长和薇拉分散我们的注意力时，你就有可能乘机把它捡起来。"

"那我会怎么处理它呢？"

"你在嚼口香糖，阿普丽尔。你可以用一团口香糖把信封粘在柜台下面。"

这个解释听上去可能性很大，他们立刻弯下腰查看柜台下面，但还是没有发现信封。柜台下面什么也没有。

银行老板哼了一声。"你每次都搞错，霍桑。下一个是谁，你的女朋友？"

在此之前，我一直避免看米兰达，但现在逃避不了了。"你可以把它捡起来藏在你的裙子里，米兰达。"我轻声说道。

"萨姆，亏你想得出来！你打算怎么做，搜我身吗？"

"我想让阿普丽尔和薇拉搜你的身。"

"萨姆！"她似乎就要哭了，"萨姆·霍桑，如果你这么逼我，我这辈子就再也不搭理你了！"

"我很抱歉，米兰达。我必须排除所有的可能性。"

"来吧，"薇拉建议道，"我们三个女人互相搜身，那样就没那么难堪了。你们这些男人都背过身去！"

米兰达稍微冷静了一些。我们听从了薇拉的建议，让女士们互相检查，结果三个女人都没有把信封藏在身上。

"所有人都查过了，"安森·沃特斯说。"现在怎么办，霍桑？"

"不是所有人，才五个人。还有你和我，沃特斯先生。"

"你认为我偷了自己的信？"

"你挂号寄那封信，也很肯定它值一万美元。现在，我们假设信封里没有不记名债券，而只是一个空信封，你现在要加到信封里的是仅有的债券。这样，邮局就要赔偿你一万美元，在股市暴跌的情况下，这对你可是大有用处。"

"空信封！这也太荒唐了吧！即使是真的，我怎么能让一个空信封消失呢？"

"你写地址时用的可能是隐形墨水。如果薇拉发现地板上有一个没有地址的空信封，她就可能会把它放进抽屉或扔掉。"

当然，薇拉立刻发现了我推理的漏洞。"即使地址的字迹消除了，上面仍会有邮戳，还有挂号戳。凭它们，我就能确认是不是同一个信封。"

我不得不承认她是对的。"只剩下我了。"我说，"我知道我没有偷那个信封，但丢失的债券可以被人取出来，折成一个小纸块，在我不知道的情况下塞进我的口袋。我想是时候让人来对我搜身了，非你不可了，警长。"

检查完我之后，伦斯警长还顺便检查了休姆·巴克斯特和沃特斯。沃特斯身上除了带来的第二张债券外，没有信封，也没有那张不记名债券。我反过来检查了警长，结果还是什么也没发现。

"七个人，"安森·沃特斯哼了一声，"这个谜有七个谜底！但问题是，七个都不对！接下来你要怎么做，霍桑，用听诊器检查我们的身体吗？也许有人把我的债券吃到肚子里了。"

"我认为那不可能，"我认真地回答道，"纸会在胃酸中溶解，那样债券就毁了。"

沃特斯转向薇拉。"你要为弄丢我的债券承担责任。"

"你还要把另一张债券寄给你的经纪人吗？"

"我不会再把它交给你了！我今晚就坐火车去纽约，亲自送过去！"

说完这些话，银行老板气呼呼地冲了出去，留下我们其他人站在那里。一个上午积攒下来的紧张情绪首先在薇拉·布罗克身上表现了出来。她似乎快哭了，她说："我希望今天开业大吉，但现在全毁了。"

对这突如其来的真情流露，阿普丽尔似乎感到有些不知所措。"我还是回诊所吧，萨姆医生。"她决定道，"说不定有病人要找我们。"

"嗯。"我赞同道。我也该走了。那个丢失的信封之谜没有解开。

米兰达走上大街，我与她并肩而行。"对于刚才发生的事，我很抱歉。"我平静地说，"我并不是真的认为你偷了那封信。"

"哦，是吗？你的表演真把我给骗了！我觉得自己都要进监狱了。"

"米兰达，我……"

"我们之间结束了，萨姆。我想在今天之前我就知道了。"

"不会结束的，除非你想结束。"

"你已经不是夏天时的你了，萨姆。"

"也许你也变样了。"我不无伤心地答道。

我们在街角分手。我穿过大街，走向我的诊所。伦斯警长从楼后面走过来，拦住了我。"你有时间吗，医生？"他问我。

"当然，警长。我刚向米兰达道歉，现在最好也向你道个歉。我并不真的认为是你把那封信藏在了箱子里，但我不得不排除所有可能性，到处找。"

"我明白，"他宽慰我道，"但薇拉对整件事很失望。她担心因为开业当天弄丢一封价值一万美元的信，华盛顿会免去她的邮政局长职务。"

"那你为什么如此担心呢，警长？"我问他。

"唉，好吧。你知道的，医生，在薇拉这个年纪，她是个很有魅力的女人。我这种老傻瓜都打光棍好多年了，肯定很孤单寂寞。"

我开始明白了。"你是说你和薇拉·布罗克……"

"哦，她有时对我没耐心，比如今天上午，但大多数时候我们相处得不错。我去过她家几次……"他的声音低了下来，然后又开始说道："你知道我不是个好侦探，医生。实话实说，我做警长也不太称职，也许这个小镇对我来说太大了。"

"你可是本镇重要的一员，警长。"

"是啊，不过我的意思是薇拉现在有麻烦了，我却不知道该怎么帮助她。要命的是我不知道是谁偷了那个信封，怎么偷的，我们到处都找过了。"

"是啊，我们找了，"我同意，"我们找了地板、桌子、分拣格架和邮袋。我们检查了巴克斯特的罩布和刷漆工具。我们在柜台底下找了，甚至还在米兰达的裙子里找了。我们每个人都被搜过身。我确信邮局里没有地方藏着信封，它也不可能自行离开邮局。我们在那里的时候，没人来取邮件，在关键的时间节点也没有人离开。"

"那么，医生，你和我一样一筹莫展了？"

"恐怕是这样，"我承认，"也许我处理谋杀案更在行，尤其是清楚地知道杀人动机时更是如此。这次偷窃的动机太平常了，谁都可以想要那一万美元，更不用说银行老板沃特斯。"

"好吧，医生，如果你能想到任何能帮助她的线索，我们会非常感激的。我们两个。"

"我会尽力的，警长。"

当我走进诊所时，我想这是我和伦斯警长彼此相识七年以来一起度过的最有人情味的时刻。

或许，那天上午的邮局葬送了一段爱情，也让另一段感情得到了加强。

华尔街最严重的恐慌在中午时分结束，各大银行决定集中资源支持市场。股价在下午一度有所反弹，阿普丽尔从银行回来时，说沃特斯脸上露出了笑容。

午饭后我只安排了一个门诊预约，送走病人后，我从书架上取下埃德加·爱伦·坡的作品集，重新读了一遍《失窃的信》。但它对我没有什么启示。

在薇拉的邮局里，所有邮件都是可疑的，并且逐一接受了检查。可以说，任何明面上的邮件我们都没有遗漏。

我辜负了薇拉·布罗克和伦斯警长。最重要的是，我辜负了自己。

到下班时，阿普丽尔来道晚安。外面开始下起毛毛雨，她穿上了新雨衣，我几乎认不出她来了。

"你看起来跟平时很不一样。"我说，"外衣有时确实会让人变个样。"

外衣。

她走后，我坐在桌前，还在想着外衣的事。可能吗？

天越来越黑，再过一个小时，夜幕就要降临了。有个简单的方法可以证明我这次的猜测，这样我就可以不用把自己没把握的事告诉别人，从而丢人现眼。我锁上诊所的门，冒着潮湿的细雨，沿大街走向邮局。

到了邮局，我从前面的大窗户往里看，不知道该怎么进去。薇拉在里面留了一盏点着的小灯，它在新刷的粉红色墙壁上投射出一种阴森怪异的光芒。我猜门上可能有报警系统，尽管我没有发现任何证据。

但如果我判断对了藏着信封的地方，小偷今晚势必也会回到这里，而我要做的也许就是等待。

"还在找那个小偷吗，霍桑？"有个声音在我身后响起。我转过身，看到是安森·沃特斯。为了挡雨，他拉低帽子，把衣领竖了起来。

"我想到了另一种可能，想验证一下。"

"我已经为丢失债券提出了索赔。"

"我还以为你今晚要坐火车去纽约呢。"

"我是要去。十点四十五分去纽黑文的火车。我在那里换车。"

在他正要说些别的话时，我好像听到了玻璃破碎的闷响。邮局的灯灭了。"快！"我告诉银行老板，"去找伦斯警长！"

"什么……"

"别问了！"

他愣在那里，我则跑向邮局后面，发现一块玻璃碎了，有扇窗户被抬起。我翻过窗台，进去之后四处寻找电灯开关。头顶的灯亮起来的那一瞬间，我们什么都看不见，但随后我们看清了对方的样子。

"你好，休姆。"

休姆·巴克斯特盯着我，手里拿着偷到的信封。"你怎么知道的，萨姆？你到底是怎么知道的？"

"我得承认，这确实花了我一些时间，但最终我还是想明白了。这是我们唯一没找的地方，就像爱伦·坡的那封'失窃的信'一样，它就在我们面前，而我们却没有看到。"

随后，伦斯警长赶到，接管了休姆·巴克斯特和被偷的信封。我解释说："外衣可以掩盖并改变事物的外观，这让我开了窍，我想到了'漆皮'。你看，当时的情况应该是这样的，你把你的箱子放在了安森·沃特斯的信封上，然后薇拉吼你，你猛地向后一退，信封被绳子缠住了，挂在了箱子底下。你后退了几步，正好到了柜台外面，信封掉在了地上。"

"这怎么可能在没有人看到的情况下发生？"伦斯警长大惑不解。

"其实有人看到了。"我提醒他说，"休姆·巴克斯特看到了。我们站在不同位置，而他则位于看到信封的最佳位置。你抱着一个大箱子，视线受阻，看不到地板；而你后退几步时，柜台就在你和薇拉之间，也挡住了她的视线。米兰达、阿普丽尔和我在门口，正要出去，你的背影恰好挡住了我们的视线。沃特斯当时并不在场。只有休姆·巴克斯特拿着刷子在一旁，他最有可能看到发生了什么。当你按照薇拉的指示把箱子搬到里面的架子上时，休姆把罩布扔在了信封上，然后设法把它捡了起来。

"他的动作飞快，只一下就把它贴在了刚刷好的墙上，就在地板上面靠近柜台的地方。在柜台的遮挡下，光线不会直射到墙上。然后，他在上面刷上了粉红色。我记得他弯腰为柜台边的某个地方补过漆。信封的正面当然是靠墙的，这样邮戳也就不会露出来。牛皮纸信封的浅黄色与墙壁粉刷前的黄褐色差别不是很大，所以粉红色在信封与墙壁上的色度也差不多。"

"可是，如果是这样的话，我们怎么就没发现呢，医生？"

"原因有几个。一方面，休姆警告我们不要靠近未干的油漆，所以我们也就真的没有靠近。另一方面，信封被贴在了在接近地板的地方，一部分还在柜台下面，很不显眼。新刷的墙在干之前是湿漉漉的，还会有条纹什么的，所以，信封的边缘不令人注意。记得吧，那是一个很大但很薄的信封，里面只有两张展开的纸——不记名债券和一封信。"

"那要是油漆干了怎么办？"

"没错！信封可能会从墙上掉下来，或者至少它的边缘会松动，变得更加显眼。这就是我知道他今晚必定会回来取它的原因。他甚至带了粉红色油漆，好在取下信封后，再将那一块地方补上漆。"

伦斯警长摇了摇头。"为了钱，还有什么是人不会做的。"

"要是为了爱呢。"我补充道，并向他眨了眨眼。薇拉·布罗克从邮局走了出来。

"一开始我就说这是一个独特的案子，"萨姆·霍桑医生总结道，"的确如此。首先，没有谋杀。其次，我的调查结果表明，实际上伦斯警长帮了小偷的忙，用他的箱子把信封从桌子上带了下来。我想在某种程度上，他们都为自己的错误付出了代价。休姆·巴克斯特进了监狱，伦斯警长则走上了圣坛。没错，米兰达和我吹了，薇拉和警长却成了。这是我参加过的最幸福的婚礼之一，只不过婚礼当天，在一间锁着的房间里发生了谋杀案，几乎……但那是下一次要讲的事了！"

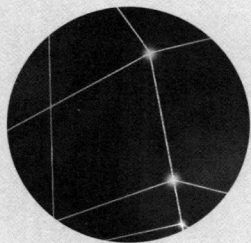

09 八角厅

　　门铃响第二声时，老萨姆医生前来开门。下午的阳光很刺眼，他眨着眼睛站在那里。尽管已经五十年没见了，他还是一眼就认出了站在门外的那个人。"请进，进来！"他催促道，"好久不见了，不是吗？从在诺斯蒙特镇相遇的那天起，好多年过去了。不，不，你没有打扰我。不过，我是在等另外一个人，一个经常来听我讲往事的朋友。有趣的是，我本想告诉他有关你和其他人的事，以及伦斯警长结婚那天发生的事。你知道的，我经常想起这件事。在我帮着破解的所有谜案中，八角厅的事是独一无二的。你想听听我是怎么看的吗？好吧，好吧！你坐好，我给你……啊……倒杯小酒。我们现在都上了年纪，喝点雪利酒对血液循环有好处。或者你想喝点烈性酒？不喝？很好。正如你知道的那样……"

　　那是一九二九年的十二月，诺斯蒙特镇的天气还很暖和。婚礼定在十四号，周六，直到那天我们这儿还没下过雪。事实上，在我的记忆中，那天天气晴朗，气温接近十六摄氏度。伦斯警长让我做他的伴郎，我一大早就起床了。在诺斯蒙特镇的那些年里，我们成了亲密的朋友。尽管他比我大将近二十岁，但他很乐意在婚礼上让我陪伴在他的身旁。

"萨姆，"早些时候，他告诉我，"正是十月在邮局的那一天，我才意识到我有多么爱薇拉·布罗克。"薇拉是我们镇邮局的女局长，四十多岁，精神十足，高大健壮，在有专门的邮局前一直在杂货店里完成相关业务。薇拉从未结过婚，伦斯警长是个鳏夫，但没有孩子。他们之所以走到一起，最初是出于相互陪伴，现在则已经绽放出爱情的光芒。我真心为他们感到高兴。

事实上，薇拉·布罗克的性格有些多愁善感，只是不易被察觉。她告诉伦斯警长，她最想在伊登庄园那间著名的八角厅里结婚，因为四十五年前她的父母就是在科德角的一间八角厅里结的婚。虽然不经常表现出来，但警长是个虔诚的教徒，他想在浸礼会教堂举办婚礼，他第一次结婚时就是在那里办的婚礼。他们在此事上产生了一点小分歧，直到我和牧师汤普金斯博士谈了谈，这个问题才得到解决。牧师最终同意了在八角厅主持仪式。

伊登庄园在镇子边缘，那是一座漂亮的老房子，由乔舒亚·伊登于十九世纪中期建造。当时全国兴起了"八角厅热潮"，纽约州北部和新英格兰地区尤其盛行。伊登痴迷八角厅，便在其新家的主楼层用镜子装修出了一间八角厅。它的构建很简单。房子里有一个原本设计为书房的大方形房间，伊登把四个和房间等高的镜面柜放在了房间的四个角上，使之变成平面，同时镜面柜的宽度与它们之间的墙的宽度相等，如此便改造出了一个八角厅。从八角厅唯一的外门进入时，面对的是房子南面的大窗户，光照充足；左右两边的墙壁处于镜子之间，悬挂着十九世纪的体育版画。这个八角厅有些奇怪，但若不介意这些镜子的话，它还是令人愉快的。

每个镜面柜里面的格架都从地板一直延伸到天花板，架子上摆满了书、花瓶、桌布、银器、瓷器和各种各样的小物件。房间里几乎空无一物，只有靠窗的一张小桌子上放着一束鲜花。

至少在婚礼前几天我去看时是这样的。我的向导是年轻的乔希·伊登，建造庄园的那个人的孙子，年轻英俊，对本家族在诺斯蒙特镇的传统十分了解。他打开八角厅的厚橡木门锁，把门拉开。"你也知道，萨姆医生，我们偶尔会把八角厅租给有举办婚礼和私人聚会需求的人使用。这样一个美妙的地方应该与社区共享，警长的婚礼完全值得在这样的绝佳环境中举行。"

"我太年轻了，对八角厅了解不多。"我承认。

听到这话时他咧嘴一笑。"我比你年轻一两岁，但我会尽量解释给你听。八面体十分实用，而且用起来很便利，但这也与迷信有关。人们认为邪灵潜伏在直角角落里，而在没有直角的八角厅里，邪灵便无处藏身了。正因此，这种房子很受唯灵论者的欢迎。事实上，据说我祖父的朋友们在这个八角厅举行过降神会。在我看来，他们用魔法召唤出来的幽灵可能和他们要躲避的幽灵一样邪恶。"

我瞥了他一眼。"这里闹过鬼？"

"那都是些古老的幽灵故事了。"他轻声笑道。当我们讨论婚礼时，他带我看了摆得满满当当的橱柜，又领我到窗口欣赏了窗外的景色。离开之前，我注意到他检查了一遍窗户，确保它们从里面锁上了。厚重的木门上有钥匙锁，门后还有一个内插销，从门外无法拨开门内的插销，只能用一把细长的钥匙开锁。

"确保把幽灵关在里面？"我笑着问。

"那些柜子里有一些古董很值钱，"他解释说，"没人用的时候，我得把房间锁上。"

在房前的楼梯上，我们遇见了乔希的妻子埃伦，她拿着一袋要洗的衣服正要下楼。她向我打招呼，蓝色的眼睛闪闪发光。

"你好，萨姆医生。我还在想你什么时候会来呢。很高兴再次见到你！"

她面色红润，乐观开朗，浑身洋溢着青春的健康和美丽，让我对乔希·伊登羡慕不已。他们是在大学里认识的，不久就结了婚。虽然都比我小几岁，但他们似乎完全掌控了自己的生活。乔希的父亲托马斯在战后抛弃家庭，宁愿留在巴黎跟一个在那里认识的舞女生活在一起。对乔希可怜的母亲来说，这是极大的打击，再加上一九一九年爆发的大流感，她郁郁而终。

后来，乔希上大学时，法院裁定他的父亲已经死亡，尽管除了多年来这个人一直查无音信外没有其他证据证明此事。乔希继承了伊登庄园，还得到了一小笔遗产。他明智地投资地产而非股票，使得最近的华尔街崩盘让他毫发无损。此外，偶尔出租这个八角厅也能让他赚一些钱。埃伦甚至谈到，如果废除禁酒令的修正案得以通过，她就会把整栋房子改成餐馆。已经有人在传，在失业率上升的背景下，酒类行业的复兴可以创造就业机会，从而解决日益严重的失业问题。

"我们正为周六大喜的日子做准备，"我告诉埃伦，"我过来就是为了看看这个八角厅。"

"我敢说伦斯警长一定很紧张。"她笑着说。

"不不不，你可能不知道，他以前经历过一次。薇拉则是第一次。"

"他们会非常开心的。"埃伦说。

她似乎对这次婚礼的举行感到很高兴。周五晚上我们去彩排时，她给薇拉和警长准备了一个惊喜，送上了一条手工缝制的被子作为他们的结婚礼物。

"真是太漂亮了！"薇拉惊叹道，"我们会把它铺在我们的床上的！"

"这只是乔希和我的一点心意。"埃伦喃喃地说。她似乎没有我上次来时那么兴奋，可能是汤普金斯博士的出席让人望而生畏吧。

牧师穿着一套灰色西装，表情严肃地向伦斯警长和薇拉送上祝福后转向我说："你要清楚，霍桑医生，婚礼必须在明天上午十点整举行。我中午在希恩镇那边还要主持一场在教堂举行的婚礼。"

"别担心了。"我向他保证，并开始有点后悔与这样一个自以为是的人相识。

我们在八角厅快速排练了一遍，乔希和埃伦·伊登在门口观看。警长和薇拉只想让我当伴郎，薇拉的密友露西·科尔当伴娘。露西是个很有女人味的南方女孩，年近三十，一年前搬到了诺斯蒙特镇。她有时在邮局帮忙，在过去一年里和薇拉成了很好的朋友。

"你知道吗，萨姆，"薇拉早些时候告诉我，"如果不是露西的鼓励，我根本不会答应嫁给警长。过了四十岁，还是第一次嫁人，我很难下定决心。"

"她没有结过婚，是吗？"

"不，她在南方有一个不愿提起的丈夫。"露西是个开朗迷人的年轻姑娘，在某些方面很像埃伦·伊登。我不禁觉得她们就是新时代的先锋女性。杂志中充斥着大城市时髦女郎的故事，但我更喜欢露西·科尔和埃伦·伊登这样的女性。

彩排结束后，乔希小心翼翼地锁上八角厅的门，陪我们一起朝我的车走去。"明天早上见。"他说。届时，新郎新娘的亲朋好友可以享用喜宴，随后便是正式的婚宴。

我开车把参加婚礼的人接到我的公寓，开了一瓶货真价实的加拿大威士忌。伦斯警长咕哝了几句会违法的话，但毕竟这是他婚礼的前夜，我们和新郎新娘还是互相敬了酒。

我答应阿普丽尔会开车带她去参加婚礼，所以早早就起床了。她滔滔不绝，很是兴奋，一想到婚礼和派对她就会这样。在路上，我们接上了伦斯警长，必须承认，我从没见他穿得如此帅气过。我走向前，为他正了正礼服和领带。

"收收腹，你会更帅的。"上车时我说道，"你看上去棒极了。"

"你拿到戒指了吗，医生？"

"别担心。"我拍了拍自己外套的口袋。

"你们看起来都帅到可以当婚礼蛋糕上的小人儿了！"在我们坐进车里时，阿普丽尔感叹道，"我能嫁给剩下的那一位吗？"

"做医生的妻子比不上做医生的护士。"我笑着对她说，然后发动了汽车。

当我们到达伊登庄园时，薇拉正从露西·科尔的小轿车里下来。"哦，瞧啊！"阿普丽尔指着说，"新娘！"接着，她想起了同车的乘客，赶紧加了一句："你可别看，伦斯警长。婚礼前你不能见她。"薇拉·布罗克一袭白衣，搭配华丽的拖地蕾丝婚纱。她用双手挽着它，走向伊登庄园的大门。在那一刻，她仿佛年轻了一半，变成了一个小女孩。我明白为什么伦斯警长会爱上她了。我把车停好，走过去迎接露西。

"天气真好，是适合结婚的日子。"我说，抬头看了看万里无云的天空，"也许今年是没有冬天的一年。"

薇拉重新出现在庄园大门前，显得有些生气。"那间八角厅的门打不开，不知是卡住了还是怎么了。"

这似乎也是伴郎该干的活。我说："我去看看。"

走进房子里后，我发现埃伦·伊登和她丈夫正一脸困惑地站在八角厅的厚橡木门前。"门打不开，"乔希说，"以前从未发生过这种事。"

我从他手里拿过钥匙，插到锁孔里试了试。钥匙能转动，锁是正常的，但门就是打不开。"里面有个插销，是吗？"

"是的，"乔希回答，"但只能从里面开关，而里面一个人也没有。"

"你确定？"

乔希和他的妻子互相看了一眼。她说："我从周围的窗户往里看看。"

这时汤普金斯博士走了进来，看了看手里的大金怀表。"我希望按计划进行。你们清楚，我中午还有一场婚礼要主持，在……"

"只是稍微耽搁一会儿，"我告诉他，"门好像卡住了。"

"在教堂里就不会发生这种事。"

"那是肯定的。"

埃伦气喘吁吁地从后门匆匆进来。"窗帘拉上了，乔希！你离开时不是这样的吧？"

"肯定不是！有人在里面！"

"但他怎么进去的呢？"我顺势问道，"我看见你合上插销，关上了窗户。"

"窗户还是关着的。"埃伦肯定地说。

牧师开始着急地嘟囔起来。乔希说："请忍耐一下。如有必要，我们会破门而入。"

我用拳头轻轻敲了敲门。"很厚的橡木门。"

乔希跟我一样敲了敲门，不过力气要大得多。"开门，不管你是谁！"他喊道，"我们知道你在里面！"

但门后寂静无声。

"可能是小偷，"伦斯警长推断道，"被困住了，不敢出来。"

"我们可以破窗而入。"我建议。

"那不行！"埃伦说，"除非迫不得已。我们无法在周一前更换窗户，而现在是十二月，突然来场暴风雨，这个八角厅可能就毁了。听着，你们能把门把手拉下来吗？门里面的插销并不牢固。"

我们听从了她的建议，转动门把手，用力猛拉。门似乎移动了稍许。"阿普丽尔！"我扭头喊道，"到我的后备厢里把拖绳拿来。"

不一会儿，她拿着拖绳回来了，嘴里嘟囔说自己的手弄脏了。乔希和我把拖绳系在门把手上，再次确认门锁无法打开后便开始用力拉。

"松动了！"他说。

"警长！"我喊道，"我知道今天是你结婚，但你能不能搭把手？"

我们三个人用力拉，这架势就像我小时候玩拔河游戏。我们得到了回报，门上的螺丝钉开始被撬起，发出刺耳的声音。门突然开了，那一瞬间我们失去平衡，向后倒去。然后，乔希和我一起冲进八角厅，埃伦紧紧地跟在后面。

虽然窗户被窗帘遮挡，但透过微弱的光线，我们不难看出地板中央躺着一个人。他四仰八叉，衣衫褴褛，像个流浪汉，胸前还插着一把细长的银匕首。我此前从未见过此人。他已经死了，对此我毫不怀疑。

露西·科尔在我身后尖叫起来。

我绕过死者，走向窗户拉开窗帘。那是唯一的窗户，确实关上了，虽然插销只合上了一半，却足以将窗户关牢。插销很容易拉开，我试了试从外面操作，但窗框贴得很紧，严丝合缝，根本没有伸手出去的空间，窗户上的玻璃也完好无损。

我回过头检查八角厅。门是向外开的，所以靠近门口的地方没有藏身之处。镜面柜……

"你不检查一下尸体？"乔希问。

"他已经死了，现在更重要的是检查房间。"

我特别感兴趣的是门内的插销，由于我们的拖拽，它从门上脱落了，现在就挂在门框上，两颗用来固定的螺丝钉也已经从门上脱落。但从螺孔里的螺纹痕迹来看，我确信插销是用螺丝钉固定在门上的。

我注意到有一根绳子系在门把手上，并试图回忆昨晚它是否在那里。可能没有，但我不确定。

"他死了，毫无疑问。"汤普金斯博士说。

我从门口转过身来。"从他的皮肤颜色看，已经死了好几个小时了。不是我无情，但有时事情的结果一眼就能看得出来。有人认识他吗？"

埃伦和乔希摇了摇头。牧师抱怨道："一个路过小镇的流浪汉。警长，你不应该允许……"

"我知道他。"露西·科尔站在门口轻声说。

"他是谁？"我问她。

"我不是说我认识他，而是说我认出了他。昨天有两个人在铁轨附近行走。我想他们都是流浪汉。我记得他那头杂乱的长发和脏兮兮的红背心，以及他脸上的那些小伤疤。"

乔希·伊登走上前来，跪在尸体旁边。"匕首看起来像我们某个柜子里的银开信刀。埃伦，看看它是不是不见了。"

她小心翼翼地绕过尸体，打开了窗户左边的镜面柜。她翻找了一会儿，说道："它不在这里了。可能还有其他东西也不见了，具体是什么我说不准。"

"既然如此，"我建议说，"我们最好把四个柜子都检查一遍。"

"为什么？"乔希问。

我低头盯着尸体。"好吧，除非凶手就藏在柜子里的那些架子上，否则，只能说凶手是在一间无法进入的锁着的房间里作案的。"

接下来几个小时发生了很多事情，我现在已经难以全部记住了。我们仔细地检查了四个镜面柜，没发现有人藏在里面。我还进行了测量，确保柜子没有假背板。做完这些事情后，我确定凶手没有藏在八角厅里，也没有任何秘密通道或活门可以离开八角厅。这个八角厅只有一扇门，从里面锁上了，还有一扇窗户，也从里面锁上了。

我已经研究过窗户上的插销。现在我走到门边，跪在地板上，检查我发现的那根系在门把手上的绳子。"这根绳子平时就系在这里吗？"我问埃伦·伊登。

她看了看。"不，它不是我们的，除非乔希出于某种原因把它系在了那里。"

但他没有，那它很可能就是凶手或受害者系的。一两年前，我读过范达因①的《金丝雀命案》，书中有一张图，描绘了如何用镊子和绳子从房间外转动门把手。这是个高超的技法，但不适用于我们面对的情况。

我试着想象将绳子套在插销上并使之合上的方法，但首先绳子不够长。此外，门与门框贴合得严丝合缝，没有空隙能让绳子穿过。甚至在门的底部，也有一小块木条钉在门内的地板上，显然是为了减少通风。我找到一根较长的绳子，试着用它把门关上。结果发现绳子被门卡得死死的，根本拉不动。

我一门心思琢磨上锁的八角厅，把其他事情都忘到脑后了。过了一会儿，伦斯警长走过来对我说："医生，快十一点了。牧师要去希恩镇了。"

"我的上帝！婚礼！"

尽管薇拉对八角厅很着迷，但她拒绝在有血迹的情况下举行婚礼。我们走到外面，告诉在凉风中等待已久的宾客们计划有变。于是，大家纷纷上车，向附近的教堂驶去。虽然汤普金斯对婚礼的推迟稍有不满，但把婚礼挪到教堂举行对他来说不啻为一种胜利。他匆匆地主持完仪式，停顿了一会儿，握了握新郎的手，轻吻了一下新娘的脸颊，然后便往中午需要他主持婚礼的地方去了。

"再次结婚的感觉怎么样？"我问警长。

"好极了！"他说着，拥抱了自己的新娘，但平时他是不会这样表达情感的。"看来我们得推迟蜜月旅行了。"

"怎么说？"

---

① 美国推理作家，代表作有《格林家杀人事件》等。——编者注

"我毕竟还是这里的警长，医生，我手上现在有一起谋杀案要处理。"

我一时竟忘了这一点。"你去度蜜月吧，警长。你的手下可以处理这些事情。"

"他们？"他哼了一声，"行李箱里有只臭鼬都找不到！"

我深吸了一口气。"别担心，一切在我的掌控之中。"

"你是说你知道是谁杀了那个人？他怎么在一个锁着的房间里做到这一切呢？"

"当然。别担心，天黑前，我们会把凶手关进牢房的。"

他睁大眼睛，眼神里尽是钦佩之情。"如果真是这样，婚宴结束后我们就可以马上去度蜜月了。"

"当然可以啦，不用再惦记这个谋杀案的事了。"

我转过身去，想着我该如何把这个承诺变成现实。

我开车带着伴娘兜了一圈。"这不是去婚宴的路。"几分钟后，露西说，"你是在开回镇子啊。"

"现在这件事比婚宴更重要，"我告诉她，"你说你看到过死者和另一个人一起行走。"

"另一个流浪汉，仅此而已。"

"如果再见到那个人，你能认出他来吗？"

"我不知道。可能会。他后脑勺上有一块秃斑。我就记得这么多。还有，他脖子上围着一条格子围巾。"

"我们去找找看。"

"但婚宴……"

"我们会赶上的。"

我开车经过火车站，然后沿着与铁轨平行的路行驶。与死者认识的人此时应该在几英里外了，而如果凶手就是他的话，他甚至可能是爬上一辆高速货运火车走了。尽管如此，花时间寻找他还是有必要的。

在诺斯蒙特镇边境的几英里外，我们在树林中发现了一个流浪汉营地。"在这里等着吧。"我告诉露西，"我不会待太久的。"

我沿着一条破旧的小路大大方方地往树林走去，希望围在篝火旁的人不会因此惊慌失措地逃走。当我走近时，在火堆旁暖手的人转过身来。"你想干什么？"他问道。

"我是医生。"

"这里没人生病。"

"我在找一个人，昨天他路过这里，戴着一条格子围巾，头上有一块秃斑。"我继续说道，"没戴帽子。"这些特点是显而易见的。

"我没见过这样的人，"火堆旁的人回应并问道，"你找他做什么？他没得病吧？"

"我不知道他得了什么病，所以我才想找到他。"

另一个人走到了火堆旁。他个子不高，神情紧张，说话带有南方口音。"听起来像默西，对吧？"

"闭嘴！"第一个人咆哮道，"你能保证这人不是铁路上的侦探吗？"

"我不是什么侦探，"我坚定地说道，"看这里。"我从口袋里掏出一张空白处方笺，上面印着我的姓名和地址。"这能让你相信我是医生吗？"

第一个人突然露出狡黠的神色。"如果你是医生，就给我们开点威士忌，药店里有卖。"

"作为药用我才能开这种东西。"我开始感到有些不安。第三个人出现了，在我身后走来走去。

突然，露西按响了车上的喇叭。第三个人意识到我不是一个人，便迅速退了回去，另一个人则立刻向铁轨跑去。有个矮一点的家伙离我最近，被我抓住了。我问道："默西在哪里？"

"放手！"

"告诉我就放你走。他在哪里？"

"沿着轨道走到水塔，他在那里等他的朋友。"

"你知道他的朋友是谁吗？"

"不知道。他们只是一起流浪。"

我松开了他的衣领。"你最好离开这里，"我警告他说，"当地的警长很坏。"

我跑回车上，对露西说："谢谢你摁响喇叭。"

"他们围着你转的时候，我吓坏了。"

"我也是。"我们沿着与铁轨平行的路前进，"我们要找的人可能在水塔那里。"

终于，水塔出现了，在天空的映衬下轮廓清晰。突然，一个身穿破旧长衫的人从藏身的地方冲了出来，向树林里跑去。"就是他！"露西大叫道。

我开车紧随其后，盯着他的秃斑和飘动的格子围巾。然后，我下了车，徒步追赶。我比他年轻二十岁，很快就追上了他。

他被我紧紧抓住，不安地扭动身体，抱怨道："我没做什么坏事！"

"你是不是叫默西？"

"是的，我想是的。"

"我不会伤害你的。我只是想问你几个问题。"

"什么问题？"

"昨天有人看见你和另一个男人在一起。他的头发又长又乱，已经灰白了，穿着一件脏兮兮的红背心，五十多岁，跟你差不多年纪，脸上有些伤疤。"

"是的，我们一起从佛罗里达扒火车来的。"

"他是谁？告诉我他的情况。"

"叫汤米，我就知道这么多。我们搭的是同一节货车车厢，从奥兰多到纽约郊外后我们跳上了另一列火车，来到了这里。"

"你们为什么想来这里？"我问，"为什么要在十二月从佛罗里达来新英格兰？你们总不至于是来赏雪的吧？"

"他想来这里，而我又没有更好的事可做。"

"他为什么要来这里？"

"他说他在这里可以弄到很多钱。那是他的钱。"

"他叫你在这里等着？"

"是的。昨晚他离开了我，说今天中午就会回来，但我还没看到他。"

"你再也见不到他了，"我说，"有人在夜里把他杀了。"

"上帝啊！"

"有关他的那笔钱，他还说了什么？说过钱在什么地方吗？"

"他没告诉我。"

"他肯定说过些什么，你从佛罗里达起就一路跟着他。"

这个叫默西的男人紧张地看向别处。"他只是说他要回家了，回到伊登庄园。"

我把露西·科尔送到举办婚宴的餐馆，然后开车返回伊登庄园。当我把车停在庄园前时，天几乎黑了，十二月昼短夜长，阳光已经消失在西边的树林里。乔希·伊登在门口迎接我，看上去十分疲惫，烦恼无比。

"婚礼怎么样？"他问道。

"考虑到发生的这些事，还算不错，他们很快就要去度蜜月了。"

"我很高兴这个可怕的事件没有毁掉他们的好日子。"

"我想再去看看那间八角厅，伦斯警长让我协助他的手下调查此事。"

"当然可以。"他领我进去，门开着，我能看出他在修理插销被扯松后门上受损的部位。八角厅里有些昏暗，只有一点微弱的光线从拉下的窗帘上的小孔射入。

"我不得不拉下窗帘，"乔希·伊登解释说，"附近的孩子们都要过来看谋杀现场。"

"孩子是会这样。"我表示同意，"晚上窗帘通常是拉起来的，是吗？"

"噢，是的，你昨天看见我把门锁上，窗帘也拉起来了。"

"看来肯定是有人把窗帘拉下来了，不是受害者，就是杀他的人。"

"似乎是这样。如果他们拉下窗帘再开灯，那他们可能不希望有人看到他们在做什么。"

"那是……"

"哎呀，当然是偷东西啦！这是很明显的事。露西·科尔说她昨天看到死者和另一个流浪汉在一起。他们进来行窃，发生了争执，其中一个用匕首样的开信刀捅死了另一个。"

"在没有打开门窗的情况下，他们是怎么进到里面来的呢？更重要的是，凶手又是怎么逃走的呢？"

"这个我不知道。"他承认道。

"死者的名字叫汤米。"

乔希抬起头，看着我。"你是怎么知道的？"

"他从佛罗里达一路向北，来到这里，来到伊登庄园，想夺回属于他的财富。"

"你在说什么，萨姆？"

"我想死者是你的父亲，那个因为战争走了就再也没回来的父亲。"

八角厅里变得非常暗，我们几乎看不清对方的样子。乔希伸手摸到墙上的开关，"啪"的一声打开了顶灯。我们的模样出现在镜面柜上。"这也太荒谬了吧！"他说，"你认为我不认识自己的父亲吗？"

"是的，我就是这么认为的。他时隔十二年回来要夺走庄园和遗产时，你认出了他，然后杀了他。多年前他抛弃你和你母亲时，你就已经不把他视为父亲了。"

"我没有杀他，"乔希一口咬定，"我甚至都不认识他！"

我听到身后的大厅里有动静。"我知道你没有，"我叹了口气说，"进来吧，埃伦，告诉我们你为什么要杀死你的公公。"

她站在八角厅门口，脸色苍白，浑身颤抖。我从镜面柜上看到了她的身影，知道她一直在听我们说话。"我……我不是故意……"她的呼吸很急促，乔希跑到她身边。

"埃伦，他在胡说什么？这不可能是真的！"

"哦，这是真的，"我告诉他，"如果她没有费尽心思用这个锁着的八角厅来掩盖她的行动，她就有更大的机会说服陪审团这是一场意外。你的父亲，汤米，昨晚来到这里，想拿回属于他的东西。你一直在睡觉，但埃伦发现他在门口，让他进来了。我想，她把他带进八角厅是为了不吵醒你。这个流浪汉就这样进来了，坚持说他是你父亲，他根本没死，他是来夺回伊登庄园的。

她觉得自己想在这个地方开餐馆和干其他事的计划要泡汤了。愤怒让她变得疯狂，她走到柜子前，拿起一把匕首样的银开信刀刺进了他的胸膛。"

乔希摇着头，仍然不敢相信这一切。"你怎么知道的？她怎么可能杀了他，然后又从里面锁上门离开八角厅呢？"

"我不知道这是如何做到的，直到刚刚我回到这里，直到我们再次走进这里，我发现窗帘中间有一个可以进光的小孔。"

"窗帘上有个孔！这就怪了，我以前从没注意到它。"

"我敢肯定它是昨晚才出现的。你看，这个八角厅有两点和其他房间不同，门和窗正对着，而且门是向外开的。"

"我不明白……"

"埃伦在门把手上系了根绳子，另一端系在窗户的插销旋钮上。然后，她爬窗出去。今天早上我们猛拉门把手时，绳子拉得插销旋钮转动，把窗户锁上了，就这么简单。"

乔希十分震惊。"等一下……"

"一进屋我就去检查插销了。它很容易开关，仅合上了一半，刚好能锁住窗户。她将绳子系在插销旋钮上时，系得不紧。当插销旋钮被绳子拉动，合上一半指向房间时，绳子就如她计划的那样脱落了。当然，因为窗帘拉下来了，我就没有往这方面想。窗帘上之所以有一个小孔，是因为她要让绳子穿过。爬出窗户后，她必须关上窗户和拉下窗帘，以便让绳子保持原来的位置。这不难做到。我们开门时，这根有些松弛的绳子很快就绷直了，并开始发挥作用。"

"如果这是真的，那绳子怎么样了呢？"

"绳结从插销旋钮上脱落后，穿过窗帘上的孔，落在了地板上的某个地方。当我们冲进去时，因为灯光昏暗，我们没有注意到它。我立刻走到窗前检查，而你们就在我后面。这时，埃伦只要捡起绳子，把它从门把手上扯下来就可以了。她本想将绳子全部拿走，但它断了，只好让系在门把手上的那段留在上里。"

"即使我相信这种说法，但为什么就是埃伦做的呢？我们有好几个人都在场，我、露西·科尔……"

他很希望她是无辜的。我不忍让他最后的希望破灭，但也没有办法。"只能是埃伦，乔希，你看不出来吗？是埃伦绕到房子后面，告诉我们窗户是关上的。是埃伦说服我们不要破窗而入，而要拉门，这是让她的计划奏效的哐一办法。只能是埃伦，其他人都不可能。"

"为什么非要把它变成锁着的房间呢？为什么要如此费心和冒险呢？"

"对她来说，他的身体太大了，没法将之搬走。理想的做法是，让窗户开着，这样他就会像是被同伙杀死的窃贼。但你知道，在露西说看到过两个流浪汉一起行走之前，埃伦并不知道他还有同伴。这让我确信露西与此事无关，因为若是她，她肯定会让窗户开着，让人联想到另一个流浪汉。而埃伦没有办法，她只能让尸体留在原地，于是她就把尸体锁在了八角厅，让你不知道这一切其实是她做的。她锁上门，用绳子设法合上窗户上的插销，也许是想让人将死人的事和与八角厅有关的古老幽灵故事联系起来。"

最后，乔希把护在妻子身上的手拿开，后退几步问道："这是真的吗，埃伦？"

老萨姆医生靠在椅子上，伸手去拿酒杯。"当然是真的了，你说呢，埃伦？"

他对面的女人几乎跟他一样老，她坐在那里，身体挺直，不无骄傲。她满脸皱纹，一头白发，但还是那个埃伦·伊登。五十年过去了，她的模样并没有多大变化。"当然是真的，萨姆。当时是我杀了那个老头，换到今天，我还是会杀他。我不怪你帮助他们把我送进了监狱。那是相当漫长的一段时间，但我从未因此责怪过你。我怪的是你让我失去了乔希。"

"跟我没有关系……"

"我进了监狱，过了一段时间，他就和我离婚了。我知道我再也回不了伊登庄园了，那可是一个沉重的打击。然后，我听说他娶了露西·科尔。"

"是这么回事。你们两个很像。你走后，他选择她，我一点也不惊讶。"

"但你清楚的，我杀死那个老头是为了拯救伊登庄园，为了保住我在它身上寄托的梦想。伊登庄园和乔希，正是你从我这里夺走了它们。"

"我很抱歉。"

"出狱后，我搬到了这个国家的另一边生活。但我从未忘记你，萨姆。有时我真想杀了你，因为你毁了我的生活。"

"是你毁了自己的生活，埃伦。"

她叹了口气，瘫坐在椅子上，没有激情，没有反抗的欲望。不过，她也不是彻底无欲无求。"我杀了一个为别的女人抛弃家庭的男人，一个像流浪汉一样回来偷自己儿子东西的男人。我这么做有什么不好吗？"

萨姆·霍桑端详了她的脸很久，然后非常平静地说："汤米·伊登从来没有为了别的女人抛弃家庭，埃伦。战后他留在了法国，他因为受伤而严重毁容。在我这个医生看来，那些小伤疤意味着必须进行整形手术，这也解释了乔希认不出自己父亲的原因。庭审时，我从未提起此事，因为乔希已经够悲伤的了。但你杀的那个人不应该死。你被判入狱服刑是公正的。"

她深吸了一口气。"萨姆，十年前我可能会连你一起杀了。现在我太累了。"

"我们都累了，埃伦。来吧，我给你叫辆出租车。"

"唉，"萨姆·霍桑医生说，"请进！我以为你会早点来。上出租车的那个老太太？很有意思的事，我本打算今天告诉你的。坐下，我给你倒点茶。如果你有时间，讲完八角厅的故事后，我接着给你讲另一个不久后发生的故事。那可以说是清教徒纪念医院的医学之谜，有个男人死了，心脏里有一颗子弹，身上却没有伤口！"

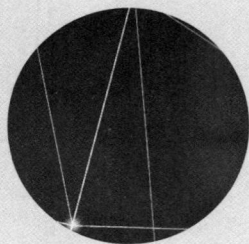

10

吉卜赛人
的诅咒

"我今天答应过你还要讲个故事，对吧？"老萨姆医生告诉他的访客，并起身给两人的杯子添酒。"清教徒纪念医院的医学之谜，一个因心脏中弹而死，但身上见不到伤口的人。不过说真的，它与吉卜赛人的诅咒有关，而我此次面临的不可能神秘事件不是一个，而是两个……"

日月更替，年复一年，转眼到了二十世纪三十年代，随着上一个十年的结束，诺斯蒙特镇开启了新的十年。那年美国东北部的冬天格外温和，有些日子甚至暖和到下午可以在清教徒公园的新球场上赛一场球。伦斯警长刚度完蜜月回来，自婚礼之后我就没见过他。一到冬天，我的病人总会对天气抱怨个不停，但总的来说，无论是疾病还是犯罪方面，我们镇在那段时间都很安稳。

"我从没觉得自己如此悠闲过，"在一月的某个晴朗的早晨，我对我的护士阿普丽尔说，"我觉得今年的春倦症会提前到来。"

她正忙着整理待用文件。"这可不是唯一早早开始的事情。

吉卜赛人回到哈斯金斯的旧农场那里扎营了。"

"是吗？"不知何故，这个消息让我感到惊讶。吉卜赛人最后一次来诺斯蒙特镇已经是四年前的事了，我原以为他们在圣诞节教堂钟楼谋杀案后就永远离开了。然而，现在他们回到了原来的营地。哈斯金斯夫人在大约一年前去世，享年八十岁，但关于她的财产会如何处理的事仍处于一场诉讼中。在此期间，田里杂草丛生，旧谷仓向一侧倾斜，十分危险。它成了本镇一个碍眼的东西，但显然吉卜赛人并不介意。"他们什么时候来的？"

"今天早上，我开车打那边过来，看到了他们的马车。住在那条街边的皮奇特里太太说他们周末就来了。她想让伦斯警长把他们赶走，但我猜这肯定会涉及法律问题，除非那块地的主人要求他们搬走。"

"法院还没决定谁会继承那块地。"

"麻烦就麻烦在这里。"

我站起来，伸了个懒腰。"好吧，阿普丽尔，我得走动走动，省得睡着了。我得去趟清教徒纪念医院，看看艾夫斯太太的病情如何了。"

"祝你好运！"她在我身后喊道，知道我确实需要些运气。艾夫斯太太六十多岁了，脾气暴躁，固执地认为所有医生都想毒死她。

我本想中途顺便去看望伦斯警长，但想了想，决定还是晚点再说吧。那是他回到岗位的第一天，他的工作肯定积压成堆了。此外，我真的很想和埃布尔·弗雷特谈谈清教徒纪念医院的未来。这家医院于去年三月开业，拥有八十张床位，但这些床位从未住满过四分之一，为了节省燃料和电力，整个侧楼目前都被关闭了。

时至今日，医院只有三名医生，创建者西格、黑人林肯·琼斯和埃布尔·弗雷特。琼斯是住院医生；埃布尔是后来加入的来自波士顿的外科医生，技术娴熟。西格将经营业务交给了弗雷特，弗雷特不得已决定关闭侧楼，毕竟作为一家非营利性医院也得注意节约成本。

看到我进了楼，弗雷特喊道："萨姆，你是要晨间查房吗？"

"我要去看一下我的病人，埃布尔。我总不能把他们丢给你照顾就不管不问了吧。"

埃布尔·弗雷特身材高大，走路有点跛，这是战争期间在法国战壕中腿部受伤导致的。他留有一撮已经开始变灰的小胡子，经常面带微笑。看到他的微笑，甚至病人都可以接受最悲观的诊断。"这次看谁呀？"他问，"艾夫斯太太？"

"那还有谁呢。"

"你比我好一些。昨天那个女人还指责我们忽视了她。"

"没什么好奇怪的。"我稍稍压低了声音，这样前台的护士就不会听到了，"你们把床位减少到四十个，现在情况如何？"

"哦，好些了。今天有十六个病人，大约是过去几周的平均水平。在现实面前，西格已经低头了，承认他配备的设施远超目前的需求。不过，谁知道以后会怎么样呢，是吧？"

"有停业的危险吗？我很不愿意看到诺斯蒙特镇失去这里。"

"哦，我们在停业边缘徘徊。我……"

他突然停了下来，越过我的肩膀望向医院大门。我转过身来，看到一个黑头发、留着胡子的男人从门外走了进来。他身穿黑色短夹克，敞开着，露出腰间的彩色腰带。当他走近时，我发现他的左耳垂上戴着一只金耳环。这是营地来的一个吉卜赛人。

"需要我为你做什么吗？"弗雷特医生问道。

"我被诅咒了，"他告诉我们，看上去很惊恐，"我会因心脏中弹而死……"

"若这样的话你要找警长，"我建议道，"而不是医院。"

但我刚说完，他就紧紧抓住自己的胸口倒在了地上。弗雷特立刻冲到他的身边。"找担架来，萨姆！看着像是心脏病发作了！"

我们急忙把他送进最近的空病房，一位护士过来帮忙，但为时已晚。弗雷特撕开他的衣服，为他做心肺复苏。突然，弗雷特停了下来，说："没用了。这人已经死了。"

我把听诊器放在他毛茸茸的胸部，听了听，发现已经没有心跳了。我曾经被一个活人伪装成死人骗过，因此这次我做了一些其他的测试。我把一面镜子凑到他的鼻孔前，但镜面没有因此变得模糊。

"想让他起死回生，萨姆？"弗雷特医生问。

"不，只是确认一下他真的死了。即使是心脏病发作，他死得也太快了。他似乎非常惊恐，就像真的中了枪一样。"

"你现在相信吉卜赛人的诅咒了，萨姆？"

"不好说。他身上没有伤口，甚至连旧伤疤也没有。"

埃布尔·弗雷特纠正我："他手臂上有刀疤，但是旧伤，肯定不会要了他的命。"

"你尸检时我能在场吗？"

"当然可以。但如果他有家人的话，我们最好先通知他的家人。"

死者身上没有东西能证明他的身份，但在吉卜赛人的营地，我很快确认了他是谁。他们的营地离废弃的房子和谷仓约有一英里远，在哈斯金斯旧农场的地里，大约有二十辆装饰得很花哨的马车停在那里。马被拴在营地一端的绳子上，当我到达时，一个二十出头的年轻人正在喂马。他看到我的车开到他身边，问道：

"你是律师吗？"

"不，我是医生。你们有一个同伴到了我们医院。"

他惊恐地睁大眼睛。"埃多·蒙塔纳！他害怕诅咒！"

"他在这里有亲戚吗？"

年轻人点了点头。"我带你去见他的妹妹，特雷斯。"

特雷斯·蒙塔纳又高又瘦，跟刚才这位年轻人年龄相仿。当看到我们走近她的马车时，她跳了下来，迎向我们。"怎么了，史蒂夫？这人是谁？"

"我是萨姆·霍桑医生。你哥哥是埃多·蒙塔纳？"

"是的。"

"今天早上，医院里有个人死于明显的心脏病发作。我很抱歉，他可能是你哥哥。"

她发出一声长长的尖锐哀号，让我有些担心她会像她哥哥一样倒地不起。一听到声音，其他吉卜赛人都跑了过来，其中一个很强壮的人紧紧地抱住了我。"他冒犯你了吗，特雷斯？"他问道。

"放开他，鲁道夫，你做得够多的了！你的诅咒杀死了我的埃多！"

我的胳膊立刻被松开了。我转过身，看向鲁道夫那张惊恐的脸。"怎么可能？"他问，"我没有朝他开枪！"

"但你威胁过他吗？"我问。

"我听到他发出威胁了。"史蒂夫说，"就在今天早上，他们打了起来，鲁道夫对他说：'愿你被一颗吉卜赛人的子弹穿心而死！'"

"闭嘴，你！"鲁道夫咆哮道，"我没有杀他！"

"我们需要有人去辨认尸体，"我说，"医院将不得不进行尸检。"

"我去。"女孩平静地说。

我们离开其他人，穿过田野走向我的车。为了让她安心，我询问了营地里其他人的情况。她提到了一些人的名字，他们以前来过诺斯蒙特镇，但她似乎一个也不认识。"埃多和我最近才加入这个部落，就在奥尔巴尼附近。"她解释说。

"谁是这个部落的首领？"

特雷斯深吸了一口气。"鲁道夫·罗曼。这就是他的诅咒很灵的原因。"

"他为什么诅咒你哥哥？"我问，但她没有回答。医院出现在眼前，她想起了自己的任务。医院离哈斯金斯的旧农场只有几分钟车程，但徒步走的话，由于地里杂草丛生，且被树林包围着，特雷斯·蒙塔纳要跑上十分钟才能到达。

我陪她走进医院，来到验尸室，弗雷特医生在那里等着我们。他同女孩郑重地握手，表示同情。然后，他掀开盖在死者脸上的床单，让她看清死者面部。她哭叫道："埃多，埃多！"

我抓住她的胳膊，扶住她。"来吧，我开车送你回去。"

她瞪着双眼，似乎忘了我是谁。"不用了。吉卜赛人会来找我的。"

我不知道她为什么说"吉卜赛人"，而不是"我的族人"，但我没有时间深入地想这个问题。西格医生冲进房间，神情焦虑，秃了的头上冒出了汗珠。

"外面有五六十个吉卜赛人正朝医院前门走来，要不要去我办公室拿枪？"

"我认为没有这个必要。"我告诉他。

西格是清教徒纪念医院的创始人，在那一瞬间，他肯定担心那些人冲进来摧毁医院大楼。特雷斯·蒙塔纳转向他说："他们是来向死者致意的。"

"在交出尸体前，我们必须尸检，"弗雷特说，"去和他们谈谈，让他们冷静下来。"

"他们会很平静的。"她回答，但她还是按照指示走了出去。

"他们可能会待在外面，直到我们把尸体交给他们下葬。"我说，"也许我们该验尸了，埃布尔。"

西格跟着那个女孩走了出去，我和弗雷特穿上手术服，戴上口罩。他戴上橡胶手套，选了一把用于初始切口的解剖刀。我把盖在埃多·蒙塔纳尸体上的床单卷了起来。

当弗雷特分开皮瓣，让死者的胸腔露出来时，我看到了撕裂的组织和肌肉。心脏被刺穿了，只花了几秒钟，我们就发现了造成伤害的小口径子弹。

我缓缓地呼气，不敢相信眼前发生的一切。

"你最好给你的朋友伦斯警长打电话，"弗雷特平静地说，"这是谋杀，这个人被子弹射穿了心脏。"

伦斯警长一到解剖室就开始抱怨："你是知道的，我刚度完蜜月回来，怎么你又卷进了一桩不可能谋杀案，医生？这次又怎么了？"

"这次的不可能似乎更像是医学上的不可能。如果这起谋杀案存在上锁的房间，那一定就是死者的皮肤。在他死亡时，我和弗雷特医生都检查过他的身体。胸前和背后都没有伤口，唯一的伤疤是他手臂上的旧伤疤。弗雷特医生剖开尸体时我就在他身旁，看到了子弹造成伤害的痕迹，还亲自帮他检查了那颗子弹。"

伦斯警长心烦意乱地看着死者被剖开的胸腔。"没出多少血。"

"他已经死了一个多小时了,"埃布尔·弗雷特解释说,"人死后,血液会聚积在尸体的下方。所有液体都会这样。"

"这么说,是有人杀了他?"

"看起来是这样,"我表示同意,"只是我们需要弄清楚是谁杀的,怎么杀的。"

"你提到了吉卜赛人的诅咒。站在外面的是吉卜赛人吗?就是皮奇特里先生在电话里说的那些人?"

"没错。他们就住在哈斯金斯的旧农场那里,跟上次一样。诅咒死者的人就是他们的首领,鲁道夫·罗曼。"

伦斯警长点了点头。"我去找他。我始终认为应该从最有嫌疑的人那里开始调查。"

过了一会儿,伦斯警长就带着一个强壮的吉卜赛人回来了,就是那个之前紧紧抱住我的人。父亲死后,鲁道夫·罗曼便成了这个吉卜赛部落的首领。他承认,他是从其他吉卜赛部落那里听说哈斯金斯旧农场是很好的扎营位置的,警察不会骚扰他们。

"但哈斯金斯太太已经去世了。"我告诉他,"关于那块地的处理正处于一场诉讼中。"我不是很了解那场诉讼的事,但我知道和哈斯金斯太太的一个侄子有关,他声称地应该归他,不能捐给慈善机构。哈斯金斯太太的遗嘱在意思表达上模糊不清。

听到我的话,鲁道夫·罗曼笑了笑。"我们不会承认那场诉讼。那块地是供人用的,我们在那里扎营,但不会破坏它。"

"那埃多·蒙塔纳呢?"伦斯警长问道,"肯定是你把他害死了!"

"诅咒是我想都没想就说出来的，"这个吉卜赛首领承认道，"当时我们吵得很凶，我才说出了那句诅咒。我喊叫说：'愿你被一颗吉卜赛人的子弹穿心而死！'他听了我的话后脸色苍白，跑掉了。"

"然后他真的被子弹穿心而死。"警长说，"你的诅咒总是那么有效吗？"

鲁道夫·罗曼叹息道："我是这个部落的首领，在我之前首领是我的父亲。我的族人希望我像我父亲一样。他曾经诅咒过一个人，第二天那个人就死了。那个诅咒成了我们的一个传说，于是当我不假思索地说出那些话时，我的族人就会记下来。他们警告过埃多，说我有这种能力。"

我点了点头。"所以他跑了"。

"可我没有杀他！我无意杀他！"

"他跑了之后你做了什么？"我问。

"回到我的马车上，一个人待着。"

"你们为什么要吵架？"

"我……我不能说。"

"这可是在调查一起谋杀案。"伦斯警长提醒他。

罗曼回答时声音很柔和。他告诉我们："与那个叫特雷斯的女孩有关。"

"跟她有什么关系？"

"我想娶她当妻子。我的请求让埃多大发雷霆。他用脏话骂我，也就是在那时我诅咒了他。"

"我还以为他会把将妹妹嫁给部落首领当成一种荣誉呢。"

罗曼正想回答，但转念一想，还是算了。他闭上嘴，不再多说什么。"我们应该再和特雷斯谈谈。"我建议道。

当伦斯警长去找她时，我返回解剖台，弗雷特正准备缝合尸体。"我们越早把尸体交给他们下葬，他们就会越早离开，"他说，"把尸体留在这里，我们也不会发现更多线索。"

然而，在那颗已然停止跳动的被撕裂的心脏上，有样东西引起了我的注意。我戴上橡胶手套，取出一块薄薄的木头。"那是什么？"弗雷特问。

"我真的不知道。看起来像一小块木片，但我不确定。"

我帮他缝合了尸检的切口。"死亡原因你会怎么写？"

"见鬼，萨姆，这人的心脏中了一颗子弹！这就是死因，至于弄清楚它是怎么被射进去的，就不关我的事了。"

伦斯警长把特雷斯·蒙塔纳带到一间办公室询问，这样她就不用再次面对她哥哥的尸体了。我也去了，警长说："鲁道夫·罗曼已经承认，他要求娶你时，跟你哥哥起了争执，但他没有再讲下去。这事发生时你在场吗？"

"在场。"她低头承认道。

我决定问一个我想了解的问题。"你和你哥哥的年龄相差很大，对吧？他似乎已经四十多岁了。"

她犹豫了一下。"是的，他四十七岁。我二十二岁。他是我的继兄，真的。"

"他真的是你哥哥吗？"我问，"或者他可能跟你是其他关系吗？"

"你这是什么意思？"

"他对鲁道夫求婚的愤怒让我疑惑。你们的真实关系是什么，特雷斯？"

她突然哭了起来，伦斯警长看得目瞪口呆。他开始想说话，但我挥手示意叫他不要开口。"告诉我们实情，特雷斯，"我轻声说，"你和埃多结婚了，对吧？"

她点了点头，试图控制眼泪。"我们去年夏天在奥尔巴尼结婚，之后我们就加入了鲁道夫的部落。因为我们没有举行传统的吉卜赛婚礼，埃多就想先不对别人说。"

"看来你们把这个秘密守得太严实了，至少对罗曼是这样。但你们为什么不直接告诉他真相，再举行一次吉卜赛婚礼呢？"

她摇了摇头，一时说不出话来。最后，她控制住自己，用柔和的声音告诉我们："我不是他们中的一员。我不是吉卜赛人。我离家出走，在奥尔巴尼遇见了埃多。他说我皮肤够黑，可以冒充吉卜赛人，于是我们就加入了他们的马车队。他告诉他们我是他妹妹，这样就不会有人质疑我的血统了。部落里有人认识他，也就没有人怀疑此事，直到鲁道夫爱上了我。如果埃多将我们之间的关系说出去，他们就会发现我不是吉卜赛人，那样我就不得不离开营地了。"

"你知道罗曼是怎么杀他的吗？"

"不知道，除非它真的是诅咒。"

"埃多和罗曼吵完架后就立刻离开营地了吗？"

"我想是的。我试着让史蒂夫去找他，你还记得吗？就是今天早上你遇到的那个年轻人，但他没有找到。史蒂夫说他有一个魔法胶囊，服下它就能化解诅咒。"

"一个胶囊？"我想到了一些东西，"它有多大？"

"他给我们看过一次。看起来挺大的，喂给马吃都没问题。"

门开了，弗雷特医生把头伸了进来。"我想你们可能会想知道，我已经处理完尸体，把它交给了吉卜赛人。他们要返回营地了。"

我转向特雷斯问道："你愿意和他们一起回去吗？"

她抬起头，撩起眼前的头发。"我不知道。"

在那一瞬间，她看上去确实很年轻。"你说你离家出走了。你不是二十二岁吧？二十二岁的人不需要离家出走。"

"我十七岁。"她承认。

"该死！"伦斯警长站了起来，"你跟一个比你大三十岁的男人住在吉卜赛人的营地里？我要把你带走，直到我们把你送回父母身边！"

埃布尔·弗雷特还在门口。"我该怎么跟外面的人说？"

"她被拘留了，要接受审问，"警长回答说，"其他的事不要告诉他们。"

我走到窗前，看着吉卜赛人把蒙塔纳的尸体放到担架上原路返回。"我希望我们交还尸体这事做对了，"我说，"我们没搞清他是怎么死的。"

"心脏里有颗子弹。"伦斯警长答道，"对弗雷特来说这就够了。我也能有所交代。我告诉他，他可以把尸体交出去，让他们回到营地去。"

我去找西格医生，发现他站在门前，正看着吉卜赛人离去。"感谢上帝，他们走了，萨姆。我再也不想见到他们。"

"也许你可以回答我一个问题。"

"当然可以。什么问题？"

"和开始用于药物的明胶胶囊有关。胶囊里有没有可能装入小子弹，然后被人在没意识到的情况下吞下去？"

"肯定有可能，但子弹会穿过胃部，然后从肠道排出。它不会最终进入心脏，如果你想的是这事的话。"

"我知道。我只是想弄清楚，这么说吧，一颗子弹有没有可

218

能留在人体心脏附近数年，最后在人用力过度或受到惊吓的情况下将这个人杀死？"

"有可能，但这个案子不是这样的，萨姆。弗雷特在缝合之前让我看过蒙塔纳的尸体。毫无疑问，是有一颗子弹射入了他的体内，造成的伤口很新很大，不可能是旧伤造成的。而且，唯一的伤疤在他的手臂上。"

"我知道。别介意。我只是想排除各种可能性。"

"最后剩下的，无论多么不可能，必定是真相，是吧？"西格笑着问。

"麻烦就麻烦在这儿，没有剩下什么可能！但我确实发现了一小片……"

"医生！帮帮我！"

我们转过身，看到伦斯警长的鼻子和脸上都是血，正跟跟跄跄地沿着走廊朝我们走来。

"发生什么事了？"我边问边跑向他。

"他打了我，还抢走了那个女孩！他们从后门跑了。"

"谁打的你？"

"其中一个吉卜赛人！我听到她管他叫史蒂夫。"

等我止住警长的鼻血，和他去吉卜赛人营地的时候，已是傍晚时分，天也开始黑了。史蒂夫和特雷斯不知去向，鲁道夫·罗曼说不知道他们的下落。"你最好在明早之前找到他们，"伦斯警长告诉他，"否则我就逮捕这里的所有人！"

罗曼笑了笑。"你认为你能做到吗？"

"你说对了，我当然能做到！我可以让州警来帮我！"

"吉卜赛人是可以随着夜色消失不见的。"

"你敢！我要那个女孩回来，我还要抓到史蒂夫，因为他袭击了我！"

营地里的其他人只是看着我们回到车上。有一些男人和孩子已经开始收集木材，为晚上的篝火做准备，以抵御一月夜晚的寒冷。"我没开玩笑，萨姆，"警长告诉我，"我要打电话给州警。"他发动汽车，向镇上驶去。

"罗曼暗示他们可能明早就走了。"

"在我抓到史蒂夫和那个女孩之前，他们哪里也不能去！即使要整夜守在营地，我也要确保这一点！"

我能看出他很生气，认为受到攻击是对他个人的侮辱。他在监狱里给州警打电话，要求明早派三辆车来帮他围捕吉卜赛人。然后他又喊来手下的警员，命令他们也跟着去。

阿普丽尔告诉我，我要在回家的路上去看一个病人。我开车经过哈斯金斯的旧农场，在篝火的照耀下，可以看清吉卜赛人马车的轮廓。他们似乎要安顿下来过夜了。伦斯和他的一个手下跟在我后面，随后在路边找了一个地方将车停下。那个地方视野很好，可以清楚地看到营地的情况。我向他挥手道晚安，然后继续赶路。

我一向起得早，第二天早上天还没亮，刚过五点我就醒了。吉卜赛人营地的事一直萦绕在我心中，虽然离天亮还有两三个小时，但我还是决定穿好衣服，开车去哈斯金斯的旧农场。我不想让伦斯警长或吉卜赛人做傻事。

我喝了一杯咖啡，迅速吃下一片烤面包便出门来到车前。早晨空气清冷，我不禁有些发抖。十分钟后，我到达旧农场，看到警长的车还停在我上次看到它的地方。一辆州警车停在二十英尺外的路上。我敲了敲车窗，车门打开了。"还清醒吗，警长？"

"哦，是你啊，萨姆。我以为又来了个州警呢。天马上就要亮了，我要找他们去。"

"你一晚上没合眼？"

"整晚没睡，"和他一起的警员证实道，"警长不想让他们任何一个人溜走。"

眼前一片漆黑，我向营地的方向望去，想知道还有没有篝火在烧着，但看不到任何划破夜幕的光亮。前面的路上有车灯照过来，我看到另一辆州警车停了下来。伦斯警长下车迎接他们。

"他们是非法侵入，还可能窝藏罪犯。"我听他解释道，"其中一个昨天下午攻击了我，还帮一个嫌犯逃跑了。几乎可以肯定，他们和一起谋杀案有关。"他领着他们来到自己的车前，我和穿一身制服的警官握了手。看到他们的手放在左轮手枪的枪托上，另一辆车里的一个警员从后备厢里拿出一把猎枪，我心里并不好受。

"我认为没必要用枪。"我告诉他们。

"我们听说昨天有人中枪了。"

"嗯，是的，"我承认，"但是……"

随着我的眼睛逐渐适应黎明的到来，我不再说话。田地上似乎笼罩着一层薄雾，一缕轻烟从几乎燃尽的火堆上袅袅升起。除此之外，我看到了令人难以置信的一幕。

昨天晚上那里还停着二十辆马车，现在却空空荡荡了，只有篝火的余烬证明有人曾在那里待过。在伦斯警长及其手下整夜看守的情况下，吉卜赛人的营地神秘地消失了。

"这是只有魔鬼才能干出来的事！"伦斯警长咆哮着，在空旷的田地上大步走来走去。太阳升起后，整个吉卜赛人营地在夜里不翼而飞的事情更加清楚了。

"或许这又是一个吉卜赛诅咒。"我半开玩笑地轻声说道。

看着周围的环境，我不得不承认这事是不可能的。哈斯金斯家的地三面是高大的树木，四周还筑起了防止牛群走得太远的篱笆。通往公路的唯一出口是那条满是车辙的狭窄车道，而警长的车就停在那里。"你打过瞌睡吗？"

"可能有，一两次，但跟我一起的弗兰克一直醒着。而且，我们的车就停在车道尽头的正对面。即使我们俩都睡着了，他们也无法让二十辆马车从我们身边悄无声息地经过。过去的空间都没有。他们会掉到沟里去！"

我不得不承认他是对的。我走过篝火烧完留下的灰烬，绕着地转了一圈，通过观察篱笆看有没有人翻过的迹象。弗兰克对我说："人很容易就能翻过去。"事情弄成这样搞得他说话很没底气。

"当然，"我同意，"可是马车怎么办呢？篱笆上没有任何裂缝，而且马车无论如何也不可能从那些树中间穿过去。"

州警对整个事件没太在意。"你确定他们一开始就在这里吗？"一位警官问警长。

"当然啦，我确定！医生也看到了。你觉得我们是疯了还是怎么的？"

我拨弄着篝火的余烬。他们来过这里，现在却消失不见了，就像子弹出现在埃多·蒙塔纳的心脏里一样那么容易。

"你要去哪儿，医生？"当我朝自己的车走去时，伦斯警长叫我。

"去工作。我要打一两个电话。"

"你就不能帮帮我们吗？这个案子出现了两个不可能，医生！"他恳求道。

"回家陪陪你的新婚妻子吧，警长。你昨晚就不该丢下她一个人。我一有消息就给你打电话。"

"那些吉卜赛人怎么办？"

"让州警发协查通报。从这块地上消失对他们来说可能很容易，但在公路上有人看着的情况下还能消失就真的太诡异了。去离这里一百英里的地方找一找，他们可能正奔向西北方向的奥尔巴尼。"

"但怎么……？"

"回头再说，警长。"

到诊所时，时间尚早，趁阿普丽尔上班前我看完了前一天的信件。当看到我早已坐在办公桌前时，她满脸惊讶。"你整宿都待在这里，萨姆医生？"

"不是整宿。我想在来的路上顺便到吉卜赛人的营地看看，所以起得比较早。"

"我听说警长要把他们全都抓起来。"

"他们抢先一步，完全消失了。"

"整个营地吗？"

"整个营地。"

"你打算怎么办？"

"打个电话。"我说。我翻了翻桌上的地址簿，想找一个两年前给老哈斯金斯太太看病时打过的电话号码。

我联系上了她的侄子，他正要离家去波士顿上班。我向他解释我是谁，告诉他有吉卜赛人在他姑妈的地里扎营。"我知道，"他简短地答道，我能感觉出他有些不耐烦，"我的律师说就让他们待在那里吧。"

"为什么？"

"我们正试图说服法官，把这笔遗产交给我，而不是捐给慈善机构。我的律师认为只要吉卜赛人还在那里扎营，那块地就会给人留下不好的印象。我承诺将那块地利用起来，而慈善机构打算让其闲置，以供未来吸引更多的吉卜赛马车。"

"哈斯金斯太太的遗嘱是怎么说的？"

"将这块地留给我或慈善机构，但要看谁会将之利用得最符合诺斯蒙特镇居民的公共利益。一份疯狂的遗嘱，但法官必须做出裁决，这就是他现在正在做的事。"

"好吧，我告诉你，吉卜赛人今天早上走了。"

"什么？"

"你没听错。他们一夜之间消失了。"

"听到这个消息，我很遗憾。"

"请告诉我，哈斯金斯先生，你姑妈的遗嘱里提到的是哪家慈善机构？"

"好像是你们那里的一家非营利性医院，清教徒纪念医院？"

"没错，"我平静地说，"就是这个名字。"

"我得去上班了，霍桑医生。你打电话来到底是为了什么？"

"你已经回答了我所有的问题，哈斯金斯先生。"

十分钟后，我开车前往医院，路过了警长的车。他朝我按喇叭，在他倒车时我把车停了下来。"你猜得真准，医生！"他对着窗户喊道，"州警在纽约州边上截获了吉卜赛人的马车。你是怎么知道的？"

"就像你说的，猜得准而已。跟我去医院吧，我们将这件事做个了结。"

跟前一天相比，清教徒纪念医院安静了很多。西格医生急着要见我们，当我要求弗雷特医生也要在场时，他立即通知了他。

"什么意思？"弗雷特进来时问道，"最后的对质就跟推理小说里的情节一样？"

"差不多是这样。"我承认道。

和往常一样，伦斯警长比较直截了当。"我们已经拘留了吉卜赛人，现在我们要来逮捕一个杀人犯。"他宣布道。

"不全对，警长。"我纠正说，"这里没有杀人犯。"

"嗯？"他张大了嘴，"医生，你告诉我……"

"我们要了结此事，这正是我想做的。但根本没有杀人犯，因为根本就没有谋杀。我们这里发生了两起不可能罪案，却没有真正的罪犯。"

"没有罪犯？"弗雷特问，"那埃多·蒙塔纳体内的子弹是怎么回事？"

"亵渎尸体可能算是最接近犯罪的事了吧。我不知道警长会不会因此指控你，弗雷特医生。"

他愣愣地站在那里，面对着我，一句话也说不出来。最后，还是西格开口打破了沉默。他问道："你这是什么意思，萨姆？"

"我们必须记住，埃多·蒙塔纳是从吉卜赛人的营地跑到医院的。为什么？就因为有人诅咒了他？不太可能，除非蒙塔纳在被诅咒时出现了一些症状。比如，罗曼诅咒完后，他突然感到胸痛，便被吓得去寻求医疗救助。然而他做了什么？跑了十分钟来到医院，如果心脏病刚开始发作的话，这种行为危害最大。所以他来到这里时昏倒了，然后自然死亡。"

"可是……"

"在他死前，埃布尔·弗雷特听到了他关于诅咒以及子弹

225

穿心而死的遗言，决定让它成为真事，便从你的办公室里拿走了枪，西格。趁我离开去吉卜赛人的营地时，弗雷特向死者的胸部和心脏开了一枪。"

"可是没有看到伤口啊。"伦斯警长质疑道。

"我在他的心脏里发现了一小片木片，这是因为弗雷特开枪时射穿了放在死者胸口的一块薄木板。这样做的目的有两个：一是减慢小口径子弹的速度，这样它就不至于从背后射出去；二是保护胸部免受火药灼伤，否则就会烧到死者胸前的毛发并留下其他痕迹。

"射穿木板后，尸体上便只会留下一个很小的射入孔，用肉色的油灰或化妆品很容易就能掩盖住。尸体上盖着床单，我刚看到胸部，弗雷特就把它剖开了。当然，他的切口肯定正好划过弹孔，受害者身上的毛发也有助于掩盖伤口。"

"那他为什么要做这种疯狂的事呢？"警长问道。

"我想应该让他来告诉我们。那是哈斯金斯家的财产，是不是，埃布尔？"

他微微垂下肩膀，或许他一直以为我只是在猜测。过了一会儿，他说："我没有伤害任何人，那人已经自然死亡。然而，波士顿的法官将决定到底是哈斯金斯太太的侄子还是医院得到那块地。我昨天刚和我们的律师通了电话，他说法官知道吉卜赛人在那里扎营了。这对我们很不利。我们若是拥有那块地，会让它闲置几年，以吸引吉卜赛人，相比之下，哈斯金斯用于耕种似乎对社区更有好处。为了医院未来的发展，我想得到那块地。我知道，子弹射进死人胸膛会让吉卜赛诅咒致人死亡的谣言传播开来。他们要么被逮捕，要么被迫立刻离开诺斯蒙特镇，事实也正是如此。为了消音，我用毛巾把枪包了起来，实际上点二二口径的手枪也不会发出太大的声音。像萨姆说的那样，我隔着一块木板开了一枪。"

"你是怎么知道这一切的？"西格问我。

"正如你所知，我排除了很多可能性。如果子弹是在死者死后射入的，伤口还被掩盖了，那就只有弗雷特才能做到。"

"吉卜赛人的营地怎么回事？"伦斯警长想知道更多，"它是怎么消失的？"

"问题在于它是何时消失的，警长。在我们下午晚些时候去营地到你晚上返回看守营地期间，罗曼迅速带着他的马车队离开了。"

"可是马车还在那儿！我看见它们了！"

"我们看到的是篝火旁的剪影。它们是一块块切成马车大小的硬纸板。这可能是罗曼以前在紧急情况下用过的伎俩，我想每辆马车都有相应的纸板以应付这种紧急情况。几个吉卜赛人留下来照看火堆，证明他们的活动正常，这样他们的马车就有时间沿着公路逃跑。夜幕降临后，他们只要用篝火烧掉那些纸板，然后翻过篱笆，重新加入马车队就好了。如果你仔细观察篝火的余烬，就会发现纸板碎片的证据。"

"真该死！"伦斯警长喃喃自语，"而你清楚地知道该去哪儿找他们，萨姆。"

"像我之前说的那样，就是猜对了。如果昨晚天黑前出发，我估计他们坐马车大概能走一百英里。蒙塔纳和特雷斯是在奥尔巴尼附近加入他们的，于是我便猜到他们可能会往那个方向返回。"

警长只是摇头。"我还是无法相信。两起不可能罪案，却没有罪犯。"

“有时会这样的。”我咧嘴笑着说道。

“事情就是这么回事。弗雷特医生在接下来的一周离开了医院，搬到了西部的某个地方。警长发现特雷斯和史蒂夫没有再跟罗曼的吉卜赛部落在一起，因此那些吉卜赛人被无罪释放。特雷斯和史蒂夫告诉罗曼他们要结婚，然后就一起跑了。失去特雷斯让鲁道夫·罗曼很不高兴，但我想这个故事的结局可以说是圆满的。

“我们的酒瓶空了，而且也过了我睡觉的时间。不过，如果你再来，我还会给你讲另一个故事。在那个年代，黑帮和私酒贩子经常在诺斯蒙特镇开打，相比之下，一桩离奇的不可能罪案也就显得平淡无奇了。”

11

私酒贩子

"等我再开一瓶，"萨姆·霍桑医生说，"讲故事时怎么能不喝点……嗯……小酒呢。你知道的，看着这瓶酒，会勾起我很多回忆。当然，你还太年轻，不了解实行禁酒令时的事，但我是经历过的。你可能认为，我们身处诺斯蒙特镇这样宁静的新英格兰乡村，自然会远离极为要命的帮派争斗，那你就错了。我跟你说，在一九三〇年的春天，我们就遇到了一次要命的事！起因是一车空酒桶，是的，我说的是空桶，还涉及一个私酒贩子车上的一桩不可能失踪案，而我必须破解谜案，说白了，只有破案我才能保住自己的命。

"但整件事是从我被绑架开始的……"

五月初的一个周六早晨，我正打算到诊所楼下寄出几张账单。我的护士阿普丽尔去佛罗里达看她姐姐去了，这在当时算得上是长途旅行了，而我则要在三周内尽己所能处理诊所的大小事务。就在我刚干完杂活，准备把几张要寄出去的账单贴上邮票时，我听到门外的小铃铛响起了表示有病人上门的声音。因为没有预约，我就去看看是哪一位。

站在候诊室中央的是一个男人，穿着细条纹西装，戴着棕色软呢帽，用一把长管左轮手枪指着我。"霍桑医生？"

"是我。你拿枪干什么？"

"你要跟我走，医生。我们有个兄弟受伤了。"

"如果有人受伤，你犯不上拿枪。我去拿出诊包。"

他握着枪跟我进了内室。因为很清楚他说的受伤是怎么回事，我多拿了几卷绷带塞进包里。我问道："他怎么了？"

"挨了几枪。"

"那应该不止一处伤？"

"只有一处伤很严重。快点吧，少废话！"

我"啪"的一声扣上出诊包，在他前面走出了门。"一定要把门锁好。"我提醒他，"这些天来有很多小偷出没。"

"你觉得自己很聪明？"他问道。

"一点也不。"

外面停着一辆车窗全黑的轿车，驾驶座上有一个人在等待。他的右手伸进了夹克里，明摆着正抓着一支枪。我不觉得害怕，只是感觉自己像B级警匪片中的角色。

"上车！"我身后的人命令道，推了我一把。

我环顾四周，但在周六的早晨，诊所后面的巷子里空无一人，我并不指望左邻右舍有人注意到我的困境。我按照吩咐坐到车的后座上，对劫持我的人说："我如何称呼你？看来我们要在一起待上几个小时了。"

"菲尔，"拿枪的人说，"开车的是马蒂。他话不多。"

"我们这是要去哪儿？"

"就在镇外的一个农舍。胖子拉里租下了它。"

"胖子拉里？"

他用左轮手枪捅了我一下。"你的病人。别问太多问题，医生。这对你的安全没好处。"

我想起了在报纸上看到过的一个名字。"是胖子拉里·斯皮尔斯吗？那个私酒贩子？"

"我告诉过你不要问问题，医生。走完这一趟，你还想活着回来，对不对？"

我陷入了沉默，想着胖子拉里·斯皮尔斯的事。据媒体报道，他控制了流入波士顿和普罗维登斯的大部分非法威士忌，而且杀过六个人。他本人也曾数次命悬一线。很多人都知道，纽约的犯罪团伙悬赏要他的人头，因为他们想控制整个东北地区的私酒，不让胖子拉里这样的独立小贩插手。

在春日阳光的照耀下，我们沿着老里奇路颠簸前行。离开镇子几英里后，马蒂最终拐进了一条杂草丛生的车道。我一眼就认出了那个农舍是哈斯金斯家的老房子，自从一年前哈斯金斯最后一个未婚兄弟去世后，它就被抛弃了。胖子拉里·斯皮尔斯租下它应该没花多少钱。房子靠近一个十字路口，我想这里可能是私酒贩子聚会的好地方。

我夹在马蒂和菲尔之间走进农场，背后一直有一把枪指着我。在我们走近房子时，一个身材苗条、面目姣好的黑发女人猛地把门打开。"他还是不让我看伤口，"她告诉他们，"可是血流得到处都是！这是医生吗？"

"我是萨姆·霍桑，"我说，"这事发生多久了？"

她瞥了一眼持枪的人。"什么时候，菲尔？九点左右？"

"是的。他们埋伏在路边的灌木丛里。他一走出房门，他们就开始射击。然后，我们就立刻来找你了。"

"我们去看看他。"在跟着走进一楼卧室时,我已经打开了出诊包。

那是胖子拉里·斯皮尔斯,没错,尽管他此刻看起来跟报纸上的照片中衣冠楚楚的样子差别很大。他在床上蜷缩成一团,抓着胃部和腹部痛苦地扭动着。床单上和衬衫上满是血迹,并且左上臂的一处皮肉伤很明显。

"我是医生,"我告诉他,"让我们看看你的伤口。"

他翻了个身,疼得龇牙咧嘴,对那女人说:"别管我,姬蒂。我不想让你看到我现在这个样子。"

"看在上帝的分儿上,拉里……"

"你听见我说的了吧!"他大吼道,"出去!"

姬蒂和那两个男人出去了,并把门关上,留下我和病人单独在一起。"拿开你的手,让我看看。"我指示他道。

他立刻伸直身子,敞开衬衫,露出多毛但无大碍的肚子。根本没有伤口。

在离我的头几英寸的地方,一把点二二口径的小型自动手枪指着我。

"别出声。"胖子拉里·斯皮尔斯警告我,"不要喊。"

"我没打算喊。"我平静地说道,"我来是给你治伤的。"

"我胳膊上有一处伤,仅此而已。只是皮肉伤。处理好后我们再谈。"

"你不需要拿枪指着我。"

但他没有把枪挪开。"我怎么知道你是医生?"

"见鬼,我怎么知道你是私酒贩子?"

"你很聪明,嗯?"

"比不上你聪明。"我开始处理他胳膊上的伤,"你比报纸上看到的要瘦。他们怎么叫你胖子拉里？"

"我以前很胖，现在减肥了。这就是今天早上救了我一命的东西。"他在床上翻了个身，露出了藏在身下的一件厚背心，里面塞满了填充物。"我一年前开始减肥，但我没把这事告诉任何人。因为干这行，纽约有一半的枪手在追杀我，我想也许有一天我需要快速改变外形。所以，我开始在肚子周围裹上垫子，嘴里塞些棉花垫宽脸颊。我看起来跟以前一样，只是轻了五十磅。"

子弹穿过了他手臂上的肉，要缝几针才行。"会很疼，"我提醒说，"你应该去医院。"

"动手处理吧，医生。我不会朝你开枪的。"

"我当然希望你不会。"我继续处理，他则咬紧牙关，"为什么你不让外面的人知道你减肥的事？"

"因为他们中有一个人是内鬼。那人一直向纽约黑帮通风报信，汇报我的一举一动。所以，今早才会有个枪手躲在灌木丛里等我。只有他们三个知道我在这里。运气不错，我肚子上的填充物挡住了子弹，但冲击力让我摔倒了，于是我决定假装受了重伤。如果他们认为我快死了，我也许就能趁内鬼放松警惕时把他揪出来。明白了吗？"

"姬蒂想必知道你瘦了。"我说。

他哼了一声。"你以为我跟她上过床？那是一年前的事了。她现在只是跟着我混，想从我这里多弄点钱花而已。也许，她认为从那帮纽约小子那里会得到更多。"

"处理完了。"我拍了拍他的胳膊宣布道，"你很幸运。回到波士顿或其他地方后，你应该再找医生检查一下。"

"还有一件事，医生。"

"什么事？"

"我得把你留在我身边，直到今天晚上。"

"什么？"

"你听到我说的事情了。你知道我在这儿，你也知道我伤得不重。警察对前者感兴趣，而开枪打我的人对后者感兴趣。你必须待在这儿，直到我今晚做完买卖为止。"

"那是什么买卖？"

"我要接货，是一批桶。"

"酒吗？"

"不，只是桶。我得到的保证是它们会在日落前送到。"他停下来看了看我，"它们值很多钱。"

我把他的衬衫扣上，看到他身上的血迹，不禁问道："这都是你胳膊上的血？"

这张熟悉的苍白的脸此时竟然笑了。"是的。我把衬衫浸上血，这样看起来更像胸口有伤。不是自夸，我脑子转得够快的。"

"如果能活命，我不反对你这样做。"

"医生，警察在这块地方有什么布置吗？"

"伦斯警长有几个手下，但他们从来不来这边巡逻。应该没有人会干扰你。"

"那好！现在你去告诉外面的人，我会挺过去的，只是还得躺在床上。明白吗？"

"明白。"

"我会告诉他们在卡车来之前不要放你走。你如果乖乖听话，就能活着离开这里。"他提高声音喊道："马蒂！菲尔！"

司机和枪手立即现身。"你感觉怎么样，拉里？"

"医生告诉我，我会活下去的。"

我点了点头，站起来，开始收拾我的东西。"他运气不错，子弹没有击中要害部位。不过他很虚弱，最好躺在床上。如果不感染的话，一个月左右就能下地走路。"

　　"让医生留在这里，等卡车来。"斯皮尔斯用装出来的虚弱声音对这两个人说，"我说过在那之后就放他走。"

　　"好的，拉里，"菲尔说，"我们走吧，医生。"

　　"还有，叫姬蒂进来。"躺在床上的人命令道。

　　农舍里没什么家具，但前厅放着一张桌子和几把椅子。菲尔示意我坐下，然后对姬蒂说："该你了。他需要你。"

　　她转向我。"他怎么样？"

　　"身体虚弱，但活下来没有问题。"

　　她马上换了一副表情，转身走进卧室，随手关上门。菲尔在桌子旁坐下，脱下西装外套，把左轮手枪放回肩套上。"打会儿牌怎么样，医生？你会玩金罗美吗？"

　　"当然，"我回答，"但马蒂呢？"

　　"他不玩。"

　　"他说过话吗？"

　　菲尔抬头看了看身材粗壮的司机。"马蒂，跟医生说点什么吧。他认为你不会说话。"

　　"我能说话。"一个嘶哑的声音说道。

　　"上帝啊，他的喉咙怎么了？"

　　"他喝了点劣质酒，烧伤了喉咙，那差点要了他的命。早些年，只要能装进瓶子里，不管是什么东西，他们都敢卖。事实上，直到今天还有人这么干。"

　　我不禁想：马蒂是否会把毁掉他喉咙的酒归咎于胖子拉里·斯皮尔斯？难道他一直为斯皮尔斯工作，为的就是向纽约黑帮通风报信，从而报复胖子拉里·斯皮尔斯？

在这里，我又表现出侦探一样的思维了，但完全没必要。装着神秘的桶的卡车很快就会到了，然后所有人都会离开。他们还没有杀我，因此，我很确定斯皮尔斯会让我活下去。

菲尔发牌时，我问："你认为是谁朝拉里开的枪？"

他耸了耸肩。"纽约黑帮雇的枪手。"

"那他是怎么知道拉里在这里的？"

"跟踪我们，我猜。要么就是从托尼·巴雷尔（Tony Barrel）那里听说的。"

"谁？"

"托尼·巴雷洛（Tony Barrello）。因为他卖桶，所以大家都叫他托尼·巴雷尔。他今天要来送货。"[①]

"告诉我，这些桶里装的是什么？"

"没什么。除了空气啥也没有。"

"拉里说它们很值钱。"

菲尔抓起他的牌，马蒂在他背后看着。"到外面去，马蒂，"他命令道，"注意卡车。"那个粗壮的男人走后，他说："这家伙让我很不舒服。该死的，总是一言不发，不知道他在想什么。我们说到哪里了？"

"酒桶。"

"对。"

"拉里说它们很值钱。"

"嗯，每个六十美元，一卡车能装两百个，那就是一万二千美元。"

"空桶六十美元一个？"

---

① 英文单词"barrel"的意思是"桶"。——编者注

"很特别的桶，"菲尔笑着说，"你会看到的。"

我们玩了两把金罗美，两次他都赢了。刚开始玩第三把时，姬蒂从卧室里出来了。"他饿了，"她说，"我要给他做个三明治。"

菲尔瞥了我一眼。"肚子受伤的人不能吃东西吧，是吧？"

"嗯，不过子弹实际上没有击中他的胃，所以吃一点也没关系。"

她去了厨房，那里显然存了一些冷冻肉和面包。"给我也做一个。"菲尔朝她喊道，"马蒂可能也饿了。已经一点多了。"

姬蒂端来一盘三明治，步态慵懒而优雅，让我不禁认为她曾经当过鸡尾酒女招待。"今天早上拉里遭枪击时，你们都在哪里？"我漫不经心地问道。

"姬蒂在准备早餐，"菲尔边回答边皱着眉头研究他的牌，"马蒂和我还在床上。昨晚我们直到午夜过后才到家。听到枪声时，我刚醒。"

"几声？"

"三声或四声，我猜。"

"四声，"姬蒂说，"四声枪响。我到门口时，拉里已经倒在台阶上，试图爬回屋里。我没有发现枪手的踪迹。拉里说枪声来自路边的灌木丛。"

"拉里必定料到会有麻烦，所以没把你们带在身边。"我评论说。

"拉里总是预料会有麻烦，"姬蒂表示同意，"和托尼·巴雷尔这样的人打交道时更是如此。托尼和纽约黑帮有来往。你永远吃不准他站在哪一边。"

下午的时间慢慢过去，我开始焦躁不安，不知道是否有人注意到我没有出现在诊所很久了。应该没有人注意到，我确定。那天是周六，我在诊所的时间本就很短，而阿普丽尔正在休假。伦斯警长可能会顺道去看我，但他对我不在诊所应该不会有什么想法。

三点钟时，我站了起来，说："我得去看看他。"

"我想他在睡觉，"姬蒂说，"我刚往里面偷偷看了一眼。"

我打开门，向里看去。胖子拉里躺在床上，闭着眼睛，但听到动静，他的眼睛一下就睁开了。我知道他藏在被子里的手正抓着那把点二二口径的自动手枪。"什么事？"他问道，"卡车来了？"

我走了进去，随即关上了门。

"还没有。我只是想看看你怎么样了。"

他朝我生硬地挤出笑脸。"对一个肚子中弹的人来说，这已经很不错了。他们起疑心了吗？"

"感觉没有。但这样做会带来什么结果呢？你认为他们中有一个人想干掉你？"

"有可能。让我们看看托尼·巴雷尔来的时候会发生什么吧。"

我回到外面，和其他人坐在一起。我想那时我们都等得不耐烦了，但就在菲尔准备再次发牌时，马蒂从外面走了进来。

"有汽车和卡车来了。"他沙哑地说道。

菲尔立刻站起来，伸手到枪套里掏出枪。"守住后门，马蒂，以防是什么诡计。"然后他对姬蒂说："告诉拉里他们要来了。"

姬蒂进入卧室，马上带出一条口信。"他说让我们把托尼·巴雷尔带进去，这样他就能完成交易，交出货款。"

菲尔点点头，朝门口走去。我从窗口望过去，看到一团扬起的尘土正沿路向我们靠近。一辆小汽车停在车道上，后面跟着一辆长长的大卡车，车上载满用防水苫布盖着的货物。尽管我对这批神秘的空桶很感兴趣，引起我注意的却是那辆小汽车。那是辆黑色的帕卡德豪华轿车，后窗上挂着遮阳帘。一个身材中等、脸上有麻子的瘦男人从驾驶座位上钻了出来。跟菲尔一样，他也穿了一套深色西装，戴了一顶宽边软呢帽，但对他来说西装似乎太大了。

　　"那是斯考普·特纳，托尼的司机，"菲尔告诉我，"还有托尼·巴雷尔本人。"

　　斯考普打开后车门，一个粗壮结实的大胡子男人走了出来。虽然不能说他的体形很像酒桶，但块头确实很大，浓密的黑胡子和宽边软呢帽使他显得更加矮胖。当他的司机懒洋洋地靠在车上休息时，托尼·巴雷尔快步走上台阶来到前门。

　　菲尔把枪收进枪套，打开了门。"你好，托尼。很高兴再次见到你。"

　　托尼·巴雷尔用深灰色的眼睛将房间扫视了一圈，目光迅速从姬蒂身上掠过，停在我身上。"这位是谁？"他问道。

　　"本地的医生。拉里受伤了。"

　　我伸出手来。"医生萨姆·霍桑。很高兴认识你，托尼。"

　　"好。"他握着我的手，无力地摇了摇。我不禁注意到他戴着一枚桶形钻戒。"拉里怎么了？"

　　"有人枪击了他。"我还没来得及回答，菲尔就答道，"但医生说他会挺过来的。我们让他待在里屋了，他要跟你当面谈货的事。"

　　"他最好不是只想见见我，而是会给我一万二千美元外加卡车的费用。"

"他已经准备好了。"

"他不是有个司机吗？"

"马蒂在屋后转悠呢。"

托尼·巴雷尔哼了一声。"那个酒鬼！"

"你那家伙就是好东西了？"菲尔向窗外瞥了一眼，"他拿着猎枪到处乱晃什么？"

"保护货啊。"托尼·巴雷尔说。

我走到窗前，想看看什么情况。卡车司机下了车，像士兵站岗一样拿着一把双管猎枪守在车旁。姬蒂走到我身边。"拿枪的是查利·埃洛。他好像有印第安人还是什么人的血统，跟马蒂差不多，除了会用枪，他们什么都不知道。"

"是什么让这些酒桶这么值钱？"

"到外面来，我指给你看。"

托尼·巴雷尔正被领进去见拉里·斯皮尔斯，为此，我们稍等了一会儿。我听见拉里用微弱的声音向托尼打招呼。"托尼，我的老朋友！他们想杀了我，但我的命还挺硬。"然后，托尼关上了门。

我跟着姬蒂出了屋，菲尔绕到屋后去找马蒂。巴雷尔的司机斯考普·特纳懒洋洋地在帕卡德车上休息。当我们走近时，他动了一下。"为什么他们叫他斯考普（Scoop）？"我问姬蒂。

"他曾经在芝加哥当过记者，为了赚更多的钱才决定为黑帮卖力。他始终追着钱的屁股跑。"①然后，她提高音量跟他打招呼："你好，斯考普？"

他眯着眼，对她咧嘴一笑。"你好，姬蒂。你仍然能迷倒一

---

① 英文单词"scoop"有"抢先报道的新闻"的意思。——编者注

片人吗？"

"当然啦，斯考普。"她向我解释说："我在芝加哥演过一段时间的滑稽戏。斯考普在报纸上评论过我的一次夜场表演，对吧，斯考普？"

"我喜欢它。"

"我们能参观一下托尼的车吗？"

他耸了耸肩，打开了后车门。窗帘是拉下来的，车内昏暗，但车顶上有一盏灯，在皮座套上投下柔和的光。前座的后袋里塞着一把锯短了的猎枪。斯考普打开车门，胳膊撑在前座的椅背上，观察姬蒂的反应。"很有品位，是吧？"

"他坐车时为什么把窗帘拉下来？"

"想喂他子弹的人太多了。拉下窗帘他们就无法判断他是否在车里，看，前面两侧的玻璃也是烟色的。只有前挡风玻璃是透明的。"

"防弹吗？"

"他们是这么说的，但我可不想用汤姆逊冲锋枪试一试。"

姬蒂和我走向卡车，斯考普·特纳关上车门朝房子的一侧走去。"我很抱歉让你卷入这次交易，"姬蒂边走边说，"但我已经让拉里保证不会伤害你。托尼·巴雷尔和他的人一离开，我们就会放了你。"

菲尔和马蒂此时都在房子后面，我想过要不要拔腿逃跑，但最终还是没有这样做。卡车司机查利·埃洛拿着猎枪，我不知道他何时会开枪，而且他很可能喜欢用移动的目标练练枪法。

"是我，查利，我是姬蒂。你还记得我，对吗？"

即使记得，他也没有表现出来。相反，他的手指插进了猎枪的扳机护环，说："离卡车远点。"

"我们只是想看看桶，查利。不会弄坏任何东西。"

他眼神迷离呆滞，像是吸了毒，盯着我们在卡车周围的一举一动，只是没再发出警告。姬蒂掀起苫布，让我看那些桶。有一排是倒扣着放的，可以明显看到它们是空的。"它们甚至都不是新的，"我评论道，"内部看起来像是被烧焦了。"

"当然要被烧焦了，傻瓜！值钱就值钱在这里。它们是托尼·巴雷尔从加拿大的酿酒厂买来的，是内壁烧焦的大木桶，专门存放已经老化的威士忌。如果用它们装满工业酒精，静置几周，工业酒精会释放出威士忌的味道，再喝起来就会像原桶出产的威士忌，而且味道各有不同，苏格兰威士忌，黑麦威士忌，波旁威士忌。"

"这些工业酒精是从哪里搞到的？"

"政府允许某些制造公司购买工业酒精。在某些情况下，企业会在工业酒精里添加有毒的化学物质，用于制作生发剂之类的产品。这种产品会让人产生恶心的感觉，但不会致命。化工技师可以通过反复蒸馏或提纯，去除工业酒精中令人恶心的成分。纯酒精在这些桶里保存几周，味道尝起来就会像真酒一样。"

"很神奇！"

"这只是这行的秘密之一。"

"我还以为拉里·斯皮尔斯在卖他走私过来的威士忌呢。"

"他是在卖，供不应求。再说，他需要更多的钱，因为赌债不断增加。"

"托尼·巴雷尔出来了。"我说。农舍的门开了，那个大胡子矮胖男人走了出来，这时菲尔和马蒂正转过屋角。

"拿到钱了吗，托尼？"菲尔喊道。

"嗯嗯，"他咕哝道，"卡车是你的了。"他伸出空着的右手，打开车的后门，钻了进去。

"接管卡车，马蒂。"菲尔命令道。马蒂开始朝卡车小跑过去。

然后，出事了。

不知是因为酒精还是毒品，查利·埃洛意识错乱了，看到马蒂跑向他就以为是要袭击他。他举起猎枪，朝马蒂的大致方向开了一枪。马蒂应声倒地，在尘土中翻滚起来，从外衣下掏出一把短管左轮手枪，迅速开了三枪。与此同时，查利的猎枪又发出一声巨响。

然后，查利·埃洛向后倒向卡车的挡泥板，躺到了地上。"停手，看在上帝的分儿上！"菲尔大喊道，拔出自己的枪直往前跑。我和姬蒂站在托尼·巴雷尔的豪华轿车和农舍之间。斯考普·特纳离开驾驶座，站到车外，拔出自己的枪。有那么一瞬间，我担心他会从后面朝菲尔和马蒂开枪，但他犹豫了，不知道该怎么做。他低头盯着车子的左前轮，从我这一侧，我可以看到它瘪了。查利的猎枪击中了它。

"医生，我想他死了。"菲尔朝我喊道，"过来看一下。"

"待在这里。"我告诉姬蒂，然后向前走去。

马蒂还站在那里，手里拿着枪，盯着地上的尸体。"他先开的枪！"他尖声说道，"他想杀了我。"

"他打的只是我的轮胎，"斯考普·特纳说，"大家把枪都收了吧。"

我确认是马蒂的子弹杀死了查利·埃洛，然后直起身来。我盯着那辆豪华轿车，直到现在，托尼·巴雷尔都没有露脸。我想起后座上有把猎枪，便决定在他为卡车司机的死做出傻事之前和他谈谈。

"你要去哪儿？"菲尔问我。

"只是想见见托尼。"我回答，打开了车的后门。

豪华轿车的后座上没有人。

前排座位也是空的。

就在查利·埃洛和马蒂互相射击时，托尼·巴雷尔消失了。

"他去哪儿了？"姬蒂问道，"他并没有下车。"

"他离开了，毫无疑问。"我说，"他已经走了。"

"不可能！"斯考普·特纳坚持说道。他把我推开，要自己去找托尼。菲尔和马蒂也过来想看个究竟。

"想必枪声响起时，他回屋里去了。"菲尔说出了他的设想。

"他没有进屋，否则我会看到的！"姬蒂坚持说道，"不管有没有枪声，我们都可以看到！那房子离这儿有三十英尺，而且你们知道，托尼又不是个会隐形的人。"

"到屋里看看就知道了。"我说着，向房子跑去。我从前门进去，满以为会看到托尼·巴雷尔躺在椅子上。但前厅空无一人。

我走进一楼卧室，想看看拉里·斯皮尔斯是否也失踪了。但他正从床上起身，用他那点二二口径的小型手枪指着门。他脸色苍白，惊恐万分。"枪声是怎么回事？"他问道，"警察？"

"很不走运。马蒂杀了他们的卡车司机查利·埃洛。"

"损失不大。"

"损失可不小。就在交火期间，托尼·巴雷尔从他的车里消失了。"

"你什么意思，消失了？"

"确实如此。我们看见他上了车，但现在他人不见了。"

拉里·斯皮尔斯放下手里的枪。"噢，去找他。不，我不能外出，那样他们就看出我肚子上的伤是假的了。再说，其中一个家伙正想算计我呢。"

"我会回来的。"我保证道。

外面，姬蒂正在车里检查，想找到能容得下一个男人的隐蔽空间。但那辆豪华轿车似乎没有这样的空间。我让斯考普打开后备厢，结果里面除了一个备胎和几件工具什么都没有。

"他在哪里？"菲尔问我。

"我倒是希望我知道。他不在屋里，拉里什么都不知道。"

我们在房子周围转了一圈，然后又在卡车周围转了一圈寻找线索，却一无所获。我们检查了拉里的车，也检查了卡车上的空桶，尽管他不可能在不被发现的情况下钻进桶里。

二十分钟后，我们准备放弃了。托尼·巴雷尔不见了。

"我知道怎么最快地找到他。"菲尔说着，从肩套里抽出枪，转身指着斯考普，"我们都看到他上车了，斯考普。你肯定知道发生了什么事。"

"什么事也没有发生！"这位前记者坚持说道。

"他对你说过什么吗？"我问。

"他只是让我带上查利，然后走人。但后来枪声响起，我的轮胎被击中了。"

"查利要坐豪华轿车回去？"

"那是，跟我坐前排。斯皮尔斯买下了卡车和所有的东西。"

"那可是一万二千美元现金，"我提醒大家，"就装在托尼·巴雷尔的口袋里，对你们任何一个人来说，这都足以构成下手的动机了。"

"你是说我们中的一个人杀了他？"姬蒂问道，"可怎么杀的呢？"

"我不知道。"我承认道。

"让托尼见鬼去吧。"菲尔下了决心，"管他是死是活，查利·埃洛已经死了。我们得在有人出现之前赶紧离开这里，那一卡车木桶还是很值钱的。"

其他人表示同意，但斯考普·特纳问道："那尸体呢？"

"我们带走，"菲尔决定道，"装进桶里，在路上找个有桥的地方扔掉。很容易处理的。"

特纳指着我。"那他呢？"

"我想他知道得太多了。"菲尔直截了当地说。

"等一下！"在菲尔拔枪之前，姬蒂走到他面前，厉声说道，"拉里保证过不会伤害他！"

"我们都知道，拉里已经命不久矣。他死了，我们该何去何从？"

"这医生什么都不知道，甚至不知道我们姓什么。"

"他知道我，"斯考普·特纳说，"我该怎么办？查利死了，老板也失踪了。"

"你该怎么办？"菲尔说，"告诉我们你对他做了什么，这就是你要办的事！"

我举起双手让他们安静下来。"你们争来吵去是不会有结果的。照现在的情况，警察可能会把你们全抓起来。查理的尸体就在这里，如果他们仔细搜查的话，也许还能找到托尼的尸体。"

"他死了？"姬蒂问。

"我估计他是死了。现在，你们是想为此坐牢，还是想让我找出凶手？"

"是我们中的一个？"

"就是今天早上在前门朝拉里·斯皮尔斯开枪的人。事实上，可以说枪击拉里是同一罪行的一部分。"

"你知道托尼的尸体在哪儿？"

"知道。"

"好吧，"菲尔表示同意，"你交出托尼的尸体，告诉我们是谁杀了他，怎么杀的，我们就放你走。这个交易如何，医生？"

我点了点头。"我们去拉里的房间吧。他已经没大碍了，该让他知道是怎么回事了。"

他们跟着我到了里屋，留下查利·埃洛的尸体躺在他倒下的地方。这条路上整个下午都不会有别的车经过，但我知道伦斯警长有时会在傍晚时分开车过来转一转。可能有人听到了枪声，然后报案说有人非法狩猎。

就在我们进入时，拉里·斯皮尔斯掏出他的枪。"怎么回事？你们想干什么？"

"我们做了个交易，"我解释道，"如果我能找到托尼·巴雷尔的尸体以及杀他的人，我就自由了。"

"你伤得这么重，怎么能坐起来呢？"姬蒂问他，"之前我在屋里时，你还是半死不活的。"

"看来有很多事情需要解释。"菲尔表示同意。我看到他的手指在抽动，随时想拔枪。"如果托尼·巴雷尔死了，这就是唯一能杀他的人。"他指着斯考普·特纳，特纳露出惶恐的表情。

拉里·斯皮尔斯把枪口指向特纳。"说不定今天早上就是他开车到这儿朝我开的枪！"

看到拉里扣在扳机上的手指变白了，我知道我得快速行动。

我扑到床上，在枪响时推开了他的手臂。子弹击中天花板。他还没来得及再次开枪，我就把枪夺了下来。"菲尔！"斯皮尔斯在我下面喊道，"杀了他！杀了他们两个！"

"哦，不！"我说，"菲尔不会杀我和斯考普，因为他想知道托尼的尸体在哪里。"

"在哪里？"姬蒂问道。

我紧紧抓住拉里·斯皮尔斯。"在床底下，斯皮尔斯把它藏那儿了！"

我说话的时候，斯考普·特纳正慢慢地走向门口。但马蒂悄悄走过去，挡住了他的去路。"没错，"我说，"看紧他。我们需要他。"

"那么斯考普也参与了？"姬蒂问道。

我点了点头，掀开皱巴巴的床单，露出了托尼·巴雷尔的尸体。我说得没错。"拉里杀了托尼，但没有斯考普的帮助，拉里不可能成功。你说过斯考普总想赚钱，拉里一定在前些时候收买了斯考普。托尼·巴雷尔就是在这个房间里被杀的。"我更仔细地看了看露出来的尸体，"是用一根细铁丝勒死的。托尼没有离开这里。是斯考普，他戴着假胡子，在肚子上裹上垫子上了车。他和托尼穿着相似的衣服，戴着相似的帽子，早些时候我就注意到他的衣服很宽松。"

"我完全没搞明白，"姬蒂质疑道，"你说过刚才杀死托尼和枪击拉里的是同一个人？"

"正是！拉里朝自己开枪了。刚来时我就知道他的肚子上没有伤，但直到不久前我才猜到他胳膊上的伤是他自己弄的。灌木丛里根本没有枪手。"

"但为什么呢？"姬蒂问道，"他开枪打自己，杀死托尼，并设计失踪的幌子，动机是什么？"

"他朝自己开枪，以此引诱托尼进入房间，这样就可以在房间里杀死他。否则，他们就要在屋子外面或在你们其他人的陪同下见面。他杀托尼，理由很简单，因为他拿不出一万二千美元，而这批酒桶又是他急需的。至于失踪的幌子，并不是他设计好的。"

"什么意思，他从没这样设计过？"菲尔想知道。

"或许我最好从头描述一下整个犯罪过程，"我提议道，"这样你们就能知道他的原计划是什么，以及哪里出了问题。拉里需要这批木桶制造人工威士忌，如此就能赚一大笔钱。如我们所知，他计划以一万二千美元的价格从托尼手中购买这批木桶。但在这期间，他的钱花光了，对吧，拉里？姬蒂说你最近赌得很凶。你不可能在不引起帮派火拼的情况下不付钱给托尼·巴雷尔这样的人，所以你知道必须杀了他。而用你的方式，不会有人怀疑到你的头上。

"在这之前，你设法贿赂了斯考普，可能是一千美元或任何你能拿出的钱。今天早上你走出房门，用点二二口径的枪打伤了自己的胳膊，流了很多血。你假装腹部也被击中了。隔着布开枪很容易，伤口周围还不会被火药灼伤。你还知道点二二口径的子弹不会造成太大的伤害。"

"他把假装肚子受伤的事告诉你了？"姬蒂问道。

"他不得不告诉我。他没办法阻止你去找医生。单凭胳膊上的伤口是不能让他躺在床上的，而躺在床上对他的计划至关重要。他必须把托尼·巴雷尔单独引到这个房间，然后将其勒死。与此同时，他告诉我他怀疑你们三人中的一个向纽约黑帮透露了他的行踪，但那只是为了转移我的注意力。当托尼单独进屋收钱，而拉里故意小声说话迫使托尼弯下身来听时，拉里就用这根铁丝勒死了托尼……"

"一只胳膊有枪伤，他还能勒死托尼这么强壮的人？"姬蒂问道。

"伤口在他的左臂，他的右臂仍可以使出全力。收紧铁丝不需要用很大的力气，再加上他是出其不意。"

"斯考普·特纳是从哪里进来的？"

"准确地说，通过窗户。还记得吧，让我们看了豪华轿车后，他跑到了房子的一侧溜达。他从窗户进来，戴上假胡子，穿上拉里用来掩盖减肥的软垫背心，也许还帮拉里把尸体塞到了床下，然后出门，走向汽车。他只需要咕哝几个词就好，你应该记得的。一进到车里，他就摘掉胡子，脱下软垫背心，把它们塞进了仪表盘旁边的杂物箱里。我们找托尼的时候，没人想到要去这么狭小的地方找。

"斯考普爬到前座，发动车准备离开。他本要接上查利·埃洛离开现场，然后你们也会离开，也许拉里还会在托尼的尸体被发现前设法把房子烧掉。但查利·埃洛打乱了计划，他开枪了，打爆了斯考普的轮胎，然后我们很快便发现托尼·巴雷尔失踪了。否则，托尼就不是在这里失踪，而是在五十或一百英里外失踪。也许，连车都会从桥上掉进水里。无论哪种情况，看起来拉里都是清白的。查利意识不清，甚至都不会注意他的老板不在后座上。即使注意到了，斯考普也有可能让他相信托尼已经在某个地方下车了。"

"你是怎么知道这一切的？"菲尔问道。

当托尼钻进车里时，我注意到他的右手没有戴桶形钻戒。虽然我们都看到托尼上车了，但我没有看到斯考普回到车里。由于烟色玻璃的存在，我们无从判断他是否在里面。如果他在里面，就应该下车，为他的老板开门，就像他们到达时他做的那样。如果那个大胡子男人不是托尼，那他就一定是斯考普。而如果托尼没有离开房间，那托尼的尸体就肯定还在房间里。如此一来，猜到尸体藏在床底下，拉里是杀人凶手就是自然而然的了。其他的一切，包括动机，都可以由此推断出来。"

菲尔低头看着床上的男人。"你有什么要说的吗，拉里？"

"是我杀了他！他不是我杀的第一个人。我们就像我计划的那样离开这里吧。"

"那医生呢？"

"杀了他。"

"斯考普呢？"

"也一样。"

"几分钟前你就试过了。"我指出，"你试图杀死知道你罪行的唯一证人。接下来，你还得杀死姬蒂、菲尔和马蒂，否则消息会泄露，黑帮就会真的追杀你了。"

突然，马蒂走到窗边，急促地说道："有车来了。"

"想必是警察，"我自信地说，希望自己是对的，"一定有人听到了枪声，报了案。"

然后，斯考普挣脱开来向门口冲去。当他跑到外面时，我听到了伦斯警长的吼声。我松了口气，笑了。一切都没问题了……

"姬蒂、菲尔和马蒂不想为托尼·巴雷尔的死承担责任，"萨姆·霍桑医生最后说道，"他们放下武器，不战而降。"警长在外面抓住了斯考普·特纳，斯考普很快就承认了他参与杀人的事实。几个月后，瘦了更多的胖子拉里·斯皮尔斯接受审判，被判一级谋杀罪。

"在那之后，私酒贩子似乎就对诺斯蒙特镇避而远之了，但我们又遇到了其他麻烦。一九三〇年夏天，由一群活力四射的飞行员组成的飞行马戏团来到镇上，其中一人跟我们当地的一个女孩恋爱了。于是，我们就遇到了一个空中密室谜案！但这是下次要讲的故事。你走之前要不要再来一杯……啊……小酒？"

12

锡鹅的
落幕

"这次给你讲哪个故事？"老萨姆医生边说边倒了两满杯雪利酒，然后坐到旧皮扶手椅上。"哦，我知道了，一九三〇年夏天来诺斯蒙特镇巡演的飞行马戏团。我跟你说，那次可真够疯狂的，谋杀案发生在空中的一个密室中。我想，这一切都始于一位飞行员和一位当地女孩迅速坠入了爱河……"

那是一个七月的下午，天气炎热，万里无云。我来到我们镇的《蜜蜂报》的办公室，想在其周末版上登一则分类广告。我想卖掉我那辆棕褐色的帕卡德，我已经买了它两年多了，它很好，但没能取代我心爱的皮尔斯利箭。一九二八年二月，我的皮尔斯利箭被大火烧毁了，那时有人企图杀死我，但没有成功。最近，我很幸运地从一位在股市崩盘中损失惨重的医生手中买到了一辆漂亮的一九二九年的斯图兹鱼雷，它几乎和新的一样。但我必须淘汰帕卡德，于是决定登广告卖掉它。

"六十美分。"邦尼·普拉特算好广告费后告诉我说，"看起来是很划算的买卖，也许我应该亲自去看看。"

"为什么不呢？"我催促她，"现在它就停在我的诊所。"

"哦，我见你开过。"邦尼说。她是个俏皮的年轻姑娘，长着一头红发。大约一年前，因为父亲去世，她只好从大学退学，之后就一直在《蜜蜂报》工作。普拉特家的人都很好，虽然我跟邦尼不太熟，但在诺斯蒙特镇这样的小镇，她是那种引人注目的漂亮姑娘。"也许我接下来会去看看。"她补充说。

跟她聊天很愉快，在付完六十美分广告费后，我多待了一会儿。"有什么最新的新闻吗，邦尼？给我来个独家新闻呗。"

她对我咧嘴一笑，说："那你得买份报纸，萨姆医生。你不会免费看病吧？"

"不会，"我承认道，"但我偷看一眼头条总可以吧？"

"哦，好吧。"她心软了，拿起下午的报纸，"都是关于周末要来到镇上的飞行马戏团的。"

"我们又没有机场，"我说，"他们在哪里降落呀？"

"在阿特·泽兰德飞行学校。看这些照片，有一架福特三引擎飞机，他们叫它'锡鹅'，因为它是全金属机身。实际上，他们会用这架飞机搭载乘客，花二十分钟的时间绕县飞一圈后返回。这是他们用于特技表演的双翼飞机，要是你够勇敢，他们也会带你上天的，五美元飞五分钟。他们有一架福特三引擎和两架这样的双翼飞机，表演肯定会很精彩。"

"这些巡回特技飞行演员受欢迎很多年了。"我说，"不知道他们以前为什么没来这里。"

"因为阿特·泽兰德直到现在才办飞行学校呀。"她回答得不无道理，"他们没有着陆的地方。但航空时代即将到来，人们会乘坐飞机在全国各地飞来飞去。我有个姑姑去年从洛杉矶飞到纽约只花了四十八小时！他们白天坐飞机，晚上转乘火车，因为天黑后坐飞机太危险了。她那次飞行是首航，还是查尔斯·林德伯格亲自驾驶的。"

"看来这事真的让你很兴奋，是吧？"

"那是自然，"她承认道，"他们让我代表《蜜蜂报》采访罗斯·温斯洛。他是马戏团的头儿。看他多帅啊。"

温斯洛飞行马戏团的团长是个很有魅力的家伙，长着一头黑鬈发，留着直而细长的胡子。看到报纸头版上他的照片，我不禁觉得罗斯·温斯洛这样的人是新世界的先驱。邦尼·普拉特这样的姑娘梦寐以求的正是这样的人，而不是我这个无趣的乡村医生。

"我想见见他，"我说，"我唯一一次和飞行员打交道是在一九二七年，当时他们要在这里拍摄一部电影的部分镜头。"

她点了点头，想起来了。"当时我刚上大学。听着，如果你感兴趣，可以周五和我一起去见他。他们中午左右会飞过来。"

这引起了我的兴趣。"看情况再说。如果哈斯克尔太太没到生孩子的时间，我应该可以离开几个小时。"

就这样，周五中午我陪同邦尼·普拉特来到阿特·泽兰德飞行学校，看到了一架大型福特三引擎和两架小型飞机在草地上完美降落。当然，阿特·泽兰德亲自来到现场迎接他们，并在脖子上戴了一条白丝巾，模仿他心目中世界大战时王牌飞行员的形象。阿特三十五岁，跟我差不多大，也没结婚。他在一年多前搬到诺斯蒙特镇，开办了他的飞行学校。有传言说他把妻子和孩子遗弃在了南方某地，不知道是真是假。随着想学飞行的人逐渐增加，他很是高兴，但大部分时间他都是一个人待着。

"很高兴再次见到你，萨姆。"当我开着新买的斯图兹鱼雷抵达学校时，阿特向我打招呼说。"现在医生这个职业一定收入不错。"他补充道，拍了拍闪亮的黑色挡泥板。车内的双座套是红色的，配以红色车轮，与棕褐色的车身形成鲜明的对比。对一个乡村医生来说，这车有些华而不实，不过这可是我唯一的奢侈享受。

"我觉得，乡村道路崎岖不平，不开辆好车受不了。"我回答道。

"我敢说买架飞机都比你买这辆车便宜。"

我们走过草地，去迎接巡回特技飞行演员。罗斯·温斯洛从领头的飞机上走下来，一边挥手，一边走上前与人握手，十分抢眼。在向我介绍自己时，邦尼·普拉特非常激动。"希望我用不到你的服务，医生。"温斯洛紧握着我的手，开玩笑地说，"不过，我想我们用不到的。如果我从机翼上掉下来，你也帮不上多大的忙了。"

阿特·泽兰德此前见过温斯洛，指明了三架飞机应该停放的区域。他们讨论了一会儿可能会吸引多少人来到现场，还小声地讨论了温斯洛的门票收入分成。泽兰德信心十足地保证他能得到几百美元，另外，若有人乘坐他的飞机，赚的钱也归他。

我转而观察温斯洛飞行马戏团的其他成员，加上温斯洛，他们似乎一共有四个人。另外两个男人比我稍大一点，金发的那个脸上有一道疤，名叫马克斯·伦克尔；另一个矮一些，但很灵活，名叫汤米·凡尔登。但真正让我感兴趣的是第四位成员，金色长发女郎梅维丝·温。她向我缓缓露出了笑容，我在诺斯蒙特镇从未见过有人这样笑。

"我没想到还有能在机翼上行走的女特技飞行演员。"我惊讶得快要说不出话来了。

"哦，我们确实能做到，霍桑医生。"她的笑容又缓缓出现了，"莉莲·博耶有一架自己的飞机，机身侧面用大写字母写着她的名字。这就是我的目标。我的真名是温加顿，但这名字放在飞机侧面不好看，是吧？"

"你可以用你的照片。这就够了。"我殷勤地答道。

"哦，得了吧，霍桑医生，你还挺会讨女孩子喜欢的，是不是？"

我还没来得及继续这个话题，温斯洛就吩咐他们把飞机停好，我和邦尼就跟着他去准备采访了。阿特·泽兰德在机库中提供了一张桌子和几把椅子。温斯洛说话时邦尼在那里快速做笔记。

"马克斯和汤米都在战时飞行过，"温斯洛解释说，"所以他们胜我一筹。我接受过飞行员培训，但在我赶到法国前，战争就结束了。大约十年前，我们三人聚在一起，决定尝试进行巡回飞行表演。你可能读过关于艾伦·科巴姆爵士的故事，他是欧洲著名的巡回特技飞行演员。他的马戏团在整个欧洲大陆都有演出，我们希望在大西洋的这一边也能做同样的事情。当然，竞争者很多，我们都想设计出疯狂的特技表演，胜过对方。"

"你们用的是什么飞机？"邦尼问道，头也不抬，忙着记她的笔记。

"在这个国家，我们都用珍妮飞机，就是那种小型的双翼飞机。他们是陆军在战争快要结束时制造的JN-4D教练机。在它们制造完成前，战争结束了，政府便以每架三百美元的价格向私人出售了数千架。很多在战时飞行过或像我一样接受过飞行训练的人都买了。马克斯、汤米和我一开始有三架珍妮，去年我们用其中一架换了那架福特三引擎。我们发现，在观看了我们的特技表演后，观众确实乐意上天飞一圈。一般情况下，会有三四十个人排队等着乘坐五分钟的珍妮。于是我们决定，每次搭乘十个人，飞得稍微远一些，这样即使他们仍是掏五美元，我们还是会赚更多的钱。"

"给我讲讲你们的特技表演吧，"邦尼催促道，"这样才能吸引人们前来观看。"

"好吧。一开始我们会派两架珍妮飞过镇子上空，用飞机的嗡嗡声宣告我们的到来，而马克斯和我会爬上机翼行走。然后，梅维丝会开始她的疯狂表演，实际上在我启动飞机时，她就将一只手吊在机翼上了。据说，这曾把人吓晕过。汤米·凡尔登是我们的小丑，他有可能做任何事。有时他会打扮得像个女人，跟等待搭乘珍妮的人一起排队。飞行员下飞机时，汤米便会上飞机，假装是他在控制飞机起飞，然后故意让飞机失去控制。这会让观众尖叫不断。最后，我会从一架飞机转移到另一架飞机上，或者用绳梯，或者在翼尖对翼尖时直接走过去。"

"你们的表演赚钱多吗？"

罗斯·温斯洛哼了一声。"见鬼，赚得不多。我们这样做是因为喜欢。有人说巡回飞行表演最糟糕的就是有饿死的危险，这话说得没错。我们本打算今年不干了，但整个国家正走向萧条，不干的话去哪里找工作呢？我们认为，如果再坚持一两年，等航空公司建立起来，他们就会雇用我们当职业飞行员。然后，我们也许就能赚大钱了。"

"请谈谈梅维丝·温吧？"

"她很棒，等看到她在天上的表演你就知道了。梅维丝去年夏天刚加入我们，我们的生意就立刻红火起来。没有什么比看到一个女孩挂在飞机上更能让人欢呼雀跃，更能让人感到惊险刺激的了。我让她留长发，这样他们从远处就能知道她是女人。她穿膝下扎口的那种灯笼裤，这样他们就能看到她的一点腿。"

"听起来这是很棒的表演，"邦尼说，"我明天一大早就到这儿来。"

在我们准备离开时，温斯洛问她："晚上这个镇子有什么可消遣的？有好的酒吧吗？"

"那禁酒令呢？"她假装害怕地问道。

"得了吧，我敢说你知道能去什么地方喝。"

"有一个便餐馆，在那里，你可以用咖啡杯大口喝威士忌。这样过瘾吗？"

"先说好，你愿意和我一起去吗？"

她只犹豫了一秒钟。"嗯，当然，我想我愿意。"

"很好。我可以到你办公室接你吗？"

"用你的飞机？"

他咯咯地笑了。"阿特说我们进城时可以开他的车。"

他们这就决定好了。我开着斯图兹将她载回报社办公室。我惊讶于罗斯·温斯洛这么轻易就能和她约会，也很奇怪为什么自己从来没有想过邀请她。

《蜜蜂报》在周一、周三和周五下午发行，周五版定为周末版。当然，在那个时代，大多数人周六至少工作半天，但周五版的读者仍是每周最多的。我选择在它上面发布我的卖车广告，原因便在于此。周五晚上，有几个感兴趣的人打来电话，其中一个是镇上银行老板的儿子，他在周六早上过来完成了交易。

车卖了，我觉得周末可以放松一下了。哈斯克尔太太的孩子还不到生的时候，而且也没有周一之前会生的迹象。所以，我决定早点关门，带着护士阿普丽尔去看飞行马戏团的表演。

"你的意思是说我可以坐你的新车了？"她问道。我想，对她来说，这比见到巡回特技飞行演员还要享受。

"这是我现在唯一的车了，"我告诉她，"今天早上我把旧车卖掉了。"

"要是我有钱，我就买下了。你把你的车保养得很好，萨姆医生。"

乘坐斯图兹让她兴奋不已。在去飞行学校的路上，当风吹过她的头发时，她用手按住头发。快到中午的时候，我们到了，附近的空地上已经停满了马车和汽车。在开场致礼时，飞机就已经开始来回飞行，惹得人群高声叫好，一旁的马匹则被吓得很紧张。

"想必镇上的人都跑来了。"阿普丽尔说。

伦斯警长和他的新婚妻子薇拉也来了，见到他们我很高兴。婚后生活让警长和我几乎成了陌生人，不过我很高兴看到他还是老样子。"医生，薇拉那天还说要选个日子请你和我们一起吃晚饭。我们度完蜜月回来已经六个月了，只在春天的那次教堂聚会上见过你一面。"

薇拉接过话茬。"下周怎么样，萨姆？哪天晚上你最方便？"

我知道薇拉还在忙邮局的事务，我不愿在工作日结束时让她准备晚餐。"也许周日比较好。从明天起一周后？"

"完美。"她同意了，"我可以坐你的新车吗？"

"那还用问嘛。"

阿普丽尔扯了扯我的袖子。"看，萨姆！"

两架珍妮已经降落了，但现在又有一架要升空了。我看见一个人影，披着金色长发，穿着白色衬衫和灯笼裤站在机翼上。那是梅维丝，正要开始她的表演。我让阿普丽尔跟警长和薇拉待在一起，自己则在人群的边缘走了走，想找个视野更好的地方。我来到机库区，不时向人群中熟悉的面孔点头致意。就在这时，我遇见了邦尼·普拉特，她站在罗斯·温斯洛旁边。他穿着一件短飞行皮夹克，手臂轻轻搂着她的腰。"你好，邦尼。"我说。

"你好，萨姆。"她挣脱了他的手臂。

"精彩的开场。"我告诉温斯洛，"我以为你会带梅维丝飞呢。"

"马克斯今天带她飞。等梅维丝的特技表演结束，我就开锡鹅带几个乘客飞上天。"

泽兰德走进机库，看起来很不安。"我能单独和你聊聊吗，罗斯？"

他们一起走进办公室。我对邦尼说："这么说你昨晚带他在镇上转了转。他喜欢吗？"

"我想我爱上他了，萨姆。他是那么英俊潇洒。我觉得他是个战争英雄，本地的小伙子根本无法与他相比。"

"他只是来这儿过周末的，邦尼。不要期望过高。"

"他说要安顿下来，也许就在诺斯蒙特镇。他说他可能飞够了。"

我不知道有多少小镇女孩在周末听过同样的话。我只能简单地说："我希望你能如愿以偿，邦尼。"

泽兰德和温斯洛回来了。泽兰德抱怨说："在我预约你的飞行马戏团时，我不知道来的会是什么人。"温斯洛没有回应，只是一见到邦尼，就露出了熟悉的微笑。

"你还会再上去吗？"她问他。

他点了点头，瞥了一眼天空。梅维丝正单臂吊在飞机上，观众因兴奋和恐惧而尖叫。"她的表演很快就要结束了。来吧，我带你们去看看福特三引擎的内部。"这个邀请似乎包括了我，于是我就跟着邦尼一起去了。

以我当时知道的任何标准来看，它都是一架大飞机。机身用波纹金属包裹，高高的机翼悬挂着三个引擎中的两个，第三个引擎位于机头。机舱里有两排柳条椅，中间是过道。我在一把椅子上坐下，感觉它就像草坪椅。"不是很舒服。"我向温斯洛评论道。

"尽管舒适很重要，但柳条够轻，能减轻机身重量，航空公司也在考虑同样的事情。我们之所以能以相当便宜的价格买到这架飞机，是因为他们正在逐步淘汰此类飞机，取而代之以新的道格拉斯飞机。这些东西很吵，如果飞得太高还会变得特别冰凉。"

"新飞机什么时候能上天？"

"很遗憾，几年内飞不成，但等到能飞时，它们可能会让福特公司彻底取消飞行业务。福特公司拥有底特律机场，你是知道的，但亨利·福特不允许它在周日营业。"他深情地拍了拍金属飞机的侧面，"尽管如此，我们今天还是拥有了它，它在大多数时候都能把你送到你想去的任何地方。你想上去兜一圈吗？"

我非常想去，但要是不带上阿普丽尔我会很内疚。"我应该带上我的护士，"我解释道，"我们稍后再飞。"

"你们二位呢？"他问邦尼和泽兰德。

"没问题，"阿特·泽兰德回答，"我们上去吧。我想看看乘客花五美元能换来什么。"

我从飞机上下来，温斯洛则向上走了几步进入驾驶舱，随手关上了门。他从窗口叫来一个地勤人员，把轮子下的木块移开，然后启动了三个引擎。我看着他关上窗，启动飞机滑行到草地跑道上。然后他加大油门，飞机快速前进，轮子轻松地离开了地面。

我抬头看了一眼，只见珍妮飞机还在人群上空盘旋。梅维丝又爬上了机翼，并爬回了前面的驾驶舱里。第二架珍妮飞机仍在地面上，我不知道另一个成员汤米·凡尔登情况如何。

我回到阿普丽尔、伦斯警长和薇拉待的地方。"你刚才在那架飞机上吗？"阿普丽尔问道，"我想我看见你了。"

"我只是上去看了一眼。温斯洛正带着阿特·泽兰德在上面，还有《蜜蜂报》的邦尼·普拉特。等着陆后，他们就开始接付费乘客上去。"

"我想上去。"阿普丽尔说。

"我就知道你会想。"

观众们再次激动地朝天空指了指，我看到马克斯·伦克尔驾驶的珍妮和那架福特三引擎离得很近，几乎是翼尖对着翼尖在飞。梅维丝再次走上珍妮飞机的上翼面，并向人群挥手。

"那姑娘下一步到底要干什么？"伦斯警长感到疑惑。

"我想她会设法走到另一架飞机的机翼上去。"我想起温斯洛介绍过他们的特技表演，说道。

她做到了，像过马路一样轻松地跨了过去。当飞机从头顶飞过时，人群欢呼起来。两架飞机飞得很低，我甚至从福特三引擎的一个窗户里看到了邦尼的脸，她正竭力想看清她头顶上方的机翼。"这些乘客会想念这次演出的。"薇拉说。

然后，梅维丝迅速返回，跳上珍妮的机翼，爬进敞开的驾驶舱里。两架飞机慢慢分开。珍妮又盘旋了一圈，在草地的另一端着陆。福特三引擎在它后面降落，滑行到我们附近停下。

我们等着客舱的门打开，但毫无动静。尽管能听到客舱里有动静，但我透过驾驶舱的窗户没有看到温斯洛。又过了一会儿，客舱的门终于被推开，邦尼露出头来。"萨姆医生！"她喊道。

我小跑着穿过被人踩踏过的草地，心里已经感觉到有什么不对劲了。"怎么啦，邦尼？"

"罗斯还在驾驶舱里，但门是锁着的。我们一直在喊他，可都没有回应。我觉得出事了！"

我钻进那扇门，沿着柳条椅之间的过道匆匆向上走去。阿特·泽兰德正敲打着驾驶舱的门，大喊着："温斯洛！出什么事了？开门！"

"我们要不要架梯子爬到驾驶舱的窗户上？"邦尼问道。

我试着开了开门。"如果是心脏病发作之类的，每一秒都很重要。感觉这锁不是那么坚固。"我向泽兰德瞥了一眼，征求他的同意。"强行撞开？"

"抓紧。"

我用肩膀撞了一下驾驶舱的门，门开始松动。再来一次，门突然弹开了。

我立刻看到了罗斯·温斯洛，他从正驾驶座翻倒到了旁边的副驾驶座上。我看到了血迹，过道上传来了邦尼尖锐的声音："什么？这是怎么了？"

我深吸一口气，告诉泽兰德："带她离开这里，离开飞机。马上。"然后我走上前去，俯身在驾驶座上检查尸体。毫无疑问，他已经死了。

"怎么了，医生？"

我转过身，梅维丝·温已经走进驾驶舱，身上还穿着表演特技时的服装。"罗斯·温斯洛死了。"我说。

"什么？"

"他是被人刺死的。帮我去找伦斯警长，好吗？他个不高，很壮实，站在人群的边缘。"

伦斯警长只是摇头，目不转睛地看着我。"你所说的完全不可能，医生。在这个关闭的驾驶舱里只有温斯洛一个人，他被刺死了，而你却想告诉我这不是自杀？"

"不是自杀。"我重复道，"刀刺进去的位置，在左侧的肋骨之间，靠近背部。没有自杀者会从那里刺自己。这是自杀者不可能做到的角度，真要自杀也没必要这么做。再说，他是什么时候这么做的呢？记得吗，他让飞机降落并向人群滑行了。我们能相信他会突然决定自杀，以一个几乎不可能做到的角度从背后捅了自己一刀吗？"

警长摸着下巴，思索着。"好吧，那就只剩下另一种解释了。泽兰德和邦尼·普拉特让他开门，然后一起杀了他。"

"泽兰德和邦尼几乎互不认识。他们为什么要密谋杀害温斯洛？而且，你别忘了，驾驶舱的门是从温斯洛那侧锁上的，我不得不用肩膀才把它撞开。"

"是啊。"他闷闷不乐地答道。

"我们最好和他们谈谈，"我决定说，"不管驾驶舱里发生了什么，他们一定是听到了什么。"

他们都在机库里等着。伦斯警长和我分别询问泽兰德和邦尼。"驾驶舱里什么动静我也没听到，"她向我保证，"在那架飞机上，你几乎连自己说什么也听不到，萨姆！这是你能想到的最吵的机械装置！阿特·泽兰德告诉我，在商业航班上，他们会给乘客发棉花用来塞住耳朵。"

"从我们站的地方看，飞机着陆似乎很平稳。"

"是很平稳。在飞机停稳之前没有任何异常，而罗斯就是不出来。"说到最后一个字时，她突然情绪崩溃，开始啜泣。

"邦尼，"我轻声说道，"我有件事必须问你。你和温斯洛之间有多认真？你昨天才见过他。"

她把满是泪痕的脸转向我。"我从未见过像他这样的人，萨姆。我从来不相信一见钟情，但我想它发生在我身上了。"

"也发生在他身上了吗？"

"他说是的。我们……我们昨夜在一起了。"

"我明白了。"

"他告诉我，他想在这个小镇定居下来，放弃巡回表演，组建家庭。"

"也许他对很多姑娘都这样说过，邦尼。"

"我不这么认为，萨姆。我相信他。"她擦了擦眼睛。

"但是，如果你今天早上来这里看飞行表演，然后发现他对你撒谎，你就可能会想杀了他。"

"你是这样想的？"

"我都不知道该怎么想，邦尼。"

她镇定下来，擦干了眼泪。"好吧，不管你怀疑与否，我仍然在为一家报社工作。我想我最好写一篇文章，周一发表。"

我把她留在机库，然后去找警长。找到他时，他告诉我泽兰德所说的和邦尼一致。飞机的噪声使他们听不到驾驶舱里任何异常的声音。"现在怎么办？"伦斯警长不安地望着仍在草地边等候的那群居民，问道。他们已经知道发生了事故，表演被取消了，但即使清教徒纪念医院的救护车赶到，并运走了尸体，他们中的大多数人还是站在原地不动。

在梅维丝·温和她的两个同伴离开之前，我想我最好阻止他

266

们。我把我的想法告诉了伦斯警长，他慢吞吞地跟了上来。梅维丝和她的同伴在泽兰德的办公室里，避开了人群。我把她拉到一边，问道："你和罗斯·温斯洛是什么关系？"

她狠狠地瞪了我一眼。"我不知道我是否需要回答这个问题。你又不是警察，对吧？"

"他不是，但我是，"伦斯警长告诉她，"请回答问题。"

"我还是把话说开了吧。"我继续说道，"温斯洛和一个当地女孩共度良宵。然后你妒火中烧，便决定杀了他，对吗？"

"当然不对。你忘了我当时在天上表演。"

"在你跳到他飞机的机翼上时，"我提醒她，"他可能拉开了驾驶舱的窗户喊你，却被你扔出的一把刀杀死，而在他死前你设法把窗户关上了。"我看到警长在我说话时皱起了脸，连他都能看出这种猜测是不靠谱的。

"从机翼的上面看不到驾驶舱，"梅维丝告诉我们，"如果你们不信我，就去试试看。此外，我在机翼上只待了几秒钟，地面上的人都能看得到。没人看到我扔东西。我时刻担心的是保持平衡，怎么还会有空扔东西！"

"我们会试试看的。"我言之凿凿地跟她说，但我意识到我错了。我转向伦斯警长，问他："你检查那把刀了吗？"

他点了点头。"泽兰德说那是机库里的一把万能刀。任何人都有可能拿到手。"

"你有看到其他人拿刀吗？"我问梅维丝·温。

"没有。"

"当你在机翼上时，你有看到什么不寻常的事情吗？"

"没有。"

"好吧，"我叹了口气说，"警长一会儿可能会再盘问你。"

"那另外两个人呢？"我们离开办公室时，伦斯问，"伦克尔和凡尔登？"

"伦克尔驾驶着梅维丝表演的那架飞机，就在福特三引擎的旁边。凡尔登则在地上的某个地方待着。也许是伦克尔从他的驾驶舱里扔出了那把刀。"

"哦，得了吧，医生，你知道那是不可能的。首先，那刀丢出去无法保持平衡，在天上有风吹的时候更是不可能。况且伤口在侧面，靠近背部，而且是斜着向上的。从飞机窗户扔出去的刀不可能刺入那个地方。"

"当然。"我迅速同意道，"我问梅维丝这句话时就意识到了。基于同样的原因，伦克尔的嫌疑也可以被排除。不过，我们还是跟他谈谈吧。"

马克斯·伦克尔三十五岁左右，他的金发和右脸颊上的伤疤让我想起了战时德国的一位王牌飞行员。因为在大学时和别人决斗，那人的脸上也留下了伤疤。马克斯很直接地回答了我们的问题，但并没有让我们了解多少新情况。

"你真的看到了温斯洛在福特三引擎的驾驶舱里吗？"我问。

"当然，我看见他了。我甚至还向他挥手了。当时他还活着，而且状态很好。当然，他必须这样，否则怎么能开飞机。"

"我想上机翼看看，像梅维丝那样。"我突然说。

他睁大双眼。"你是说在天上？"

"不！在地上。你能帮我拿个梯子，让我上去吗？"

"当然可以。"

伦克尔先上飞机，然后帮我站到机翼上。那里离地大约十英尺，可以看到前面的驾驶舱，但梅维丝是对的，玻璃的角度使人无法看清驾驶座的情况。"我就是想知道这个。"我说，"我们下去吧。"

"在福特三引擎的机翼上走比在珍妮飞机上走更危险，"伦克尔边解释边帮我从梯子上下去，"小型飞机的顶上有缆索，我们可以抓住缆索，或把腿挂在缆索上面。你从下面看不到缆索，但缆索的用处很大。"

我下到地面，绕到机头。"这是什么？"我指着右侧驾驶舱窗户下面的一扇小铁门问道。

"装行李和邮袋的货舱。我们用它放工具。"

"有从这里通往驾驶舱的开口吗？"

"没有。你可以亲自查看一下。"

我进到飞机里，沿着柳条椅之间的斜过道向上走，几步后来到了被我撞开的驾驶舱门前。我检查了窗户，注意到每扇窗户里都有一个小插销，合得很牢。"我们根据自己的需要改装了驾驶舱的这个区域，"伦克尔在我身后解释道，"这扇门的位置与商用飞机略有不同，我们加上了这些插销，这样当飞机在某个偏僻的机场过夜时，孩子们就不会从驾驶舱的窗户爬进来。"

"也就是说门窗都是从里面锁上的。"我一边思考，一边喃喃自语，"即使窗户开着，也不可能有人从外面掷刀杀人。"我转向狭小的驾驶舱里的伦克尔："这是怎么回事呢？想必你对于温斯洛的被杀有自己的看法。"

他靠在门边的舱壁上。"当然。阿特·泽兰德和那个女孩刺死了他。罗斯跌跌撞撞地回到驾驶舱，锁上门不让他们进去，然后就死了。我听说即使受了致命的刀伤，也有人能做到这一点。会不会这样，医生？"

"是的，"我同意，"但很难相信他们俩会同时撒谎。而且我在门边没看到血迹，只在座椅旁有血迹，看起来温斯洛是坐着被刺的。"

"那还有什么可能？自杀？"

"我不知道，"我承认道。"自杀的可能性也不大。"

"嗯，我没有理由要杀他。罗斯是这场演出的主角，他和梅维丝。没有他们，汤米和我什么都不是。"

"我最好和汤米谈谈，"我决定，"他在地面上，也许看到了其他人没有看到的东西。"

汤米·凡尔登个子较矮，留着黑色短发。他坐在办公室里，身上裹着一件长长的白色风衣，好像是为了抵御寒风。"我什么都不知道，"他抱怨道，"我肯定没有杀温斯洛。"

"事发时你在哪里？"伦斯警长问道。

"我都不知道这事是何时发生的。"他推诿道，"你们认为他是死在空中还是地上？"

"他必须活着才能让飞机着陆。"我指出。

"是啊。嗯，我在机库后面，确保孩子们远离我的飞机。"

"有人看到你吗？"

"我想没有，"他承认道，"但也没人看见我杀了罗斯。"

"是你杀了他吗？"我问。

"我告诉过你我没有。你没听清。"

"你穿这身衣服不是要扮小丑吗？作为一个小丑，你可不太友好啊。"

"老板都死了，没什么友不友好的。"

我和伦斯警长一起出去了。"我不喜欢那个家伙。"我告诉他。

"我也不喜欢，医生，但这不能证明他杀了人。我们仍然不知道这次谋杀凶手是如何做的的。"他想了一会儿，"但我有个想法。也许有某种小的机械装置，当温斯洛坐到驾驶座上时就被刺死了。"

"他让飞机起飞了，几乎碰到珍妮飞机的翼尖，然后才降落。他完成了一次危险的特技表演，若他坐上驾驶座就被刺死了，他不可能做到这些事。"

"我想也是。"警长闷闷不乐地表示同意，"但凡尔登这家伙是怎么回事？如果他是小丑，就应该逗孩子们开心，而不是设法把他们从他的飞机旁赶跑吧？"

"有道理，"我承认，"但是，如果他在谋杀发生时他在哪里的问题上撒谎的话……"我停了下来，突然想起早些时候的一次谈话。"我们去找泽兰德。"

机库里，飞行学校的老板坐在邦尼对面，握着她的手。我们一进去，他们就分开了。"你好，萨姆。邦尼和我正聊天呢。"

"如此我就全明白了。阿特，在谋杀发生前，你要求单独见温斯洛，我听到你说你预约他的飞行马戏团时，根本不知道来的会是什么人。那是怎么回事？"

泽兰德不安地换了个姿势。"今天早上我接到俄亥俄州一个朋友的电话。他告诉我，有一次，温斯洛和他的手下喝醉后，在那里的一个小镇上大打出手。温斯洛和他的妻子在监狱里待了一夜。"

"他妻子？"

"是的。他和梅维丝结婚了。"

邦尼·普拉特满脸通红，她转过脸去。"你知道这事吗？"我问她。

"阿特刚刚告诉我的。我以前不知道。"

"这就是我们要找的动机，"我说，"最古老的动机。"

"也许我们找到了动机，医生，"伦斯警长说，"但我们仍然没有找到凶手。你已经排除了温斯洛在那个上锁的驾驶舱里被刺死的所有可能性。"

"还有一种，警长。"我向机库门外瞥了一眼，发现汤米·凡尔登正快步穿过草地朝他的飞机走去。"快来！"我喊道。

我跑了出去，朝凡尔登大喊，但他跑了起来，也许觉察到了我的怀疑。"设法拦住他！"我对警长喊道。凡尔登跑着，长长的白色风衣在他身后飘了起来，似乎拖慢了他的速度。最后，我追上了他，抓住他衣服的后摆，猛地把他拽倒。然后，警长和我压在了他身上。

"他就是我们要找的凶手了。"伦斯警长说着，伸手拿手铐。

"不是，警长，你还没明白。"我说，"梅维丝的飞机在她表演完之后降落在草场的另一端，而观众都在这边，你不觉得奇怪吗？"我拉开汤米的风衣，露出里面的白色衬衫和灯笼裤。长长的金色假发被塞在了他的口袋里。"梅维丝不在那架飞机上。当梅维丝在锡鹅的驾驶舱内杀她的丈夫时，代替她登上机翼的是汤米。"

在警长逮捕了梅维丝，并录下她的口供之后，我马上把事情的整个来龙去脉讲了一遍。我站在空荡荡的机库中央，感觉像一个演讲者，我说："它真的很简单，简单到我差点没有注意到。在我撞开驾驶舱的门，让邦尼和阿特去找警长后，我弯下腰去检查尸体。这时，梅维丝突然出现在我身后的门口。我以为她一直在另一架飞机的机翼上，所以，我从没问过她到这里来要做什么，也没问她是怎么这么快就从草场的另一端过来的。我接受了她的存在，甚至没有想过她是如何比伦斯警长先上飞机的。"

"她是怎么上飞机的？"邦尼问道，"我在外面没有看到她。"

"当然看不到，因为她一直在飞机上，藏在驾驶舱里。温斯洛发现她在那里时没有大声呼救，因为他没想到她会杀了他。在其他地方表演时，她就很可能让凡尔登代替过她。温斯洛告诉我们，凡尔登有时会打扮成女人来表演，而且隔得那么远，观众只能看到长长的金发和梅维丝经常穿的衣服。"

"但她为什么要躲在驾驶舱里？"

"就她丈夫与邦尼共度良宵的事当面对质。对不对，梅维丝？"

她在椅子上换了个姿势。"他总是这样，"她木然地回答，"我告诉过他，如果他不停止，我就杀了他。"

"所以你躲在驾驶舱里和他对质。在飞行过程中你们可能争吵过，但飞机的噪声盖过了你们的声音。你走到他座位后面，拿刀向上刺进他的体侧。然后你完成了副驾驶的工作，控制飞行，降落了飞机。当我撞破插销，推门而入时，你只要靠在门后的舱壁上，我们就看不见你。当我俯身时，你便走到门口，好像你刚上飞机似的。"

"真该死。"伦斯警长喃喃自语道。

"如果泽兰德或邦尼还留在飞机上，这些事就做不成，但你见机行事，即兴表演了一回。而这是你唯一的机会。"

"伦克尔和凡尔登肯定知道是她干的。"警长说。

"当然，他们强烈怀疑是她。但失去一个明星演员后，如果再把她交出去，他们就没事干了。"

凡尔登摇了摇头。"在我代替她时，我不知道她在计划什么。我以前也代替她上过机翼，但只是为了好玩。我不知道她会杀了他。"

在我们忙完之前，观众就已经各自回家了，只剩下阿普丽尔和薇拉。她们站在锡鹅外面，等着我们结束。我很遗憾，阿普丽尔没能享受我为她计划的这次飞行之旅。

"故事就是这样，"萨姆·霍桑医生最后说道，"这是来诺斯蒙特镇的最后一个飞行马戏团。巡回特技飞行演员的时代行将结束；它来得快，去得也快。罗斯·温斯洛是出色的表演者，但他的表演生涯在那天结束了。

"同年秋天，我父母到诺斯蒙特镇来看我，想看看他们的医生儿子过得怎么样。当时正值狩猎季，一起猎鹿时发生的不可能谋杀案差点毁了他们的旅程。但那是下次要讲的故事了。"